Adrian Plass

Warum es kein Verbrechen war,
Onkel Reginald zu töten

Adrian Plass

Warum es kein Verbrechen war, Onkel Reginald zu töten

Aus dem Englischen von
Christian Rendel

Brendow Buch Kunst Verlag

Für meine Mutter, deren Leben das beste moderne Gleichnis ist, das ich kenne.

Die Deutsche Bibliothek – CIP-Einheitsaufnahme

Plass, Adrian:
Warum es kein Verbrechen war, Onkel Reginald zu töten / Adrian Plass. Aus dem Engl. von Christian Rendel. – Moers: Brendow, 1994
(Edition C : C; 413)
Einheitssacht.: The final boundary <dt.>
ISBN 3-87067-555-1
NE: Edition C / C

ISBN 3-87067-555-1
Edition C, Reihe C 413

Die Erzählung »Der Brunnen« aus
»CLEARING AWAY THE RUBBISH«,
alle übrigen aus »THE FINAL BOUNDARY«

Einbandgestaltung: Thomas Georg, Berlin
Gesamtherstellung: Clausen & Bosse, Leck
Printed in Germany

Inhalt

Vorwort

Ein Gleichnis ist eine Geschichte, die einen an der Eingangstür in eine Unterhaltung verwickelt, während die Wahrheit sich durch ein Seitenfenster hineinschleicht. Nachdem sie sich Zugang verschafft hat, kann diese Wahrheit lange Zeit unbemerkt bleiben – vielleicht stolpern Sie aber auch darüber, kaum daß Sie die Tür schließen und sich umdrehen. Es ist eigentlich nicht wichtig, wie es zu dieser Entdeckung kommt. Es ist nicht einmal wichtig, ob der Leser oder Zuhörer die Geschichte und die Wahrheit überhaupt jemals in einen Zusammenhang bringt. Wichtig ist nur, daß der Verstand abgelenkt wird und die Wahrheit herein kann.

Der größte Vertreter dieser Form der Unterweisung, den es je gab, hatte es vor zweitausend Jahren mit einem schwierigen jüdischen Publikum zu tun, und seine Gleichnisse (die immer noch in vielfältigen Ausgaben gedruckt erhältlich sind) haben ein paar interessante Merkmale gemeinsam.

Erstens waren sie dem Inhalt (nicht der Bedeutung) nach fast immer weltlich, und sie waren meistens äußerst lebendig. Ich bin noch nicht geistlich genug, um so weltlich zu sein, aber immerhin ist es mir gelungen, eine Erwähnung Gottes in den meisten Geschichten zu vermeiden, und ich habe versucht, sie so lebendig wie möglich zu gestalten.

Zweitens achtete der Meister der Geschichtenerzähler darauf, daß seine Erzählungen ihre Wurzeln in der Kultur und dem Erfahrungsbereich seiner Zuhörer hatten. Figuren und Ereignisse standen immer im Zusammenhang mit zeitgenössischen, wiedererkennbaren Personen und Situationen. Manche Leser zeigten sich irritiert darüber, daß Geschichten wie »Warum es kein Verbrechen war, Onkel Reginald zu töten« in diesem Buch vorkommen. Dies ist ein detaillierter Bericht über die zwanghafte Fixierung eines Mannes auf die Art und Weise, wie sein Onkel (ein ganz normaler Esser) seine Nahrung zu sich nimmt. Nach zehn Jahren wachsenden, jedoch sorgfältig verheimlichten Ekels kommt er zu dem Schluß, er sei von Gott dazu ausersehen, seinen Onkel hinzurichten, und macht sich mit reinem Gewissen an die Vollstreckung des »Urteils«.

Sind das wiedererkennbare Personen in wiedererkennbaren Situationen? Nun – kürzlich wurde in Amerika ein Mann von seinem Mitbewohner ermordet, weil er »zuviel Toilettenpapier verbrauchte«. In Großbritannien wurde vor einigen Jahren ein kleines Mädchen gefoltert und bis zum Tode ausgehungert, weil diejenigen, in deren Obhut es sich befand, es nicht zuließen, daß äußere Bezugspunkte den verzerrten Verhaltenskodex beeinflußten, der sich aus ihrem persönlichen, einzigartigen kleinen Wahrnehmungshorizont entwickelt hatte. Das sind Extremfälle. Das war die Nazibewegung auch. Und der Ku-Klux-Klan. Und die Apartheid. Doch das allgemeine Prinzip gilt ebenso in alltäglicheren Lebensbereichen, wenn auch in gemilderter Form. Zu Hause, in der Gemeinde, in den Beziehungen, wo immer Menschen sich in eine fraglos übernommene, zwanghaft exklusive Wagenburg aus Einstellungen, Gewohnheiten oder Überzeugungen zurückziehen, besteht die Gefahr, daß jemand *aus den ehrenwertesten Gründen* verletzt oder abgelehnt wird. Onkel Reginalds Geschichte ist nicht angenehm. Das soll sie auch nicht sein.

Ein drittes Merkmal der Gleichnisse Jesu ist ihre fiktive Natur. Es waren Geschichten. Sie waren erfunden. Sie waren nicht wirklich passiert. Ich weiß nicht, wie ich es sonst ausdrücken soll. Jedes Ereignis im Gleichnis vom barmherzigen Samariter zum Beispiel muß im Zusammenhang der ganzen Geschichte und ihrer gesamten Aussageabsicht gesehen werden. Die Tatsache, daß in dem Gleichnis ein Mann zusammengeschlagen, ausgeraubt und halbtot auf der Straße liegengelassen wird, bedeutet nicht, daß Jesus solche Handlungen stillschweigend gutheißt. Er will damit auch nicht sagen, daß Priester, Leviten oder wer auch immer auf der anderen Straßenseite vorbeigehen *sollten*. Das sind notwendige Elemente in einer Geschichte, deren Ziel es ist, die fundamentale Wahrheit zu vermitteln, daß Ihr Nächster der ist, der Sie braucht oder der Ihnen Hilfe anbietet, wenn Sie welche brauchen. Dieser Punkt mag Ihnen offensichtlich, ja geradezu naiv erscheinen, aber ich habe den Verdacht, daß die Akzeptanz des Fiktiven in der modernen christlichen Literatur davon abhängt, daß man gerade dieses Merkmal der Gleichnisform versteht. Schließlich schildert auch die Bibel selbst Szenen, die für sich betrachtet ausgesprochen widerwärtig sind (eines von vielen Beispielen ist die Art, wie Lot seine Töchter behandelt), doch weil der Christ diese Abschnitte im Zusammenhang der gesamten Mitteilungen Gottes an sein Volk sieht, sind sie dennoch ein Teil des guten Buches der Bücher, eines Buches, das überdies für Christen wie Nichtchristen gleichermaßen verfügbar ist.

Ohne meine Geschichten auch nur im entferntesten auf eine Stufe mit der Heiligen Schrift stellen zu wollen, möchte ich den geneigten Leser dennoch herzlich bitten, dieses oder jenes Detail zu übersehen, das vielleicht anstößig erscheinen mag, und das Gesamtziel dieser Geschichten im Auge zu behalten, das schlicht und einfach darin besteht, Gott zu ehren. Jede von ihnen enthält eine Wahrheit über das Leben in dieser komplizierten Welt, und sie alle waren für mich schwer erlernte Lektionen. Für Sie sind diese Wahrheiten vermutlich längst ein alter Hut, aber ob das der Fall ist oder nicht, ich lege sie Ihnen ans Herz, und vor allem hoffe ich, daß Ihnen das Lesen Freude macht.

Fast bis Cranfield

Oma ist tot. Oma ist tot. Oma ist tot.

Diese sogenannte Tatsache pochte den ganzen Tag hindurch und bis tief in die Nacht hinein wie ein Pulsschlag in seinem Gehirn. Es waren nur Worte, aber sie waren beängstigend hartnäckig; sie trommelten und trommelten und trommelten auf die Stelle in seinem Kopf ein, wo er Sachen glaubte, bis er fast zu erschöpft war, um noch Widerstand zu leisten. Gestern, am Freitag, hatte er gewußt, daß etwas nicht stimmte. Er hatte in der Diele gestanden und mit angehört, wie seine Mutter auf der Treppe mit leiser, besorgter Stimme zu seinem Bruder Simon gesprochen hatte. Er hatte nicht alles verstanden, was sie sagte, aber ein vollständiger Satz war deutlich über das Geländer zu ihm hingeflogen: »Wir müssen jetzt alle sehr tapfer sein.«

Er wußte, was das bedeutete – irgend etwas Dunkles, Schreckliches war geschehen. Er wollte nicht wissen, was es war, bis er an der Reihe war. In seiner Familie gab es eine bestimmte Reihenfolge, in der den Leuten etwas gesagt wurde. Nachdem Mutter und Vater über irgend etwas gesprochen hatten, was immer es war, kam als nächstes Betty an die Reihe, weil sie schon zwölf und die Älteste war, dann Simon, der neun war, und später, vorausgesetzt, das Thema war für die Ohren eines Siebenjährigen überhaupt geeignet, erfuhr er als letzter von der Sache.

In der Nacht von Freitag auf Samstag schlief er so gut wie immer. Nicht das Geringste war passiert, solange er nicht wirklich davon erfahren hatte, und er vermied es sorgfältig, Vermutungen anzustellen – so lange wie möglich.

Die Luft im Haus war wie ein dicker, grauer Haferbrei, als er am Samstagmorgen aufstand. Seine Mutter hatte Zwiebelaugen und war zu heiter. Betty neckte ihn nicht. Simon sagte nichts. Papa sah aus, als ob er angestrengt darüber nachdächte, wie er eine Arbeit angehen sollte, die er noch nie zuvor gemacht hätte. Gefährliche, gefährliche Gefühle stiegen in ihm auf und blieben stecken, unmittelbar bevor sie an die Oberfläche kamen. Er sorgte dafür, daß sie steckenblieben. Es war, als ob man ein Erbrechen so lange unterdrückt, bis man die Toilette erreicht hat. Darin war er gut. Alle sagten immer, er sei ein guter Junge und Simon solle sich ein Beispiel an ihm nehmen, weil Simon immer einfach mitten im Zimmer stand und alles vollbrach und die Leute besonders große Seufzer losließen, weil er ihnen leid tat *und* sie auch noch gleich wiederkommen und den Unrat beseitigen mußten. Es war schon komisch, wenn man sich erbrechen mußte. Er hatte immer gedacht, es liege eigentlich daran, daß der Magen plötzlich wütend auf die letzte Mahlzeit würde, weil die irgend etwas Unverschämtes zu ihm gesagt hätte, und sie mit einem lauten Brüllen hinausschmiß und geradewegs dahin zurückschickte, woher sie gekommen war. Manchmal...

»Christopher, können wir einen Augenblick nach oben gehen? Ich möchte gern etwas mit dir besprechen. Laß dein Geschirr ruhig stehen, Liebling, komm einfach mit mir.«

Nach oben – das hieß, daß es sich um eine sehr große Sache handeln mußte. Man ging nur dann den ganzen Weg nach oben, um etwas zu besprechen, wenn es um eine *sehr* große Sache ging. Wie neulich, als er für Papa Wandmalereien auf die neuen Tapeten gemalt hatte und Mama nicht wollte, daß Papa mit ihm redete, bevor sie es getan hatte. Aber diesmal würde er nicht ausgeschimpft werden, das wußte er. Es ging um etwas Trauriges.

»Kann ich erst noch auf die Toilette, Mama?« sagte er oben auf dem Treppenabsatz. »Es dauert nur einen Moment.«

»Natürlich kannst du das, mein Schatz. Ich warte in deinem Zimmer auf dich.«

In der Toilette drehte er hinter sich sorgfältig den Schlüssel herum. So! Jetzt war er eingeschlossen. Wenn er für immer hier drinnen blieb und diese Tür nie wieder aufschloß, würde er nie von der traurigen Sache erfahren, und dann würde sie auch nie passiert sein. Er setzte sich auf den Rand der Toilette und wartete.

»Christopher, Liebling. Beeil dich, mein Schatz.«

Mama rief. Er würde gehen müssen. Einen Moment lang stand

er unentschlossen da und dachte darüber nach, daß er zu lange für ein kleines Geschäft auf der Toilette gewesen war, aber noch nicht ganz lange genug für ein großes. Er wartete noch ein paar Sekunden, dann klapperte er laut mit dem Toilettenpapierhalter und zerknitterte das herabhängende rosa Papier zwischen Fingern und Daumen seiner rechten Hand. Die Spülung der Toilette zu betätigen hatte ihm schon immer Spaß gemacht. Wenn man ihn ließ, tat er es bei jedem Besuch zwei- oder dreimal. Diesmal tat er es nur einmal; dann schloß er die Tür auf und wandte sich nach links in Richtung Badezimmer, weg von dem großen Schlafzimmer, in dem seine Mutter auf ihn wartete.

»Ich wasche nur noch meine Hände, Mama«, rief er.

»Brav, mein Junge«, antwortete sie automatisch. »Beeil dich aber.«

Er wusch seine Hände, so gut er konnte. Hätte er wirklich gerade ein großes Geschäft hinter sich gebracht, so würden jetzt Trillionen von Keimen durch den Ausguß gespült werden, würgend und keuchend an der Seife, die sie schlucken mußten und die wie Gift für sie war. Gewissenhaft drehte er die Wasserhähne zu, wischte einmal symbolisch durchs Becken und nahm das große gelbe Handtuch vom Heizkörper. Jede Hand trocknete er viermal ab. Vier war seine Lieblingszahl, und die Fünf kam gleich danach, aber sie wurde kaum benutzt, weil sie immer so über diese spitze überzählige Eins stolperte, die an ihrer Ecke hing. Vier war hübsch. Quadratisch, praktisch, gut. Er liebte die Vier.

»Zeigt her eure Hände«, trällerte er. Das sagte Oma auch immer...

Er ließ das große gelbe Handtuch zusammengeknüllt auf den Boden fallen, schoß aus dem Badezimmer und rannte den Treppenabsatz entlang, bis er direkt vor dem großen Schlafzimmer stand. Er vergrub die Hände in den Taschen und versuchte sich ganz normal zu fühlen statt unglücklich. Bald würde seine Mama mit ihm geredet haben, und es würde sich herausstellen, daß es überhaupt nichts besonders Schlimmes war.

Als er das Schlafzimmer betrat, saß seine Mutter mit dem Rükken zu ihm auf der anderen Seite des großen Bettes und blickte aus dem Fenster. Er blieb an der Tür stehen, wippte mit einem Bein und hoffte, sie würde nicht mit der flachen Hand aufs Bett klopfen und ihn auffordern, zu ihr zu kommen und sich neben sie zu setzen. Wenn sie das tat, war es aus. Dann war es wirklich aus. Er wußte es. Alles würde unter ihm nachgeben wie ein riesiger, weicher, schwarzer Treibsand, und er würde tiefer und tiefer sinken, bis er anfing zu weinen.

»Was ist, Mama?«

Sie legte eine Hand flach neben sich auf die Daunendecke und lächelte ihn über die Schulter hinweg an.

»Komm und setz dich her, Liebling. Ich möchte dir etwas sagen.«

Er trottete zu ihr hinüber und ließ sich aufs Bett fallen, die Hände immer noch in den Hosentaschen vergraben. Er wußte, daß er nicht darum herumkam, dort zu sitzen, aber er mußte nicht dort *sein*.

»Darf ich mir heute ein Ventil kaufen, um meinen Fußball aufzupumpen, Mama? Er ist schon seit Ewigkeiten schlaff.«

Mit einem kleinen Stich hilflosen Mitleids sah er die Verletzung in den Augen seiner Mutter. Sie dachte, ein Ventil berührte ihn mehr als ihr Bedürfnis nach ihrem kleinen, liebevollen Jungen. Nein, Mama! Nein! Es berührt mich, es berührt mich! Ich bin hier drinnen, und es berührt mich!

»Schatz, ich muß dir etwas sehr Trauriges sagen. Den anderen habe ich es schon gesagt, und wir sind alle so tapfer, wie wir können.«

Nicht Oma. Nicht Oma. Bitte, Mama, sag mir nicht, daß Oma tot ist. Sag mir nicht...

»Ich fürchte, Oma ist letzte Nacht im Schlaf verschieden.«

Verschieden? Hieß das, daß sie gestorben war?

»Was heißt ›verschieden‹, Mama?«

Die Augen seiner Mutter waren jetzt ganz naß, und sie schüttelte den Kopf, als ob ihr die Worte ausgegangen wären. Er hatte alles falsch gemacht. Er hatte gewußt, daß er alles falsch machen würde. Sie hätte es ihm sagen sollen, während er noch neben der Tür stand, dann hätte er sich auf dem Weg hinüber zu ihr aufraffen können, lieb zu sein.

»Heißt das tot, Mama?«

Jetzt weinte sie richtig. Sie konnte nicht sprechen. Sie nickte nur. Dann kam Papas Stimme von der Tür her.

»Spring jetzt nach unten, Chris. Mama ist ein bißchen aus der Fassung. Ich komme gleich hinunter.«

»Darf ich in meinem Zimmer mit den Legosteinen spielen, Papa?«

»Ja, gute Idee. Ab mit dir.«

Draußen vor der Tür lauschte er einen Moment. Anfangs war nur Gemurmel zu hören; dann erkannte er die Stimme seiner Mutter. Sie klang verletzt und verwirrt.

»Er schien überhaupt nicht zu reagieren. Warum hat er nicht geweint oder traurig ausgesehen? Ich verstehe das nicht. Er hat sie doch so geliebt.«

Er ging in sein Zimmer, holte eine große rote Plastikkiste unter seinem Bett hervor und fing an, ein Legohaus zu bauen. Er hatte Unmengen von Legosteinen, die er mal zum Geburtstag geschenkt bekommen hatte, mal zu Weihnachten oder auch mal ohne besonderen Anlaß, was meistens am besten war, weil es dann eine Überraschung war. Er beschloß, ein massives Haus zu bauen, das niemand auseinanderbrechen könnte, und dazu jedes einzelne, noch so winzige Legosteinchen zu verwenden, das in der Kiste war. Er würde all die kleinen Lego-Astronauten und Krankenwagenfahrer und Feuerwehrmänner und Tankwarte auf die Grundplatte stellen und um sie her die Wände hochziehen, um dann ein Dach aus blauen Dachsteinen zu bauen, damit niemand oben herauskonnte.

Er dachte an Oma.

Oma wohnte eine aufregende, halbstündige Busfahrt entfernt in Cranfield. Wenn er im Bus oben saß, konnte er manchmal, eine Weile bevor er die ersten Häuser erreichte, Rehe im Wald sehen, und danach kam eine Feuerwehrstation, deren große Tore, wenn er Glück hatte, geöffnet waren, so daß er drinnen wie zwei riesige Spielzeuge die leuchtend roten Löschzüge sehen konnte. Dann hielt der Bus vor einer Bäckerei, aber da stieg er noch nicht aus. Er wartete, bis sie fast den höchsten Punkt der Steigung in der High Street erreicht hatten; dann drückte er auf den roten Knopf, damit die Glocke erklang, die dem Fahrer sagte, daß er aussteigen wollte, und der Bus hielt genau auf der Kuppe des Hügels wie ein müdes altes Monster, und dann stieg er aus und war da. Er spürte ein Knistern in sich wie von einem fröhlichen Feuer, wenn er seine Mama über den Weg zu Omas grüner Haustür zerrte. Dann hörte er eine Stimme durch den Briefschlitz rufen, und sie sagte fast immer dasselbe.

»Wer kommt da über meinen Gartenweg? Wer kommt mich da besuchen?«

Oma war immer guter Dinge. Sie hatte graues Haar und eine grüne Strickjacke, und ein Spinnrad, das zwar alt war, aber immer noch surrte, eine Kiste voller toller Sachen, mit denen man basteln konnte, eine Schublade voller ausgeblasener Eier, einen Garten mit Birnbäumen, jede Menge Zeit, um Geschichten vorzulesen, Wärmflaschen aus Stein und eine Bibel, die aussah wie eine Piratenschatztruhe, und sie steckte immer voller Pläne, wie sie anderen Leuten helfen wollte, und sie war der einzige Mensch außer Mama und Papa, vor dem er sich ausgezogen hätte, und sie wohnte immer noch dort in Cranfield, was immer die anderen sagen mochten, und morgen würde er hingehen und sie besuchen, nichts und niemand würde ihn daran hindern können.

»Alles in Ordnung, Chris?«

Sein Papa stand in der Tür und blickte besorgt drein.

»Ja... gefällt dir das Haus, das ich gebaut habe, Papa? Ich fahre morgen nach Cranfield.«

»Es gefällt mir sehr gut, Chris – wirklich toll. So gut könnte ich es nicht. Es hat keinen Sinn, nach Cranfield zu fahren, Junge. Du hast doch gehört, was Mama dir gesagt hat, oder?«

»Daß Oma tot ist, meinst du?«

»Nun... ja – du weißt doch, was das bedeutet, nicht wahr?«

»Ja.«

»Was meinst du, was es bedeutet?«

»Wie Sammy.«

Sein Papa nickte zufrieden und ließ sich neben ihm auf dem Fußboden nieder.

»Genau. Chris, und Sammy hast du doch sehr lieb gehabt, nicht? Erinnerst du dich noch, was wir gemacht haben, als Sammy starb?«

»Ein Bergeräbnis im Garten.«

»Begräbnis«, korrigierte ihn Papa. »Stimmt, und so wird es bei Oma auch sein. Oma ist zu Jesus gegangen, und deshalb braucht sie ihren alten Körper nicht mehr. Jesus wird ihr einen neuen geben. Verstehst du?«

»Ja.«

»Aber das heißt nicht, daß wir nicht traurig darüber sind, daß Oma tot ist, nicht wahr? Schließlich haben wir sie lieb gehabt und werden sie sehr vermissen.«

»Können wir morgen nach Cranfield fahren?«

Er merkte, daß sein Papa sich Mühe geben mußte, nicht wütend zu werden.

»Chris, hast du überhaupt zugehört, was ich dir gesagt habe? Wir fahren morgen nirgendwohin, und wir müssen alle sehr lieb und rücksichtsvoll zu Mama sein, weil sie sehr traurig ist.«

Es entstand eine kurze Pause. Innerlich wand er sich. Dann sprach sein Papa weiter.

»Du bist doch auch sehr traurig über Oma, nicht wahr, Chris?«

»Mmmm...«

Er wußte, daß das nicht reichte. Jetzt mußte sein Papa ein bißchen wütend werden. Er stand auf, kratzte sich am Kopf und holte tief Luft.

»Ich verstehe dich einfach nicht, Chris. Ich hätte geglaubt... na ja, wie auch immer, versuche bitte, ein guter Junge zu sein und uns allen die Sache nicht noch schwerer zu machen, ja?«

»Ja, Papa. Ich gehe aber doch morgen nach Cranfield, Papa.«

Das war der letzte Funke.

»Also schön, Chris. Du kannst hierbleiben und dir selber Unsinn erzählen, aber ich fürchte, ich habe zuviel zu tun, um dir dabei Gesellschaft zu leisten. Sieh nur zu, daß du niemandem im Weg bist!«

Er würde Papa später alles wiedergutmachen lassen. Es war nicht Papas Schuld – er verstand es einfach nicht.

Der Samstag verging. Großtanten und entfernte Tanten erschienen und bewegten sich schwerfällig wie große braune Schränke auf quietschenden Laufrollen von Zimmer zu Zimmer. Er verbrachte einen großen Teil des Tages auf der Treppe. Er durfte nur auf den geradzahligen Stufen sitzen. Wenn er sich auf eine ungerade Stufe setzte, würde er in ein japanisches Kriegsgefangenenlager gebracht und gefoltert werden. Die vierte Stufe von oben war die sicherste. In Omas Haus waren alle Stufen sicher. Das kleine Eichhörnchen in seinem Bauch hielt sich immer ganz still, wenn er Oma besuchte. Morgen würde er hingehen. Morgen würde er nach Cranfield gehen. Er würde Oma besuchen.

Oma ist tot.

Als er allein im Dunkeln lag, kämpfte er gegen diese drei Worte an, bis die Zeit, zu der er normalerweise einschlief, schon lange vorüber war. Dann, als er endlich in einen Dämmerschlaf sank, träumte er etwas ganz besonders Schlimmes.

Diesmal deckte er einen großen Tisch zum Abendessen. In der linken Hand hatte er einen Korb mit Messern, Gabeln und Nachtischlöffeln. Zuerst machte es ihm Spaß, langsam um den Tisch herumzugehen und das Besteck sorgfältig auf jedem Platz anzuordnen. Er machte es sich zur besonderen Ehrensache, darauf zu achten, daß jedes Messer und jede Gabel absolut gerade lagen und daß jeder Nachtischlöffel in dieselbe Richtung zeigte. Als er seine Arbeit schließlich vollendet hatte, trat er einen Schritt zurück, um sein Werk zu begutachten. Dabei warf er zufällig einen Blick in den Korb, der immer noch an seiner linken Hand hing. Dann begann der Horror. Es war noch ein Messer im Korb übrig. Er hatte bei einem Gedeck das Messer vergessen. Namenloses Entsetzen erfaßte ihn, als er in wahnwitziger, panischer Geschwindigkeit um den Tisch herumraste und verzweifelt nach dem leeren Platz suchte, um den Fehler zu berichtigen, bevor ihm irgendeine schreckliche Strafe auferlegt würde. Plötzlich entdeckte er den Platz, und mit einem kleinen Schluchzen der Freude griff er in den Korb – und stellte fest, daß das Messer verschwunden war. Dann flog hinter ihm krachend eine Tür auf, und jemand kam herein…

Niemand ging am nächsten Morgen in die Kirche. Papa machte das Frühstück. Das für Mama brachte Betty auf einem Tablett nach oben. Simon ging zum Spielen zu einem Freund. Die Luft draußen war warm und still. In der Ferne spielte ein Radio. Ab und zu brummten Autos um die Ecke und an ihrem Haus vorbei. Um genau neun Uhr fünfunddreißig tapste auf dem mit glatten Ziegeln gepflasterten Bürgersteig ein weißer Hund vorbei. Um eine Minute nach zehn tapste er wieder zurück. Er beobachtete alles durch das Fenster im Treppenhaus und schaute jedesmal auf seine Uhr mit richtigen Zeigern. Er hatte sich extra eine Uhr mit richtigen Zeigern gewünscht. Die andere Sorte hatte er nicht gewollt. »Digital, schnickital, schnickschnack!« hatte Oma gesagt. Er hatte es nicht nachsprechen können, und sie hatten beide gelacht...

»Ich gehe jetzt, Papa.«

Papa las gerade die Zeitung; seine Augen sahen dunkel und müde aus. Er blickte auf und runzelte die Stirn.

»Du gehst? Wohin? Was meinst du?«

»Nach Cranfield. Ich gehe nach Cranfield, das habe ich dir doch gesagt, Papa.«

Papa lehnte seinen Kopf gegen die Sessellehne und schloß seine Augen. Er sprach mit jener leisen, langsamen Stimme, die verriet, daß er nichts Weiteres mehr sagen würde, wenn er fertig war.

»Chris, von mir aus kannst du nach Timbuktu gehen, wenn du willst, das ist mir im Moment egal. Wenn du draußen spielen gehen willst, dann geh um Himmels willen! Sieh zu, daß du nicht zu spät zum Essen kommst. Sei vorsichtig. Bis dann.«

Er konnte nach Timbuktu gehen, wenn er wollte. Timbuktu lag in Afrika, in der Sahara. Das war viel weiter weg als Cranfield. Er beschloß, das als eine Erlaubnis zu deuten. Um Viertel nach zehn machte er sich auf den Weg, zehn Pence in der Tasche und seine leichte blaue Windjacke um die Hüften geschlungen, und wanderte los in Richtung Cranfield.

Das erste Stück kannte er ziemlich gut, weil sie als Familie dort oft spazierengingen. Am Ende des Dorfes rechts, dann geradeaus durch den Park, bis er auf den schwarzen Teerweg stieß, dann den Weg entlang bis zu der sehr belebten Hauptstraße, die er überqueren mußte, wenn er weiterkommen wollte. Im Zweifel warten, bis er überhaupt kein Auto sehen oder hören konnte, dann direkt hinübergehen. Er wartete lange, um absolut sicherzugehen, und rannte dann hinüber. Dann den Waldweg zwischen den hohen, grünen Bäumen hindurch, über den großen ebenen Parkplatz, wo manchmal Jahrmarkt war, einen kleinen Hügel hinab, und dann war er an der Stelle, wo er und Mama immer in den Bus einstiegen, wenn Papa nicht mitkam. Das nächste Stück war auch leicht. Um die scharfe Kurve bei der Kirche mit der Sonnenuhr gelangte er zum Beginn der langen, steilen Steigung, wo ihn der bevorstehende Besuch bei Oma immer richtig in Aufregung zu versetzen begann. Cranfield kam erst, wenn man ganz oben auf diesem Hügel angekommen war. Vielleicht war es sogar noch ein bißchen weiter. Er mußte nur fest entschlossen sein, zu gehen und zu gehen und zu gehen, bis er ankam, und er mußte es wirklich ernst meinen, dann würde es geschehen.

Auf halbem Wege den Hügel hinauf hielt er an einem kleinen Laden an, um sich ein paar Vorräte für den Rest seiner Wanderung zu besorgen. Bonbons boten sich an, denn davon bekam man für zehn Pence immerhin soviel, daß es wie eine ganze Menge aussah. Er riß sich eine der kleinen weißen Papiertüten von der Schnur, an der sie hingen, und füllte sie mit den kleinsten, billigsten Bonbons, die er finden konnte; dann trug er sie zu der Dame an der Theke und wartete, während sie alles zusammenrechnete.

»Zehn Pence bitte, mein Kleiner.«

Die Dame war alt und nett. Er gab ihr sein Zehn-Pence-Stück.

»Dann auf Wiedersehen.«

»Auf Wiedersehen.«

Jetzt, mit einer Tüte voller Bonbons, fühlte er sich wohl. Volle Sachen gaben einem ein besonderes, dickes, reiches Gefühl. Er beschloß, keinen Bonbon zu essen, bevor er weitere fünfhundert Schritte hinter sich gebracht hätte. Bis dahin müßte er die Hügelkuppe beinahe erreicht haben. Falls nicht, würde er warten, bis er seinen Fuß tatsächlich auf den ersten ebenen Pflasterstein setzte. Das würde ihm helfen, weiterzugehen.

In seinem Bauch kitzelte es behaglich, als er diese festen Pläne schmiedete. Es machte ihm immer Spaß, etwas wirklich ernst zu meinen.

Fünfhundert Schritte später war die Hügelkuppe noch nicht einmal in Sichtweite. Er heftete seinen Blick an den Boden und beschloß, nicht mehr aufzublicken, bis er oben war.

Als er endlich am höchsten Punkt der Steigung anlangte, blieb er stehen und hob den Kopf. Die Straße schwang sich vor ihm hinab und auf der anderen Seite des Tales wieder empor und verschwand dann in der Ferne zwischen Fichten. Keine Spur von Cranfield – noch nicht. Es mußte ein ganzes Stück weiter sein, als er gedacht hatte. Aber das machte nichts. Wahrscheinlich lag es gleich hinter diesen Bäumen auf dem anderen Hügel vor ihm. Er würde jetzt einen Erdbeer-Kaubonbon essen, und dann nichts mehr, bis er an diesen Bäumen vorbei war und sehen konnte, was auf der anderen Seite los war. Er mußte nur gehen und gehen und gehen, bis er am Ziel war.

Es lag nicht gleich hinter den Bäumen, und es lag nicht auf der anderen Seite des großen Verkehrskreisels, und es lag nicht an der Kreuzung hinter dem Wasserreservoir (obwohl er sich erinnerte, das vom Bus aus schon gesehen zu haben), und es lag nicht am Ende des langen, schnurgeraden Straßenstücks, das zwischen Feldern hindurchführte, die mit etwas unglaublich, verblüffend Gelbem bepflanzt waren, und es lag nicht jenseits einer finsteren, hallenden Eisenbahnunterführung, und es lag auch nicht gleich nach dem Wald, in dem heute keine Rehe zu sehen waren.

Die Bonbons gingen ihm allmählich aus. Nur gehen und gehen.

Oma kaufte ihm manchmal Bonbons.

»Komm, wir ziehen uns die Jacken an«, sagte sie, »schleichen uns in den Laden und kaufen uns was Leckeres.«

Bonbons oder einen Krapfen. Sie ließ ihn immer wählen. Dann machte sie ihre eigentlichen Einkäufe. Von einem Laden zum anderen gingen sie, und überall, wohin sie kamen, legte sich ein Glanz über den Raum, weil sie beide darin fröhlich waren. Wegen Oma funkelte und glänzte Cranfield wie ein Weihnachtsbaum. Der Metzgerladen glänzte. Das Fleisch im Metzgerladen glänzte. Das Postamt glänzte. Die Bordsteinkante bestand aus kostbarem grauem Edelstein. Die Häuser leuchteten lieblich. Die Luft schien zu tanzen. Warum sollte Jesus Oma für sich allein haben?

Er hatte noch einen kleinen Plombenzieher übrig, und er war fast da. Er wußte, daß er fast da war, weil er die Stelle erreicht hatte, wo der Bus rechts von der Hauptstraße abbog und wo Mama immer sagte: »Nimm deine Sachen, Chris. Wir sind fast da.«

Er wandte sich nach rechts und ging ein paar Schritte die stille Baumallee entlang; dann blieb er stehen und setzte sich auf eine niedrige Mauer, die den Friedhof neben einer kleinen, gedrungenen, grauen Kirche begrenzte. Gegenüber, gleich an der Ecke, stand ein Wegweiser. Er verriet ihm, daß es bis Cranfield nur noch eine halbe Meile war. Nur noch eine ganz kleine Weile, dann könnte er auf Omas Haustür zugehen und aufgeregt darauf warten, daß sich die grüne Tür öffnete und die zierliche, vertraute Gestalt ihn auf ihre ganz besondere Art in die Arme nahm.

Der Rückweg war viel schlimmer als der Hinweg. Seine Beine begannen sich wie Gummi anzufühlen, und sein Magen knurrte und schmerzte vor Hunger. Der Plombenzieher hatte nicht sehr lange vorgehalten, und Bonbons waren sowieso nicht das, was er jetzt brauchte. Während er hartnäckig den Weg zurücktrottete, den er gekommen war, träumte er von dicken Marmeladenbroten, Fleisch und Kartoffeln, Apfelkuchen und Vanillesoße, Biskuit mit Sirup und großen Brocken roter und weißer Eiskrem. Da es Sonntag war, mußte es zu Hause ein ziemlich gutes Essen gegeben haben, während er weg war. Wahrscheinlich Hähnchen. Ohne viel dabei zu empfinden, fragte er sich, ob Papa ihn verhauen oder nur ausschimpfen würde, wenn er nach Hause kam. Betty würde ganz die große Schwester spielen, und Simon würde sich besonders gut benehmen und es genießen, daß Chris der Übeltäter war. Mama würde sagen: »Wie konntest du nur, Christopher?« und schon ziemlich bald wieder von ihm ablassen. Er vermutete, daß er morgen wieder wie üblich in die Schule gehen würde. Das machte ihm nichts aus. Er ging gerne in die Schule. Besonders mochte er seine Lehrerin, Miss Burrows. Ihre Augen leuchteten immer auf, wenn er eine gewisse Art von Witzen machte, als ob sie in seinen Kopf hineingesehen hätte und wüßte, was darin vorging. So war Oma auch gewesen. Jetzt, wo Oma tot war, war Miss Burrows die einzige (außer Papa manchmal, wenn sonst niemand da war), die wirklich diesen komischen Zug an ihm kannte.

Komisch, daß er am Ende doch nicht bis nach Cranfield gegangen war, wo er doch schon so nahe gewesen war. Als er dort auf der

Mauer gesessen hatte, war ihm plötzlich kalt und unheimlich geworden bei dem Gedanken, zu sehen, wie Omas Haus alle Augen geschlossen und allen Glanz verloren hatte. Er wäre nicht fähig gewesen, den Pferdekopf-Türklopfer anzuheben und wieder fallen zu lassen und sich dabei vorzustellen, wie das hohle Klappern durch die triste, leere Diele in eine triste, leere Küche hallte, in der niemand mit mehlbestäubten Händen stand und alles stehen und liegen ließ, um zur Tür zu kommen und ihn hereinzulassen. Er hatte sich schon immer gewünscht, einmal mit einem Riesenhaufen Mehl spielen zu dürfen. Er wollte seine Hände in den feinkrümeligen Staub stecken und sie unter der Oberfläche umherbewegen und dann herumlaufen und überall auf Sachen und Leuten weiße Handabdrücke hinterlassen. Was wohl Mama und Papa sagen würden, wenn er sich zu seinem nächsten Geburtstag ein Faß mit Mehl wünschte? Dreimal dürft ihr raten!

Nur gehen und gehen und gehen.

Wie lange war es noch bis zu seinem Geburtstag? Einen – nein, zwei Monate. Das waren ungefähr acht Wochen, und das war eine lange Zeit, bis man sie dann plötzlich hinter sich hatte und sich die ferne Zukunft ins Jetzt verwandelt hatte. Papa hatte ihm ein Fahrrad versprochen. Er hoffte inständig, daß es kein so gut wie neues Fahrrad sein würde. Er wollte ein brandneues, glänzendes, vollkommenes Fahrrad wie das, das Simon letztes Jahr bekommen hatte, nur besser. Es war die Rede davon gewesen, daß er Simons Rad bekommen sollte, aber er wollte nicht Simons Rad. Er wollte...

Er geriet plötzlich ins Stolpern, als ein gewaltiges Gähnen seinem Körper alle Kräfte zu entziehen schien. Er war jetzt schrecklich müde, aber er brachte nicht die Energie zum Stehenbleiben auf. Er konnte nur gehen und immer weitergehen wie ein gehender Roboter, bis er gegen die längste Ziegelsteinmauer der Welt stieß oder nach Hause kam oder wohin auch immer. Auf eine neblige, verträumte Art bemerkte er, daß er wieder die belebte Hauptstraße erreicht hatte, die er heute morgen, vor Jahren und Aberjahren, überquert hatte. Massen von Autos und Lastwagen und Motorrädern jagten in beiden Richtungen dahin, aber irgendwie schien er nicht in der Lage zu sein stehenzubleiben...

»Chris! Christopher! Halt – bleib stehen!«

Er stand still und blinzelte zu der wild gestikulierenden Gestalt auf der anderen Straßenseite hinüber. Es war Papa. Papa war ihm entgegengekommen. Der gute alte Papa. Jetzt kam er über die Straße. Er beugte sich herab und hob ihn hoch. Es war sehr schön, so hochgehoben zu werden, und Papa schien auch überhaupt nicht wütend zu sein. Er schien ganz weich und still und freundlich zu sein, wie jemand, der eine große Überraschung erlebt hat, die ihn zum Zittern brachte.

»Chrissy – Chris, wo um alles in der Welt bist du gewesen? Ich suche dich schon seit Stunden. Wir haben uns alle solche Sorgen gemacht.«

Es war ein sehr einschläferndes Gefühl, so schaukelnd auf dem Arm getragen zu werden.

»Ich war fast bis Cranfield, Papa. Habe ich dir doch gesagt, oder?«

»Das hast du mir gesagt? Chris, du hast nie…«

Er spürte, wie es seinem Papa wieder einfiel.

»Du bist bis nach Cranfield und wieder zurück gelaufen, Junge?«

»Fast, Papa. Kriege ich ein Marmeladenbrot, wenn wir zu Hause sind, Papa?«

»Sechzehn Meilen, Chris? Wir hätten nie gedacht… wir haben der Polizei gesagt, du wärst hinaus aufs Feld gegangen. Sechzehn Meilen…«

»Kriege ich eins, Papa?«

»Du kriegst den ganzen Marmeladentopf, Chrissy. Mama hat auch dein Mittagessen auf einem Teller für dich aufgehoben. Warum bist du gegangen?«

»Ich wollte nur – weiß nicht.«

Sie kamen nach Hause. Papa klopfte mit dem Fuß gegen die Hintertür. Mama öffnete und stieß einen kleinen Schrei aus, als sie sah, wer es war. Sie streckte ihre Arme aus, und plötzlich lag er in Mamas Armen statt in Papas. Auch sie war nicht wütend. Ein breites Lächeln lag auf ihrem Gesicht, und in ihren Augen schwammen Tränen herum. Ihm war noch nie aufgefallen, wie ähnlich sich

Mama und Oma sahen. Sie war schließlich Omas Tochter, darum war es eigentlich kein Wunder. Papa stand immer noch dicht neben ihr. Beide schauten sie auf ihn herab.

»Er war in Cranfield«, sagte sein Papa leise.

»Mama?«

»Ja, mein Schatz?«

»Oma ist tot, nicht wahr?«

»Ja, Liebling, sie ist tot.«

Dann fing er an zu weinen.

Brief an William

Lieber William,
es war wirklich großartig, daß wir uns neulich auf dem Bahnhof über den Weg gelaufen sind. Es war das erste Mal seit fünf Jahren, daß wir uns begegnet sind, und wir hatten nur sieben Minuten, bis mein Zug abging. Ich habe ihn übrigens in allerletzter Sekunde noch erwischt. Um drei war ich in Bangor, und danach ging es ohne große Umwege zum Bus. Gegen vier Uhr kamen wir in Llanberis an, und um Viertel nach saß ich im Hotel und putzte meine Wanderschuhe für den nächsten Morgen. Wirklich erstaunlich! Ich liebe Eisenbahnen – was mir nicht schlecht zustatten kommt, so wie die Dinge bei mir im Augenblick liegen. Das ist im Grunde auch einer der Hauptgründe, warum ich Dir schreibe. Ich habe Deinem Gesichtsausdruck neulich angemerkt, daß Du das eine oder andere von dem, was ich sagte, recht merkwürdig fandest, um es milde auszudrükken. Soweit ich mich erinnere, verlief ein Teil unseres Gesprächs etwa so:

DU: Wie kommt es, daß du so fit aussiehst?

ICH: Nun, das könnte damit zusammenhängen, daß ich in den letzten sechs Monaten ein paarundsiebzigmal auf den Mount Snowdon geklettert bin.

DU: *(Nach einer überzeugenden mimischen Darstellung eines Karpfens.)* Du hast was?

ICH: Ich habe viel Zeit damit verbracht, auf den –

DU: Ja, ich habe gehört, was du gesagt hast, aber warum in aller Welt hast du –

ICH: *(Nach einem Blick auf die Uhr in panischer Eile.)* Sieh mal, ich habe jetzt keine Zeit, dir das zu erklären – es fing alles mit meiner Reise nach Schottland an.

DU: Schottland? Der Snowdon ist doch in Wales, oder?

ICH: Ja, natürlich, aber – hör mal, ich schreibe dir, okay?

Der Ausdruck verwirrter Besorgnis auf Deinem Gesicht, als ich mit meinen Taschen davonflatterte, ist mir nicht mehr aus dem Sinn gegangen; also schreibe ich Dir heute, um Dich von Deinem Elend zu erlösen. Nur muß ich Dich dazu um etwas Geduld bitten. Es ist eine ziemlich lange Geschichte, und sie beginnt vor mehr als neun Monaten, als ich noch in der Schule in Bromley unterrichtete, ohne Anlaß zu der Annahme zu haben, daß ich je etwas anderes tun würde.

Eines Abends rief mich Dudley Nicholls an. Wenn Du ein wenig nachdenkst, wirst Du Dich an ihn erinnern. Er war in unserer Klasse auf dem College. Ein korpulenter Bursche mit einer tiefen Stimme und jeder Menge Geld. Fuhr mit der großen Limousine seines Vaters herum, kaum daß er den Führerschein gemacht hatte. Wir haben immer dicke mit ihm getan, damit er uns mitnimmt. Einmal fragte er uns, ob man seine Socken ausziehen muß, wenn man hinten im Auto Liebe macht, und Du sagtest, nein, das würde Deiner Meinung nach nicht ausreichen. Derry Mimpson schüttete ihm einmal einen Becher heißen Kakao über den Kopf, als er nebenan auf der Toilette saß. Er jammerte und jammerte, und Du warst stinksauer auf Derry. Erinnerst Du Dich jetzt an ihn? Gut!

Erinnerst Du Dich auch daran, daß Dudley, als etwa zwei Drittel unseres zweiten Jahres hinter uns lagen, sich plötzlich auf unerklärliche Weise veränderte? Er fing an, immer so komisch faltig zu lächeln und uns anzusehen, als ob wir das größte Vergnügen des Jahrhunderts verpaßt hätten. Und er wollte nicht mehr mit in die Kneipe kommen und rauchte und fluchte nicht mehr, und dann seufzte er immer, wenn einer von uns einen schmutzigen Witz erzählte, und schließlich sagtest Du ihm, wenn er uns jetzt nicht erzählte, was mit ihm los sei, würdest Du ihm seine Autoschlüssel zu essen geben. Wir standen unten hinter den Büschen am Ende des Collegegartens, erinnerst Du Dich? Er bekam ganz glasige Augen und erzählte, er sei Christ geworden und habe sein Leben Gott gegeben, und er habe sich von all seinen bösen Wegen abgekehrt und gehe jetzt in diese kleine Gemeinde hinter dem Wollgeschäft in der Station Road zu allen möglichen Bibelkreisen und Gebetstreffen und was weiß ich noch alles. Ich war drauf und dran, ihm eins überzuziehen, aber Du warst richtig nett zu ihm, William, wirklich. Ich sehe Dich noch vor mir, wie Du ernsthaft nicktest und sagtest, was für eine gute Sache das sei, wenn man etwas findet, woran man wirklich glauben kann.

Dann fragte er, ob wir nicht einmal mit in den Gottesdienst kommen wollten, und Du sagtest, Du wüßtest über derartige Gemeinden Bescheid und hättest zwar Respekt vor Leuten, die dort hingingen, aber es gäbe Dir dort zu viele Versammlungen und zuviel Gerede darüber, was man alles nicht tun dürfe, während zuwenig tatsächlich *getan* würde, und ich war mehr oder weniger Deiner Meinung; also gingen wir nicht hin. Danach bekamen wir nicht mehr viel von ihm zu sehen, nicht wahr?

Jedenfalls sind er und ich nach dem College in Kontakt geblieben, und später wurde er stellvertretender Filialleiter in einem Supermarkt in der Nähe von Sevenoaks, so daß wir gar nicht so weit voneinander entfernt wohnten. Ich wußte, daß er immer noch in die Kirche ging, obwohl er nicht sonderlich viel darüber sprach. Wir trafen uns ungefähr einmal im Monat zum Mittagessen. Meistens redete er am liebsten über die alten College-Zeiten. War manchmal richtig wehmütig. Dich hat er ziemlich oft erwähnt, William. Ich glaube, er hat eine Menge von Dir gehalten (warum, ist mir schleierhaft!).

Wo war ich? Ach ja – der Anruf. Er klang ein bißchen komisch am Telefon – verwirrt und angespannt. Er wolle sich einmal mit mir unterhalten, sagte er, mich nach etwas fragen, und ob er am folgenden Samstag mit dem Zug heraufkommen und ein paar Stunden bei mir verbringen könnte. Ich wurde natürlich neugierig und sagte ihm, er solle unbedingt kommen. Ich würde ihn am Bahnhof abholen und so, und ob er mir einen Hinweis geben könne, worum es sich handelte? Am anderen Ende blieb es eine Weile still, dann sprach er.

»Ich habe in der Zeitung eine Anzeige entdeckt – na ja, eigentlich keine Anzeige, eher so eine Art Bekanntmachung, und ich weiß nicht, was ich damit anfangen soll. Ich möchte wissen, was du davon hältst.«

Das waren seine Worte, und mehr wollte er am Telefon nicht darüber sagen. Also verabschiedeten wir uns, und damit hatte es sich bis Samstag. Ich kann Dir ruhig sagen, William, daß mich der Gedanke, den Ratgeber spielen zu sollen, etwas nervös machte. Um ehrlich zu sein, ich glaube, der alte Dudley sah mich in einer Art »Williamesker« Aura. Wärst Du in der Nähe gewesen, hätte er sich sicherlich an Dich gewandt. Wie auch immer – Du warst nicht da, also konnte er es nicht.

Am Samstag also saßen Dudley und ich uns dann in meinem Wohnzimmer gegenüber. Das »Wie geht's?« und »Möchtest du eine Tasse Kaffee?« hatten wir hinter uns, und Dudley zog ein zusammengefaltetes Zeitungsblatt aus der Tasche und reichte es mir herüber. Ich verbrachte zwei sehr verwirrende Minuten damit, ein Rezept für hausgemachte Marmelade zu studieren, bevor Dudley merkte, daß ich die falsche Seite betrachtete und mich veranlaßte, das Blatt umzudrehen. Auf der anderen Seite fand ich eine eingerahmte Anzeige – es muß etwa eine Viertelseite gewesen sein – und sie war, wie Sherlock Holmes sagen würde, höchst einzigartig. Ich schreibe sie für Dich auf, so gut ich sie im Gedächtnis habe:

CHRISTEN-REKRUTIERUNGSZENTRUM FÜR GROSSBRITANNIEN
HALSTER, SCHOTTLAND.
VOM HEUTIGEN TAGE AN SIND WIR DIE ALLEINIGEN VERTRETER FÜR ERLÖSUNG ETC. IN ENGLAND, WALES, SCHOTTLAND UND NORDIRLAND.
BESUCHER SIND HERZLICH WILLKOMMEN.
TERMINVEREINBARUNG NICHT NOTWENDIG.
ACHTUNG: BISHERIGE ARRANGEMENTS HABEN MÖGLICHERWEISE *KEINE* GÜLTIGKEIT MEHR.
WIR BERATEN SIE GERN.

Wie Du siehst, steht keine Telefonnummer dabei, und die Adresse – nun ja, wer weiß schon, wo Halster liegt? Nun, Du wirst lächeln, wenn Du weiterliest, und ich kann es Dir nicht verübeln. Es klingt lächerlich, aber es ist die Wahrheit. Rund um diesen Teil der Seite war eine Art Leuchten zu sehen. Ich nehme Dich nicht auf den Arm, es war wirklich so. Ich weiß noch, wie ich blinzelte und den Kopf schüttelte, um das Leuchten zu verscheuchen, aber es ging nicht weg. Es war auf der Seite, oder vielleicht in der Luft über der Seite oder – wo auch immer. Als ich aufblickte, nickte Dudley und lächelte mir aufgeregt zu.

»Du kannst es auch sehen, nicht wahr?« sagte er.

»Das Glänzen, meinst du?«

»Ja«, sagte er, beugte sich herüber, nahm mir das Blatt aus der Hand und strich es auf dem Couchtisch zwischen uns glatt. »Nicht jeder sieht es, weißt du – die meisten sehen es nicht. Die Sache ist...«

Du weißt sicher noch, wie viele Sorgen sich Dudley immer gemacht hat. Wir sagten immer, er sehe aus wie ein Bernhardiner, wenn er etwas auf dem Herzen hatte. Nun, genauso sah er jetzt auch aus, nur daß sich gleich dahinter die Begeisterung in sein Gesicht drängte.

»Die Sache ist die«, fuhr er fort, »daß ich nicht weiß, was es bedeutet, wenn man es sehen kann... ob es bedeutet, daß man... na ja, in Ordnung ist, oder... etwas anderes.«

Wie habe ich mir gewünscht, Du wärst da, William. Ich war völlig von den Socken. Leuchtende Zeitungen? Alleinige Vertreter für Erlösung? Ich glaubte schon, die Türen der Irrenanstalt hinter mir zuknallen zu hören, während Dudley mit seiner tiefen Stimme weiter auf mich einredete.

»Ich fahre hinauf. Ich fahre hinauf nach Halster und suche dieses Zentrum auf und frage, ob ich wirklich... na ja, ich bitte um ein paar Ratschläge über... über alles mögliche.«

Nun, Du kennst mich ja, William. Es kostet nichts, jemandem nach dem Mund zu reden, und niemand legt Wert auf Ratschläge, wenn sie nicht mit dem übereinstimmen, was man sowieso vorhat; also nickte ich nur und zuckte die Achseln und sagte: »Warum nicht?« und dergleichen. Als ich fertig war, starrte Dudley eine Weile lang das Blatt an, und als er endlich aufblickte, biß er sich auf der Unterlippe herum und sah ein bißchen verlegen aus.

»Weißt du, Ray«, sagte er durch die Zähne hindurch, »ich habe keine große Lust, den ganzen Weg allein zu machen, und da wollte ich dich fragen, ob du nicht mitkommen willst.«

Rate mal, wer da plötzlich ganz objektiv wurde. »Wie steht es mit den Kosten?« fragte ich ihn. »Ich bin pleite.«

»Ich zahle«, sagte Dudley.

Ein kostenloser Ausflug nach Schottland. Meine Objektivität ging jetzt ein wenig den Bach hinunter, aber ich hatte das Gefühl, alle Gegenargumente aufmarschieren zu lassen – um Dudleys willen.

»Ich kann nicht einfach verschwinden und die Schule Schule sein lassen«, meinte ich. »Das ist schließlich mein Job. Während der Schulzeit kriege ich nicht frei.«

Dudley nickte – daran hatte er auch schon gedacht. »Es sind doch nur noch etwa vierzehn Tage bis zu den Osterferien«, sagte er, »und dann kann ich mir problemlos eine Woche freinehmen. Was meinst du? Komm schon, sag, daß du mitkommst.«

Nun, der einzige Einwand, der noch blieb, war der naheliegende, nicht wahr?

»Schau mal, Dudley«, sagte ich, so freundlich ich konnte, »ein Ausflug nach Schottland würde mir bestimmt sehr viel Spaß machen, und es ist sehr großzügig von dir, die Kosten zu übernehmen, aber hast du darüber nachgedacht, wie du dich fühlen wirst, wenn du in dieses gottverl... in dieses Nest kommst und feststellst, daß es dort überhaupt kein Christen-Rekrutierungszentrum gibt, oder wie immer die sich nennen?«

»Das Risiko gehe ich ein«, erwiderte Dudley ernsthaft, »und überhaupt, was ist mit dem Leuchten? Dem Glänzen? Das kannst du nicht wegerklären, oder?«

Ich nahm das Blatt nochmals zur Hand und sah es mir genau an. Das Leuchten war immer noch da; ein schwaches, weißliches Licht, das ganz unabhängig von der Substanz des Papiers selbst zu sein schien. Ich drehte es herum und starrte wieder auf das Marmeladenrezept. Kein Leuchten, nicht das Geringste. Ich hielt mir das Blatt flach vor die Augen, mit der Anzeige nach oben, aber so, daß ich sie nicht lesen konnte. Zu meiner Überraschung war oberhalb der Papieroberfläche keine Spur von dem geheimnisvollen Licht zu sehen. Sehr merkwürdig.

»Ich mache dir einen Vorschlag, Dudley«, sagte ich schließlich. »Laß mich diese Seite zu einem Freund bringen, der Chemiker ist, und wenn der sagt, es sei ganz normales Papier ohne irgendeine Substanz, die diesen Lichteffekt erklären könnte, komme ich mit dir. Einverstanden?«

»Einverstanden!« sagte Dudley.

Also ging ich am Montag nach der Schule zu einem Burschen namens David Stolle (Du kennst ihn sicher nicht), der in einem polytechnischen Institut Fachleiter für Chemie ist. Da er wie immer vor lauter Hektik kaum Zeit zum Atmen hatte, verwies er mich an einen seiner Forschungsassistenten, der mir versprach, die Sache zu prüfen und mir die Ergebnisse – und das Blatt – bis zum Ende der Woche zurückzuschicken. Ich schätze, ich war ziemlich aufgeregt, als der Umschlag am Freitag eintraf. Ich weiß noch, daß ich ihn sofort aufriß, kaum daß er morgens auf die Matte gesegelt war. Zuerst wurde ich nicht schlau daraus, William. Du weißt ja, wie schwer von Begriff ich manchmal mit gedrucktem Zeug bin. Schließlich begriff ich jedoch, daß die Komponenten, die der Chemiker aufgelistet hatte, allesamt völlig normal waren, und was den Leuchteffekt betraf, den ich beschrieben hatte – nun, es gab nichts, was ihn hätte erklären können. Und nicht nur das, sondern der Bursche hatte auch noch unten eine ziemlich knappe Bemerkung angefügt, er sei ohnehin nicht in der Lage gewesen, irgendein Leuchten auf dem Papier zu erkennen, und vielleicht hätte ich mich ja bei meiner ursprünglichen Beobachtung geirrt. Ein bißchen verschnupft, nehme ich an.

Dann nahm ich sehr vorsichtig das zusammengefaltete Stück Zeitungspapier aus dem Umschlag und öffnete es langsam und sacht. Hatte ich letzten Samstag geträumt? Nein, hatte ich nicht. Du mußt es mir einfach auf mein Wort hin glauben, William. Diese Anzeige leuchtete noch genauso wie zuvor, und ich mußte akzeptieren, daß es keine Erklärung dafür gab. Noch am gleichen Tag rief ich Dudley an und sagte ihm, der Ausflug könne stattfinden.

Ob Du es glaubst oder nicht, William, im Laufe der folgenden Tage wurde ich immer aufgeregter in Erwartung unserer Safari ins tiefste Schottland. Und wenn ich sage *tiefstes* Schottland, dann meine ich genau das. In der Schule fand ich eine große Karte von Schottland und nahm sie mit nach Hause. Stell Dir vor, wie ich mich fühlte, als ich feststellte, daß Halster ein winziges Dorf oben an der Westküste war, so ziemlich der am weitesten entfernte Ort, zu dem man reisen konnte, ohne das Meer zu irgendeiner entlegenen Insel zu überqueren.

»Wie kommt es eigentlich«, sagte ich an jenem Abend am Telefon zu Dudley, »daß die *alleinigen* Vertreter für Erlösung sich am allerletzten Ende der Welt verkriechen, wo keiner sie erreichen kann?«

»Wie kommt es eigentlich«, erwiderte Dudley mit ungewohnter Schlagfertigkeit (gute Formulierung, was, William?), »daß Jesus in einem Stall geboren wurde?«

Da mußte ich ihm recht geben.

Freitag war der letzte Schultag. Abends nach der Arbeit kam Dudley und blieb über Nacht, so daß wir morgens pünktlich starten konnten. Ich wachte irgendwann mitten in der Nacht auf und sagte mir, ich müsse den Verstand verloren haben. Aber der Anfall ging vorüber, und als wir im Wagen saßen, gen Norden rollten und den herrlich frischen Frühlingsmorgen genossen, bekam ich richtig Spaß an unserem Ausflug. Du weißt ja, wie das ist, wenn man sich auf eine lange Fahrt begibt. Während der ersten Stunde herrscht milde Begeisterung, dann kommt eine Phase stillen Entsetzens, wenn einem klar wird, wie weit man noch zu fahren hat, und schließlich macht man es sich bequem und schläft oder unterhält sich und akzeptiert einfach, daß man vermutlich nie wieder etwas anderes tun wird, als in diesem Auto zu sitzen. Wobei ich mich über mangelnde Bequemlichkeit keineswegs beklagen konnte. Dudley hatte eines von diesen riesigen ausländischen Autos, die sich mit einer Hydraulik hochpumpen, bevor man losfährt. Ein gewaltiger Innenraum. Nicht schlecht beim Gehalt eines stellvertretenden Supermarkt-Filialleiters, was? Irgendwie hatte ich den Eindruck, daß vermutlich Mama und Papa immer noch die eine oder andere Rechnung ihres kleinen Dudley beglichen – natürlich verlor ich kein Wort darüber. Glück muß der Mensch eben haben, dachte ich.

Wir kamen an diesem ersten Tag ein gutes Stück voran, bis zu einem Ort etwas südlich von Carlisle. Die Nacht verbrachten wir in einem heruntergekommenen kleinen Hotel an einer Hauptstraße. Der arme alte Dudley war mittlerweile so fertig, daß wir beschlossen hatten, im nächsten Ort zu bleiben, den wir erreichten, und so blieben wir im »The Lay-By« hängen. (Ich habe übrigens immer noch keinen Führerschein gemacht, und nein, ich habe immer noch keine Ahnung, warum nicht, William. Okay?) Dudley aß eine Kleinigkeit und schleppte sich dann ins Bett, und ich beschloß, im »Gesellschaftsraum« noch etwas fernzusehen. Der »Gesellschaftsraum« erwies sich als ein etwas groß geratener Schrank voller Sessel mit einem tragbaren Schwarzweiß-Fernseher auf einem Regal in der Ecke. Außer mir hielt sich nur noch eine schwergewichtige ältere Dame in dem Raum auf, die sich mir als Mrs. Jones vorstellte. Sie wohne schon seit einigen Jahren im »The Lay-By«, sagte sie, und sie werde vermutlich auch dort sterben, weil sie keine Angehörigen mehr habe und nicht mehr viel herumkomme mit ihrer schlimmen Hüfte. Nette alte Dame. Schließlich erzählte ich ihr von unserer Reise und wodurch sie zustande gekommen war, und sie fragte mich, ob sie die Anzeige einmal sehen könne. Nun, ich hatte das Leuchten bis dahin überhaupt nicht erwähnt, aber nachdem sie das Blatt Papier auseinandergefaltet, ihre Brille aus der Handtasche gekramt und eine Weile lang die gedruckten Worte angestarrt hatte, rief sie: »Ooh! Sehen Sie sich das an! Das glänzt ja so!« Dann unterhielten wir uns also darüber, und ich erzählte ihr von Dave Stolles Bericht – dem Bericht seines Assistenten, meine ich – und sie bat mich, den Text der Anzeige in ein kleines Notizbuch abzuschreiben, das sie aus ihrer Handtasche fischte. Und als sie sich die Worte anschaute, die ich geschrieben hatte, sagte sie: »In meinem Notizbuch glänzt das ja auch.« Du kannst mich schlagen, aber sie hatte absolut recht! Das Leuchten auf dem kleinen Blatt war ein wenig schwächer, aber sonst genau wie auf der Zeitungsseite. Mir lief ein Schauder den Rücken hinunter, als ich das sah. Wie auch immer, kurz darauf ging ich ins Bett. Als wir früh am nächsten Morgen weiterfuhren, war Mrs. Jones noch nicht auf, aber ich erwähne unsere kleine Unterhaltung hier aus einem Grund, von dem ich Dir später erzählen werde.

Ich erinnere mich nicht, ob Du jemals in Schottland gewesen bist, William. Für mich war es das erste Mal. Es ist einfach atemberaubend. Als wir Loch Lomond hinter uns hatten und zwischen diesen beiden Bergen hindurchgefahren waren, die wie gewaltige Torpfosten am südlichen Ende von Glen Coe stehen, war ich schon völlig hingerissen von der herrlichen Landschaft. Dann setzten wir mit einer Autofähre zu der Halbinsel über, auf der Halster liegt, und zuletzt mußten wir eine lange, schmale, kurvenreiche Straße durch eine Heidelandschaft voller schroffer Felsen fahren, bis wir uns ganz plötzlich in einem kleinen, an einem Hang gelegenen Dorf wiederfanden, das nach unseren Berechnungen Halster sein mußte. Es war wirklich ein kleines Nest, William. Eine einzige Straße, gesäumt von kleinen, dunkelgrauen Häuschen – eigentlich waren es eher Hütten – und am Ende eine keilförmige, tiefblaue Fläche. Das war das Meer. Es gab zwei Geschäfte, von denen eines eher so eine Art Kiosk war, und eine Kirche, ebenso grau wie die Häuser, nur größer. Dann gab es noch ein Pub mit einem Schild, auf dem es hieß, daß man dort übernachten und frühstücken konnte, und das war es eigentlich.

Wir parkten den Wagen neben der Kirche und gingen langsam und etwas niedergeschlagen die Straße entlang. Wir waren sehr weit gefahren, und ich hatte wohl irgendwie erwartet, dieses Rekrutierungszentrum würde eher so etwas wie ein goldener Palast sein, den man unmöglich übersehen könnte. Es war eine gewisse Enttäuschung, Halster endlich erreicht zu haben und nur diese zwei Reihen meist einstöckiger Hütten mit ihren winzigen, wetterdichten Fenstern und niedrigen Eingangstüren vorzufinden. Wir beschlossen, in einem der Läden zu fragen. Ladenbesitzer wußten so ziemlich alles, dachten wir uns. Wir lagen richtig. Ein langer, dünner, sehr schottischer Gentleman in dem kleinen Tante-Emma-Lädchen war so hilfsbereit, wie wir es uns nur wünschen konnten. Offensichtlich waren wir keineswegs die ersten Reisenden, die nach dem Zielort unserer Reise fragten.

Recht aufgemuntert kehrten wir zum Wagen zurück, und ein paar Minuten später bogen wir am oberen Ende des Dorfes in einen schmalen, in nördlicher Richtung verlaufenden Feldweg ein. Zehn

Minuten später waren wir da. Sehr beeindruckt waren wir immer noch nicht, aber zumindest wußten wir, daß wir am richtigen Ort waren. Auf einem verwitterten hölzernen Schild an der Einfahrt zu dem Bauernhof waren in großen gelben Lettern die Worte »Christen-Rekrutierungszentrum« aufgemalt. Wir stellten das Auto neben einem großen, Land-Rover-ähnlichen Fahrzeug ab, gingen hinüber zu dem größten Gebäude, dem Bauernhaus, wie wir vermuteten, und klopften an die Tür. Inzwischen war es später Nachmittag geworden. Ein schneidend kalter Wind fegte über den Bauernhof, und die Landschaft ringsum war nur noch eine dunkle, drohende Masse. Um ein Haar wäre ich in diesem Augenblick zurück zum Wagen gerannt und irgendwohin verschwunden, wo es laut, hell und vertraut war. Dann öffnete sich die Tür.

Wenn ich sage, daß die Tür von einem alten Mann mit dichtem weißem Haar und einem Seemannsbart und funkelnden Augen geöffnet wurde, der eine Pfeife zwischen den Zähnen klemmen hatte, und daß ich plötzlich überhaupt keinen Drang mehr verspürte zu verschwinden, dann verrät Dir das eigentlich nicht einmal ein Hundertstel von dem, was ich dachte und fühlte. Als Kind hatte ich manchmal einen bestimmten Traum. In diesem Traum kam ich an den Ort, an den ich gehörte. Frag mich nicht, wo das war. Es war einfach – der richtige Ort. Liebliche Musik war zu hören, und ich hatte so ein weiches, weinerliches Gefühl im Bauch. Meine Eltern waren auch dort und lächelten mich an. Ich glaube, es waren auch bunte Lichter dort, und eine Art tiefe, brodelnde Erwartung, was als nächstes passieren würde. Es kam jemand, glaube ich.

So ungefähr jedenfalls fühlte ich mich, als sich die Tür öffnete und dieser freundliche alte Mann uns in die Küche des Bauernhauses winkte und uns an den großen alten Tisch in der Mitte des Raumes bat. Ich fühlte mich warm und leicht und – tut mir leid, ich schwafele schon wieder. Zur Sache. Als wir uns alle mit einem Becher heißen Kakaos – köstlich – niedergelassen hatten, lehnte sich unser Gastgeber auf seinem Stuhl zurück und lächelte uns durch eine Pfeifenrauchwolke hindurch an.

»Schön«, sagte er mit seiner knurrenden Stimme, »mein Name ist Angerage – Bill Angerage. Und mit wem habe ich die Ehre?«

Wir stellten uns vor.

»Und was kann ich für Sie tun?«

»Ich will Christ werden«, platzte der alte Dudley heraus, »oder besser gesagt, ich...«

Er kam nicht weiter. Das Gesicht unseres neuen Freundes leuchtete auf wie ein Signalfeuer. Er sprang auf, kam um den Tisch herum und versetzte Dudley einen herzhaften Schlag auf den Rücken, als hätte er gerade die wunderbarste Nachricht der Welt erhalten.

»Fabelhaft! Fabelhaft!« rief er immer wieder. »Das ist wirklich fabelhaft! Sie machen mir wirklich eine Riesenfreude, junger Mann!«

Wenn er gekonnt hätte, glaube ich, hätte er Dudley umarmt, doch der »junge« Mann, der ihm eine Riesenfreude gemacht hatte, kauerte sich auf seinem Stuhl zurück und schien ein wenig überwältigt zu sein. Allerdings auf angenehme Weise, das merkte ich. Dann wandte er sich mit hoffnungsvoll leuchtenden Augen an mich.

»Und Sie, Ray? Möchten Sie sich uns auch anschließen?«

Ich war innerlich sehr verwirrt, William. Deswegen fiel meine Antwort so erbärmlich aus.

»Ich bin nur mitgekommen, um Dudley Gesellschaft zu leisten«, sagte ich mit hoher, zugeschnürter Stimme.

»Ah ja«, sagte Bill und starrte mich einen Moment lang an, »Sie sind hier, Sie sind hier. Und jetzt zur Sache.«

Er umrundete den Tisch und setzte sich wieder uns gegenüber.

»Nun, wie Sie unserer kleinen Anzeige in der Zeitung zweifellos entnommen haben, haben sich die Dinge erheblich verändert – radikal verändert, muß man schon sagen. Die ganze Sache mit dem Beten, Bibellesen, den Gottesdiensten und so weiter ist gestrichen worden. Direkter Befehl aus dem Hauptquartier. Der ganze Kram wird über Bord geworfen. Nicht mehr nötig, über die Errettung durch Glauben zu diskutieren oder darüber, wer drinnen ist und wer draußen. Die ganze Sache ist von Grund auf neu gestaltet worden. Sie können immer noch völlige Vergebung, ewiges Leben, Liebe, Freude und Frieden bekommen, das ganze Paket wie früher, aber die Bedingungen sind anders geworden – ganz anders.«

Dudley runzelte verwirrt und sorgenvoll die Stirn.

»Aber, Mr. Angerage...«

»Nennen Sie mich Bill, Dudley, seien Sie so nett.«

»Bill, äh... Sie sagen, daß all diese Dinge keine Rolle mehr spielen. Aber wenn wir das nicht mehr haben – ich meine, was ist dann noch übrig? Was sollen wir tun?«

»Aah!« rief Bill und zog genußvoll an seiner Bruyère-Pfeife. »Jetzt kommen wir zum Wesentlichen. In der Tat, was ist zu tun?« Einen Moment lang schmunzelte er vor sich hin, dann verschränkte er seine Arme auf dem Tisch und beugte sich zu Dudley hinüber, die Pfeife in einem verwegenen Winkel im Mund steckend. »Alles, was Sie tun müssen, mein Freund, ist, dreimal in der Woche auf den Mount Snowdon zu steigen.«

Manchmal kann Stille ziemlich laut sein, nicht wahr? Diese Stille war ohrenbetäubend. Schließlich flossen all die Dinge, die in dieser Stille umhergerast waren, zusammen und verdichteten sich zu dem einzigen, winzigen Wort, das Dudley nach einer langen Pause sprach.

»Warum?«

Bill hob seine Hand und wackelte mit dem Zeigefinger.

»Es kommt uns nicht zu, nach dem Warum zu fragen, mein Junge. Wenn das HQ sagt, daß es so gemacht wird, dann wird es so gemacht. Vertrauen – das ist es, was Sie brauchen. Die Anweisungen sind sehr einfach. Snowdon – dreimal in der Woche.«

»Und es gibt keine andere Möglichkeit, Vergebung und – und alles andere zu bekommen?«

Bill schüttelte den Kopf. »Keine andere Möglichkeit, mein Freund«, sagte er langsam. »Aber das ist die Sache doch wert, oder nicht?« fragte er, und seine Augen funkelten noch mehr als vorher.

»Oh ja – ja, natürlich«, antwortete Dudley, doch ich merkte, daß diese neue Idee seinem Verstand ganz schön zu arbeiten gab.

»Aber was wird aus meinem Job, Bill? Ich meine, ich könnte dann meine bisherige Arbeit nicht mehr fortsetzen, nicht wahr? Lieber Himmel...« Dudley riß seine Augen weit auf, als ihm die Implikationen dieser Sache deutlicher wurden. »Es dauert bestimmt einen Tag, auf den Snowdon und wieder herabzusteigen; das wären also drei Tage plus Anreise. Da bliebe mir ja kaum Zeit, überhaupt noch etwas anderes zu tun, geschweige denn irgendeiner geregelten Arbeit nachzugehen. Ich hätte überhaupt kein Geld. Ich hätte...«

»Was ist mit deinen Eltern, Dudley?« unterbrach ich. »Besteht nicht die Möglichkeit, daß sie...«

Dudley wurde rot. »Nein«, sagte er niedergeschlagen. »Sie würden mir so ziemlich alles geben, was ich will, solange ich in ihrer Nähe bleibe, aber sie haben seit meinem Abgang vom College keinen Zweifel daran gelassen, daß es damit vorbei wäre, wenn ich von ihnen wegziehe. Ich bin auf mich allein gestellt. Ich glaube nicht, daß sie es als ›in der Nähe wohnen‹ betrachten würden, wenn ich zweimal in der Woche von Wales nach Hause düsen und ihnen einen Kurzbesuch abstatten würde. Außerdem«, fügte er jämmerlich hinzu, »bin ich eigentlich gar nicht so fürs Reisen.«

»Meinen Sie nicht«, sagte Bill freundlich, »daß das Reisen oder auch ein Wohnortwechsel nach Wales sich lohnen würde, wenn Sie dafür ewiges Leben und Glück bekommen? Schließlich sind Sie ja auch den ganzen Weg hier heraufgekommen, nicht wahr? Das ist unser erster Auswahlfilter, nachdem jemand von dem Licht angezogen wurde. Nun, Sie sind hier. So weit sind Sie schon gekommen.«

Dudley fuhr mit dem Finger um die Umrisse eines Flecks auf der Tischplatte herum. Er sprach, ohne aufzublicken.

»Gibt es Leute, die den ganzen Weg hier heraufkommen und dann beschließen, nicht... weiterzumachen?«

»Die überwiegende Mehrheit«, sagte Bill und blickte zum ersten Mal, seit wir ihm begegnet waren, traurig drein. »Manche versuchen irgendwelche faulen Kompromisse, obwohl ich immer unmißverständlich deutlich mache, daß die drei Aufstiege eine absolute Mindestanforderung darstellen.«

»Was für faule Kompromisse denn?«

»Nun, da gibt es zum Beispiel eine Gemeinde unten im Süden. Der Prediger kam hierher – er hatte die Anzeige gesehen, genau wie Sie – sagte, er sei mit allem einverstanden, was ich gesagt hätte, fuhr fröhlich wieder nach Hause und schrieb mir ein paar Wochen später einen Brief, in dem er sagte, er hätte die Angelegenheit mit seinem Kirchenvorstand diskutiert, und man sei auf eine ›geniale Idee‹ gekommen. Sie engagierten einen Schreiner, der ihnen ein einen Meter hohes Modell des Snowdon baute, mit zwei Stufen, die auf der einen Seite hinauf, und zwei Stufen, die auf der anderen Seite wieder hinunterführten. Jeden Sonntag muß jedes Gemeindeglied auf der einen Seite hinauf- und auf der anderen wieder hinuntersteigen. Sie haben es in den Gottesdienst eingebaut. Es kommt zwischen dem dritten Choral und der Predigt.«

»Und das gilt nicht?« fragte Dudley, offensichtlich in der Hoffnung, es möge gelten.

»Es ist nicht dasselbe wie dreimal in der Woche auf den Mount Snowdon zu steigen«, sagte Bill.

Wieder herrschte für ein paar Minuten Schweigen. Dudley nahm einen Kugelschreiber und ein Stück Papier aus seiner Innentasche und fing an zu schreiben. Seine Stirn war gerunzelt, und oft strich er eben geschriebene Worte wieder aus. Bill saß da, paffte an seiner Pfeife und sah geduldig zu. Schließlich blickte Dudley auf.

»Hören Sie, Bill!« sagte er ernst. »Ich habe nachgedacht. Es muß doch noch andere Dinge geben, die getan werden müssen, außer der eigentlichen Bergsteigerei. Wie wäre es, wenn ich alle Choräle, die wir in unserer Gemeinde singen, so umschreibe, daß sie zu den neuen Verhältnissen passen?« Eine neue und noch bessere Idee schoß ihm in den Kopf. »Wir könnten es *Das Snowdon-Liederbuch* nennen.«

Bill schüttelte langsam den Kopf, doch Dudley schien von seiner Idee ganz hingerissen zu sein.

»Schauen Sie, ich habe es gerade mit ein paar Liedern versucht. Äh... dieses hier zum Beispiel: ›Ich will singen von der Gnade meines Herrn.‹ Sie kennen es bestimmt. So klingt es, wenn es umgeschrieben ist. Hören Sie zu – hören Sie!«

Dudley hob das Stück Papier mit einer Hand hoch und begann mit fieberhaft freudiger Stimme zu singen:

»Ich will steigen auf den Berg meines Herrn für immer,
ewiglich steige ich.
Ich will steigen auf den Berg meines Herrn für immer,

ich will steigen auf den Berg meines Herrn.
Auf den Snowdon steige ich
stets aufs neue, stets aufs neue.
Auf den Snowdon steige ich
stets aufs neue bis in Ewigkeiten!

Ich blickte verlegen weg. Bill setzte an, etwas zu sagen. »Dudley, ich glaube nicht...«

Aber der alte Dudley war nicht zu bremsen.

»Einen Moment noch, einen Moment!« sagte er. »Was halten Sie von diesem hier? Hören Sie!«

Die grauenhafte Stimme begann wieder in einem merkwürdig verstellten Ton zu singen:

»Kommt und laßt uns zieh'n hinauf zum Berge uns'res Herrn,
zum Snowdon Gottes laßt uns geh'n.

Und wie wäre es damit:

Welch ein Freund ist unser Snowdon,
o, wie hoch ist er –«

»Nein, Dudley!« Bills Stimme war nicht lauter als zuvor, aber es lag jetzt eine Autorität darin, die Dudley mitten im Tremolo verstummen ließ. »Es nützt nichts, nur darüber zu singen. Sie müssen es tun. Sie müssen dreimal in der Woche auf den Mount Snowdon steigen.«

Er winkte mit einer Hand vage in Richtung des Restes von Schottland.

»Meine Güte, ich könnte Sie an einen Ort bringen, nur ein paar Meilen von hier, wo man Snowdon-Seelsorgedienste, Snowdon-Gesprächsgruppen und Kurse über ›Die wahre Bedeutung des Bergsteigens‹ organisiert hat. Aber keiner von diesen Leuten tut es tatsächlich. Einer von unseren Jungs, der aus derselben Ortschaft stammt und hin und wieder von Wales aus heraufkommt, wird zu keiner dieser Gruppen mehr zugelassen, weil er sich mit seiner zu stark vereinfachenden Auffassung des Snowdon-Gedankens ›im

Irrtum‹ befindet. Nein, Dudley, wenn Sie ein paar Lieder schreiben wollen, um sich aufzumuntern, während Sie die Hänge erklimmen, prima – das ist sogar eine sehr gute Idee! Aber nicht statt dessen. Damit kommen Sie beim HQ nicht durch, wissen Sie.«

Jetzt fing Dudley erst richtig an, auf seiner Lippe herumzukauen, William. Und seine Augen tanzten überall kreuz und quer durch den Raum, während er nach einer Möglichkeit suchte, zu kriegen, was er wollte, und gleichzeitig zu behalten, was er hatte.

»Was ist mit meinen Freunden?« sagte er schwächlich. »Wie halte ich den Kontakt zu all meinen Freunden? Ich werde sie nie mehr sehen können. Sie werden mich für verrückt halten. Sie werden denken...«

Dudley wurde leiser und verstummte. Man sah, daß er sich innerlich seine Fragen selbst beantwortete. Doch ganz aufgegeben hatte er es noch nicht. Plötzlich schlug er mit der flachen Hand auf den Tisch und setzte sich kerzengerade auf. Offensichtlich glaubte er, die zündende Idee zu haben.

»Ich bin nicht fit genug! Ich komme da nicht hinauf – nicht ein einziges Mal. Es ist nicht fair! Wie ist es damit?«

Bill nickte geduldig. Er hörte das alles nicht zum ersten Mal, nehme ich an.

»Fahren Sie einfach hin und steigen Sie auf, so weit Sie kommen, dann werden wir schon dafür sorgen, daß Sie von dort aus bis auf den Gipfel kommen, selbst wenn man Sie bis zur nächsten Bergbahnstation tragen muß. Keine Sorge! So ein junger Kerl wie Sie wird in null Komma nichts fit wie ein Turnschuh sein. Würde mich nicht überraschen, wenn Sie nach vierzehn Tagen buchstäblich hinaufrennen.«

Tja, und das war's so ziemlich, William. Dudley fiel nichts mehr zu sagen ein, und dieser Bill Angerage sagte auch nicht mehr viel. Er forderte Dudley auf, nach Hause zu fahren und darüber nachzudenken, und falls er sich entschlösse weiterzumachen, solle er ihm nur eine Karte schreiben, dann würde er alles arrangieren und für ein paar Hilfestellungen in den praktischen Dingen sorgen. Als er das sagte, sah er auch mich an.

Ich habe noch nie etwas so Kaltes und Dunkles erlebt wie diesen

Bauernhof, nachdem Bill die Haustür hinter uns geschlossen hatte. Die Nacht verbrachten wir in dem Pub in Halster, und am nächsten Morgen machten wir uns auf den Rückweg und redeten die ganze Zeit von den Dingen, die wir gerne hätten wissen wollen, nach denen wir aber nicht gefragt hatten.

Sobald ich nach Hause kam, setzte ich mich hin und schrieb zwei Briefe. Der eine war an meinen Schulleiter gerichtet und enthielt meine Kündigung. Der andere ging an Bill Angerage im Christen-Rekrutierungszentrum, und ich schrieb darin, daß ich die Sache mit dem Snowdon machen wollte. Und das ist es, William, was ich jetzt seit ungefähr sechs Monaten mache, abgesehen von einem Gelegenheitsjob hin und wieder. Es ist ziemlich hart, aber ich bin sehr fit geworden. Und es gibt noch andere Dinge... aber von denen erzähle ich Dir, wenn wir uns wieder begegnen. Tust Du mir einen Gefallen, William? Schlag noch einmal die Seite auf, auf der ich Dir die Anzeige abgeschrieben habe, und schau sie Dir noch einmal genau an. Wenn Du so eine Art Glänzen darauf erkennen kannst, nun... denk einfach mal darüber nach.

Dudley? Nun, der kaut immer noch an dem Brocken, und ich bearbeite ihn immer noch, wann immer ich kann. Ich denke, er wird am Ende die richtige Entscheidung treffen.

Ach ja, und Mrs. Jones – die alte Dame in dem Hotel, erinnerst Du Dich? Ich habe sie vor zwei Wochen unten in Llanberis getroffen. Sie saß in einem Rollstuhl und war gerade im Begriff, die zwei oder drei Meter am Fuß des ersten Hanges hinaufzurollen, die sie schaffen kann, bevor sie am Bahnhof den Zug nahm. Sie war in bester Stimmung und meinte, sie sei in ihrem ganzen Leben noch nicht so glücklich gewesen. Großartig, was?

Noch eine Sache, William. Ich sagte, Dudley hätte nach seinem »Ich-bin-nicht-fit«-Spruch nichts mehr zu Bill Angerage gesagt, aber da war doch noch etwas. Als wir zur Tür kamen, blieb Dudley stehen und sagte, soweit ich mich erinnere, etwa folgendes:

»Ich verstehe eigentlich nicht, was an dem alten Weg so verkehrt war. Die Leute in meiner Gemeinde haben nie jemandem Schaden zugefügt. Warum wollen Sie jetzt alles so viel schwerer machen?«

»Sie verstehen es wirklich nicht, was?« sagte Bill. »Wir haben es nicht schwerer gemacht, wir haben es leichter gemacht.«

Sehen wir uns irgendwann auf den Hängen?

Dein Ray

Warum es kein Verbrechen war, Onkel Reginald zu töten

Meine Anwältin Miss Cudlip hat mich gebeten, eine detaillierte Darstellung meiner Beweggründe für die Hinrichtung Onkel Reginalds und eine vollständige Schilderung der Mittel, mit denen ich die Aufgabe bewältigte, zu verfassen. Dieser Bitte komme ich nur zu gerne nach. Ich möchte jedoch zunächst zwei Punkte klarstellen, die beide von entscheidender Bedeutung für ein akkurates Verständnis meiner Position sind.

(a) Ich bin *kein* Befürworter von Mord oder irgendeinem anderen Verbrechen. Mein ganzes Leben lang bin ich ein vorbildlicher Bürger gewesen. So unbescheiden diese Behauptung klingen mag, ich kann mich an keinen einzigen bewußt begangenen Gesetzesverstoß in vierzig Jahren erinnern. Zudem habe ich mich, was »Beziehungen« angeht, stets untadelig verhalten. Soweit ich es ermessen kann, habe ich niemals die Gefühle eines anderen Menschen verletzt, und ebensowenig habe ich der Verlockung kurzlebiger Liebesabenteuer nachgegeben, wie es so viele Männer zu tun scheinen. Es ist nicht auszuschließen, daß »die Richtige« sich zu irgendeinem Zeitpunkt einstellen wird, aber falls es nicht geschieht, bin ich auch zufrieden.

Was mein berufliches Wirken betrifft, so bin ich seit zwanzig Jahren als Chefverkäufer (ich habe einen jungen Angestellten unter mir) in einem Geschäft für elegante traditionelle Kleidung tätig, und es würde mich sehr überraschen, wenn Mr. Robards, der Geschäftsführer, sich über mich nicht durchweg lobend äußern würde.

Hinzufügen möchte ich, daß meine ursprüngliche Entscheidung, Onkel Reginald während der letzten zehn Jahre in meinen Haushalt aufzunehmen, von den uneigennützigsten Motiven bestimmt war. Eine der letzten Bitten meiner armen Mutter war, daß ich, wenn sie stürbe und ihr Zimmer verfügbar würde, ihren Bruder Reginald einladen möge, bei mir in dem Haus, das ich natürlich von ihr erben würde, zu wohnen. Freilich formulierte Mutter dies nicht eigentlich als Bitte, wohl eher in Form einer Anweisung. Nach ihrem Tod war ich natürlich nicht mehr verpflichtet, ihren Wünschen nachzukommen, doch ein gewisses innerliches Unbehagen veranlaßte mich, mich aus freien Stücken ihrer Worte nicht als eines Befehls, sondern einer Bitte zu erinnern. Also lud ich Onkel Reginald ein, sein großes Haus in Eastbourne zu verkaufen und in meine weitaus bescheidenere kleine Behausung in der Nähe von Heathfield zu ziehen. Als Versicherungsangestellter im Ruhestand von verhältnismäßig stabiler Gesundheit und äußerst regelmäßigen Lebensgewohnheiten schien er mir die ideale Person zu sein, mit der ich mein Heim teilen könnte, und während des ganzen ersten Jahres unserer Hausgenossenschaft waren meine Gefühle für ihn ausschließlich familiärer und wohlwollender Natur.

Mein erster Punkt ist also, kurz gefaßt, daß ich niemand bin, der einen Mord begehen würde, und daß das, was geschehen ist, nicht als Mord eingestuft werden *kann.* Wie das Töten im Krieg und die Vernichtung gefährlicher, wilder Geschöpfe war Onkel Reginalds Hinrichtung durch mich völlig legitim, und ich bin gewiß, daß es keinen Richter und kein Schwurgericht in diesem Land gibt, die nach gründlicher Prüfung der Beweislage nicht begierig sein werden, schleunigst meine Rückkehr in mein eigenes kleines Haus und in den Dienst bei Mr. Robards zu veranlassen, der sicherlich mit nur einem jungen Angestellten in einer äußerst angespannten Lage ist. Doch worin, mögen Sie fragen, besteht diese Beweislage, von der ich spreche? Das bringt mich zu meinem zweiten Punkt.

(b) In der untersten Schublade des Walnußsekretärs in der Diele, am Fuß der Treppe, finden Sie zwei Pappkartons, jeweils etwa sechs mal drei Zoll groß. Beide sind an einer der langen Seiten mit dickem, orangefarbenem Markierstift beschriftet. Auf dem oberen befindet sich die Aufschrift *Frühstück*, auf dem unteren *Mittagessen* oder möglicherweise auch *Sonntagsmittagessen.* Jeder dieser Kartons enthält ein Videoband von Onkel Reginald, wie er eine Mahlzeit verzehrt, und es ist von entscheidender Bedeutung, daß diese Aussage im Zusammenhang mit einer Inaugenscheinnahme dieser visuellen Dokumente verlesen wird. Es dürfte keine unüberwindlichen Schwierigkeiten bereiten, den Geschworenen im Gerichtssaal ein Fernsehgerät mit großem Bildschirm zur Verfügung zu stellen. Ich selbst hätte nicht die geringsten Einwände dagegen, diese Darstellung vom Zeugenstand aus zu verlesen, während alle anderen Anwesenden meine beiden kleinen Filmdokumente in der Reihenfolge ansehen, in der ich sie bereits aufgeführt habe. Ich hege nicht den geringsten Zweifel, daß alle, die Onkel Reginald in Aktion sehen, nicht nur meiner infolgedessen getroffenen Entscheidung applaudieren, sondern sogar von Herzen wünschen werden, ihnen selbst wäre es vergönnt gewesen, an seiner Liquidation mitzuwirken.

Der Kern meines zweiten Punktes ist also, daß für meine völlige geistige Gesundheit mehr als ausreichende Beweise vorliegen, insbesondere in Form jener Videobänder und dieses Dokuments. Dazu kommt mein eigenes allgemeines Verhalten. Ich habe es mir zur Regel gemacht, niemals Zorn oder Ärger gegenüber anderen auszudrücken, trotz (wie Sie in Kürze vernehmen werden) extremer Provokationen von seiten Onkel Reginalds. Ich erinnere mich beispielsweise, wie Mr. Robards es einmal für notwendig hielt, sich in vernichtend kritischer Weise über eine Schaufensterdekoration zu äußern, an der ich viele Stunden gearbeitet hatte. Trotz der Intensität meiner inneren Empfindungen nickte ich lediglich geduldig und erklärte mich bereit, die meiner Meinung nach äußerst attraktive Dekoration völlig neu zu gestalten. Nicht nur das, sondern als später am gleichen Tage Mr. Robards die sehr schmale und schlecht beleuchtete Treppe zu unserer kleinen Angestelltentoilette hinabstieg, dabei über eine Schachtel stolperte, die ich versehentlich auf der zweiten Stufe hatte liegenlassen, schwer auf den Betonfußboden hinabstürzte und sich erhebliche Prellungen zuzog, zeigte ich nicht den kleinsten Anflug von Freude oder Befriedigung. Im Gegenteil, ich half ihm auf die Füße, führte ihn zu dem bequemen Sessel im Hintergrund des Ladens und bereitete ihm einen Becher heißen süßen Tee zu, um seine Fassung wiederherzustellen. Würde sich eine geistig gestörte Person mit solcher Selbstbeherrschung verhalten? Ich glaube nicht.

Sollten noch weitere Hinweise auf meinen gesunden geistigen Zustand vonnöten sein, verweise ich auf die Besonnenheit, mit der ich die Vorbereitungen für meine Videoaufzeichnung der abscheulichen Praktiken Onkel Reginalds traf. Erst nachdem mir deutlich geworden war, daß eine Hinrichtung die einzig angemessene Antwort auf die unaussprechlichen Dinge sein konnte, die ich Tag für Tag mit anzusehen gezwungen war, beschloß ich, mich nach den Möglichkeiten einer Aufzeichnung auf Videoband zu erkundigen.

Es erscheint merkwürdig (um ein wenig abzuschweifen), daß ein ganzes Jahr vergehen konnte, bevor die Tragweite und Scheußlichkeit der Eßgewohnheiten meines Onkels mir bewußt zu werden begannen. Gewiß war mir bereits zuvor eine bemerkenswerte Regelmäßigkeit seines Verhaltens bei Tisch aufgefallen, aber unser allgemeines Verhältnis zueinander war gut, wenngleich schweigsam gewesen, und ich neigte dazu, seine Berechenbarkeit eher als Tugend, denn als Laster zu betrachten. Ich glaube, das erste, was mir unangenehm auffiel, war das Knacken in Onkel Reginalds Kiefer. Wenn ich sage »in seinem Kiefer«, meine ich natürlich, daß es sich um ein Knacken handelte, das auftrat, wenn Onkel Reginald seinen Kiefer benutzte, mit anderen Worten, wenn er kaute. Lassen Sie mich sogleich hinzufügen, daß es kein lautes Knacken war und daß es auch nicht bei jeder Mahlbewegung des Kiefers auftrat. Es war ein Geräusch, wie man es verursachen könnte, indem man mit einem Daumennagel gegen einen Fingernagel derselben Hand stößt, und aus irgendeinem physiologischen Grund, der sich meinem Verständnis entzieht, schien es bei jeder zweiten Schließbewegung des Mundes aufzutreten. Wenn ich hinzufüge, daß jedes Knacken von einer winzigen, aber unübersehbaren Seitenbewegung des sich dem Unterkiefer nähernden Oberkiefers begleitet oder unmittelbar gefolgt wurde, werden Sie vielleicht beginnen, das Entsetzliche meiner Lage zu erfassen. Ich hege keinen Wunsch, das Gericht mit überflüssigen Obszönitäten in Verlegenheit zu bringen, aber ich halte es im Interesse meiner Sache für wichtig, darauf hinzuweisen, daß gelegentlich in dem Augenblick, in dem die Oberlippe herabsank, ein Fragment nicht fester Speise auf der Unterlippe ruhte. Die Wirkung jener seitlichen Kieferbewegung bestand in solchen Fällen darin, das Speisefragment entlang der Unterlippe zu verschmieren und bisweilen einen winzigen Teil davon an den äußeren Rand der Unterlippe oder gar, wenn auch sehr viel seltener, auf sein Kinn zu schieben, welches mit drahtigen, roten Barthaaren bedeckt war.

Natürlich erstreckte sich die Beobachtung und Analyse dieser Einzelheiten über einen Zeitraum von vielen Monaten. Fest steht jedoch, daß ich, als Onkel Reginald sich achtzehn Monate unter meinem Dach befand, den größten Teil jeder unserer gemeinsamen Mahlzeiten mit dem Alptraum verbrachte, jedes einzelnen Knakkens und jeder winzigen unziemlichen Kieferbewegung zu harren. Mein eigenes Essen lernte ich völlig geräuschlos zu mir zu nehmen, um keine Einzelheit des abstoßenden Schauspiels, das sich vor meinen Augen vollzog, zu versäumen. Besonderes Geschick entwikkelte ich darin, Speisen aufzuspießen und zu schneiden, ohne daß mein Messer oder meine Gabel den Teller berührte, und so jenes ekelhafte Kratzen und Klappern zu vermeiden, das bekanntlich bei der Berührung von Stahl und Porzellan entsteht. Hatte ich meine Fähigkeiten erst so weit vervollkommnet, daß ich Mahlzeiten nicht nur ohne jedes Geräusch, sondern auch mit nur flüchtigen, äußerst seltenen Blicken auf meinen eigenen Teller verzehren konnte, war ich in der Lage, meine volle Aufmerksamkeit auf Onkel Reginalds übelkeiterregende Aktivitäten zu richten, die, wie ich zu meinem Entsetzen feststellte, weit davon entfernt waren, sich auf die Einzelheiten zu beschränken, die ich bereits wahrgenommen hatte. Zu meinem Erstaunen entdeckte ich, daß jeder einzelne Aspekt der Nahrungsaufnahme meines Onkels von derselben abstoßenden Art war. Nachdem ich mehr als acht Jahre lang die Fakten des Falles studiert, aufgelistet und innerlich bedacht hatte, wußte ich, daß Onkel Reginald hingerichtet werden mußte, und zwar durch meine Hand.

Ich verschaffte mir meine Videoausrüstung bei einer kleinen, jedoch angesehenen Firma, deren Laden an einer langen belebten Geschäftsstraße gelegen ist, die parallel zur Strandpromenade in der Küstenortschaft wenige Meilen südlich von Heathfield verläuft. Beraten wurde ich von einem sehr liebenswerten und hilfsbereiten jungen Mann, der schon im Anfangsstadium unserer Verhandlungen zu der falschen, aber durchaus verständlichen Annahme kam, daß ich eine Ausrüstung benötigte, um das Treiben von Haustieren irgendeiner Art aufzuzeichnen. Es erschien mir geraten, dieses Mißverständnis nicht zu beseitigen, da die technischen Probleme ähnlicher Natur zu sein schienen, besonders was die Aufzeichnung leiser und nicht leicht wahrnehmbarer Geräusche wie des Pfeifens von Hamstern (oder des Knackens von Kiefern) betraf. Ich brachte in Erfahrung, daß ich am geschicktesten vorging, indem ich ein »Zusatzmikrofon«, wie der junge Mann es, glaube ich, nannte, so nahe wie möglich an der fraglichen Geräuschquelle installierte. Was Kamera und Aufzeichnungsgerät in einem betraf, so stand ein Modell zur Verfügung, das zwei sehr wünschenswerte Eigenschaften in sich vereinte. Es war auch für einen Anfänger äußerst leicht zu bedienen, und es benötigte in einer gewöhnlichen, mit Neonröhren beleuchteten Küche wie der meinen nur geringe zusätzliche Beleuchtung. Mein Berater schlug mir vor, als ideale Ergänzung zur normalen Raumbeleuchtung eine kleine haushaltsübliche Strahlerlampe zu installieren, und da ich ein solches Gerät bereits besaß, war die Frage der Beleuchtung damit zufriedenstellend gelöst.

Was die Kosten der Transaktion anging, so erlebte ich eine äußerst willkommene Überraschung. In der Annahme, daß es notwendig sein würde, die Ausrüstung käuflich zu erwerben, hatte ich mein Bausparbuch aus der obersten Schublade des Sekretärs entnommen und war fest entschlossen, die für meinen Zweck benötigte Summe abzuheben, wie hoch sie auch sein mochte. (Mein Konto war beträchtlich angeschwollen, als Mutter starb, und seither hatte sich einiges an Zinsen angesammelt.) Man stelle sich meine Freude vor, als ich erfuhr, daß es möglich war, die Kamera und das Mikrofon für insgesamt dreißig Pfund ein ganzes Wochenende lang zu mieten. Ich verließ das Geschäft mit meiner Ausrüstung, einer Gebrauchsanweisung und einem tiefen Gefühl der Zufriedenheit über den erfolgreichen Abschluß dieses ersten Teils meines Plans.

Nachdem sich Onkel Reginald an jenem Abend wie üblich um neun Uhr siebenundvierzig zu Bett begeben hatte, baute ich die Kamera in einer Ecke der Küche auf und stellte sie auf die Rückenlehne von Onkel Reginalds Stuhl scharf. Sodann verband ich ein Ende des Mikrofonkabels mit dem Kamerarecorder und plazierte das Mikrofon selbst, nachdem ich den Küchentisch für das Frühstück gedeckt hatte, auf einem kleinen Plastikständer (den mir das Geschäft zur Verfügung gestellt hatte) so, daß es in etwa auf die Mitte zwischen Onkel Reginalds Müslischüssel und der Stelle gerichtet war, wo sich normalerweise während des Verzehrvorgangs sein Gesicht befinden mußte. Nachdem ich mich überzeugt hatte, daß alles war, wie es sein sollte, ging ich hinauf in mein eigenes Schlafzimmer, vermochte jedoch infolge zu großer Aufregung und Erwartung bezüglich des kommenden Tages für einige Zeit nicht einzuschlafen. Dennoch bin ich mir völlig sicher, daß niemand, der plötzlich das Licht in meinem Schlafzimmer eingeschaltet hätte, während ich dort auf dem Rücken im Bett lag, auch nur ein Zucken in meinem Gesicht oder in meiner Haltung entdeckt hätte, das diese Aufregung hätte verraten können. Ich halte es für möglich, daß meine Fäuste leicht geballt waren, aber das war alles.

Morgens (es war der Samstagmorgen) erhob ich mich frühzeitig, entfernte die kleine Strahlerlampe von dem zweiten Regalbrett von oben neben meinem Fenster und trug sie nach unten, und nachdem ich sie an einer Seite des kleinen Regals im oberen Teil des Küchenschrankes angebracht hatte, stellte ich ihre Strahlungsrichtung so ein, daß sie den Bereich erfaßte, den schon bald die obere Hälfte von Onkel Reginalds Körper einnehmen würde. Als letzte Aufgabe, bevor alle Vorbereitungen abgeschlossen waren, blieb nur noch, Onkel Reginald eine Erklärung für das plötzliche Erscheinen des Gerätes in der Ecke der Küche und des Mikrofons neben seinem Platz am Tisch zu geben. Dies wurde durch zwei Umstände sehr vereinfacht: durch das allgemein wohlwollende Wesen meines Onkels (in allen Dingen, die nichts mit Essen zu tun hatten) und durch die Existenz meines Cousins Hubert in Neuseeland. Hubert ist das einzige Kind des (inzwischen verstorbenen) älteren Bruders meiner Mutter. Er schreibt äußerst selten und hatte seit dreißig Jahren keinen direkten Kontakt mehr zu der Verwandtschaft daheim. Ich informierte Onkel Reginald, Hubert hätte mir geschrieben und um Fotografien von noch lebenden Familienmitglieder gebeten, insbesondere seines

Onkels Reginald, dessen er sich trotz der langen Zeit seit ihrer letzten Begegnung mit besonderer Zuneigung erinnere. Ich hätte beschlossen, sagte ich, Hubert ein Videoband statt der Fotografien zu schikken, und würde nun während des Wochenendes kurze Ausschnitte einer entsprechend alltäglichen Tätigkeit – nämlich des Verzehrs von Mahlzeiten – aufzeichnen, so daß Hubert Zeuge unseres gewöhnlichen, familiären, alltäglichen Lebens werden könne. Das Gerät würde manchmal aufzeichnen und manchmal nicht, fügte ich hinzu und deutete damit an, daß ich es mit einer Art Fernbedienung steuern könne und daß Onkel Reginald nicht um der Kamera willen irgend etwas Ungewöhnliches tun solle. Außerdem wies ich darauf hin, daß ich von Zeit zu Zeit den Tisch würde verlassen müssen, um neu scharfzustellen oder das Objektiv einzustellen, und entschuldigte mich im voraus für die Unterbrechungen, die das in unseren sonst ohne Zwischenfälle verlaufenden Mahlzeiten verursachen würde.

Onkel Reginalds Reaktion auf meine Bemerkungen war genauso, wie ich sie erwartet hatte. Er schien erfreut, wenn auch ein wenig überrascht zu sein, daß Hubert mit solcher Zuneigung an ihm hing, und zeigte sich beeindruckt von meiner Videoausrüstung, ohne sich jedoch irgendeinen Reim auf ihre Funktionsweise machen zu können. Als der Samstag sich seinem Ende zuneigte, hatte er sich bereits vollkommen daran gewöhnt, daß ich mich gelegentlich vom Tisch entfernte, um Einstellungen an der Kamera vorzunehmen, und die ständige Gegenwart des Mikrofons schien ihm überhaupt nicht mehr bewußt zu sein. Der ganze Tag war eine perfekte Generalprobe für den Sonntag, den Tag, an dem ich Onkel Reginalds Verbrechen tatsächlich auf Videoband zu bannen vorhatte. Als ich in jener Nacht im Bett lag, wurde meine Selbstbeherrschung auf eine harte Probe gestellt. Es war, als würde meinem Körper an verschiedenen Stellen eine Reihe von kleinen, aber erregenden Stromstößen verabreicht. Wie ich es schaffte, still liegenzubleiben, ist mir schleierhaft, doch meinem Willen gelang der Triumph über mein Fleisch. Mir liegt daran, daß die Geschworenen diesem Punkt größte Beachtung schenken. Ich bin sicher, sie werden es tun.

Endlich kommen wir also zu den Aufzeichnungen selbst. Ich bin recht stolz darauf, daß sie in technischer Hinsicht eigentlich durchaus gut gelungen sind, wenn man bedenkt, daß ich zuvor nicht die geringste Erfahrung auf diesem Gebiet hatte. Es wäre mir sehr lieb, die Bänder, wenn der Prozeß abgeschlossen und mein Leben zur Normalität zurückgekehrt ist, zurückzuerhalten und zu Hause gelegentlich anzuschauen. Vielleicht werde ich sogar einen Fernseher auf Onkel Reginalds Platz am Küchentisch stellen, um sie während der Mahlzeiten zu betrachten. Ich muß bekennen, daß der Gedanke, meinen Onkel nach Belieben an- und ausschalten zu können, eine gewisse Faszination auf mich ausübt. Doch das liegt alles in der Zukunft. Nun zu den Bändern. Ich werde nicht versuchen, jede Einzelheit meiner kleinen Dokumentationen zu beschreiben. Sie sprechen weitgehend für sich selbst. Allerdings möchte ich die Aufmerksamkeit der Zuschauer auf verschiedene Verhaltenszüge unter jeder Überschrift lenken, nämlich die Verhaltenszüge, die (meiner Ansicht nach) am deutlichsten das äußerste Strafmaß für meinen Onkel erforderlich machten.

»FRÜHSTÜCK«

Wie Sie bemerken werden, beginnt meine Aufzeichnung des Frühstücks mit einer Einstellung, die, wie ich glaube, als »Totale« bezeichnet wird. Diese Einstellung habe ich gewählt, um das erste Knirschen der Zähne in Onkel Reginalds täglicher Vorstellung einzufangen. Wir sehen seinen leeren Stuhl, dahinter das Fenster zum Garten, und nach einigen Sekunden tritt Onkel Reginald selbst ins Bild, nimmt seine Uhr aus der Westentasche und vergleicht sie mit der Küchenuhr, die ich vor siebzehn Monaten über einen Versandkatalog erworben habe. Jetzt setzt er sich und legt beide Hände mit den Handflächen nach unten auf den Tisch. Er blinzelt dreimal kräftig und bewußt, dann blickt er sich um, als wäre er eben erst erwacht. An diesem Punkt stelle ich stets eine Schüssel Weetabix mit etwas Kleie darübergestreut vor ihn hin. Beachten Sie, wie ich mich, als meine Hand auf dem Bildschirm erscheint, vorbeuge und insgeheim in die Kamera lächele (ein recht nettes Detail nach meiner Einschätzung).

Nun sind wir bei dem Moment jenes ersten, abstoßenden Greuels. Es geschieht unmittelbar, nachdem er seinem Getreide äußerst sparsam Milch und Zucker zugesetzt hat. Oh, ich sehe es vor mir! Ich sehe es vor mir! Er umklammert mit seinen Händen die Tischkante, wie um sich Halt zu verschaffen, und dann beginnt es. Eine pendelartig schwingende Bewegung des Hinterteils auf der Sitzfläche seines Stuhls, als versuchte er, sich in etwas Feuchtem, Weichem niederzulassen. Es ist eine abscheuliche Bewegung voller Genußerwartung, begleitet von einem saugenden Geräusch, das an das Zurückschwappen der Wellen am Meeresufer erinnert und dadurch entsteht, daß er durch geschürzte Lippen die Luft einzieht und dabei kleine Tropfen und Tröpfchen Speichel aus dem vorderen Bereich seines Mundes nach hinten saugt. Ich hege keinen Zweifel, daß Sie, lieber Zuschauer, wer immer Sie sind, ebenso wie ich es so viele Male getan habe, empfinden, was für eine überwältigende Freude und Befriedigung es wäre, sagen wir, die Zuckerdose zu nehmen und mit aller Kraft in das Gesicht eines Mannes zu schleudern, der solcher Dinge schuldig ist! Die Haut der gealterten Hinterbacken, die Wolle der Unterhosen, das ausgefranste Nylon des Hosenbodens und das braune Leder des Küchenstuhls, sie alle wirken zusammen und bewegen sich in einem Reigen, ist es nicht so? Ich könnte damit meine Verteidigung abschließen und als freier Mann den Saal verlassen, aber es kommt noch mehr. Ja, mehr!

»SONNTAGSMITTAGESSEN«

Für meine Aufzeichnung des Mittagessens am Sonntag stellte ich die Kamera so ein, daß sie direkt auf die Stelle gerichtet war, wo sich während der Mahlzeit Onkel Reginalds Teller befinden würde. Bereits bei der Frühstücksaufnahme wird Ihnen aufgefallen sein, wie er seine Arme in einer abnormen Höhe über dem Essen schweben läßt und seine Handgelenke rechtwinklig abwärts neigt, so daß sich sein Messer und seine Gabel während des gesamten Verzehrsvorgangs praktisch in vertikaler Stellung befinden. Diese Haltung erinnert mich an nichts so sehr wie an eine Gottesanbeterin, die ein wehrloses Opfer verschlingt, wobei Messer und Gabel die bohrenden, scharrenden Enden der langen, dünnen Vorderbeine darstellen. Nun bestand meine Absicht darin, mich auf den Teller selbst und auf die gräßliche Art und Weise zu konzentrieren, in der mein Onkel mit den Speisen darauf verfuhr, insbesondere zu Beginn und Ende der Mahlzeit.

Die Aufnahme beginnt mit einem dankenswert scharfen Bild der heißen Speisen auf Onkel Reginalds weidengemustertem Teller. Wie Sie sehen werden, besteht die Mahlzeit aus drei großzügigen Scheiben durchgegarten Rindfleisches, vier recht stattlichen Bratkartoffeln, einer kleinen Portion Erbsen, zwei goldbraunen Yorkshire-Puddings und drei oder vier gerösteten Pastinaken, alles in einem flachen Teich dicker brauner Soße schwimmend und ergänzt durch einen kleinen Klecks Meerrettichsoße am äußersten Tellerrand. Beachten Sie jetzt, wie die äußersten Enden des Bestecks meines Onkels im Bild erscheinen. Sie verharren für einen Augenblick schwebend, dann sinkt das Messer herab und schiebt die kleinste der Kartoffeln ungefähr einen Zentimeter von ihren Artgenossinnen weg auf die Erbsen zu. Warum? Warum hat er sie verschoben? Es gibt keinen Grund. Es ist überflüssig – es ist anstößig! Und es ist nur der Anfang.

Sehen Sie jetzt, wie er zweimal völlig willkürlich mit den Gabelzinken über eine kleine Fläche freiliegenden Porzellans kratzt. Man erzähle mir nicht, daß dergleichen zu einem gewöhnlichen Eßverhalten gehört. Es ist ein Symptom verhaltener Erregung – geifernder, gieriger Erwartung. Ich weiß es! Er sticht mit der Gabel in eine Scheibe Fleisch und beginnt zu schneiden. Und schneidet, schneidet, schneidet es in kleine, geometrisch regelmäßige Formen, Vierecke, die sich nicht selten echten Quadraten annähern. Jetzt hält er inne; das Ende seines Messer baumelt unentschlossen, während er sich ein Stück Gemüse aussucht. Aus keinerlei ersichtlichem Grund zieht er plötzlich einen Yorkshire-Pudding über eine Strecke von wohl nahezu einem Zoll auf sich zu und schiebt ihn dann mit unglaublich krasser Gleichgültigkeit wieder zurück. Warum? Nun stürzt sich die Gabel auf eine große, dicke Kartoffel und hält sie fest, während sich das Messer in ihr Fleisch einsägt. Er schneidet sie in Würfel! Gott helfe uns, er schneidet sie in Würfel!

Warum – und das ist die Frage, die sich mir anläßlich zahlloser Sonntagsmahlzeiten der letzten acht Jahre geradezu in die Eingeweide eingebrannt hat –, *warum* reißt er dann seine Yorkshire-Puddings mit dem *Rücken* seines Messers in asymmetrische Fetzen? Was für eine seltsame, verdrehte Verirrung mag sich im Verstand dieser Person festgesetzt haben, die ich Onkel zu nennen pflegte, die bei Fleisch und Gemüse millimetergenaue Präzision verlangte, beim Yorkshire-Pudding hingegen zu einem wilden, formlosen Vorgehen verleitete? Irgend etwas in seiner Kindheit? Wer weiß! Jedenfalls gehöre ich nicht zu den Leuten, die zwischen Verbrechen aus Berechnung und solchen aus psychischer Gestörtheit unterscheiden. Verbrechen ist Verbrechen, und Strafe ist Strafe.

Die nun folgende Phase in Onkel Reginalds Vorbereitung auf seinen ersten Bissen ist nichts für empfindsame Gemüter. Die Gabel wählt ein kleines viereckiges Stück Fleisch, das Messer schiebt es grob bis zum Ansatz der Zinken hinab, ein Würfel Bratkartoffel wird hinzugefügt und erleidet das gleiche Schicksal wie das Fleisch, zwei Erbsen werden von zwei Zinken aufgespießt und sodann vollkommen durchbohrt, ein zuvor zurechtgeschnittenes Pastinaken-Rechteck wird auf die mittlerweile ziemlich volle Gabel gequetscht, und zum Schluß wird das Ganze mit einer Messerspitze Meerrettich bedeckt und mehr oder weniger zementiert. Endlich wird, mit einer beiläufig erscheinenden Stichbewegung, hinter der sich meiner Meinung nach eine besondere Gefühlsintensität verbirgt, ein langer Fetzen Yorkshire-Pudding an den äußersten Enden der Gabelzinken befestigt, und die ganze Mixtur wird nach oben aus dem Bild herausgehoben, unterwegs zu Onkel Reginalds Mund. Und jetzt, lauschen Sie! Dieses Geräusch – dieser Klang wie von feuchten Fleischbrocken, die in einer Waschmaschine gewälzt werden – das ist er! Das ist Onkel Reginalds Kaugeräusch! Und im Hintergrund, so leise, daß es kaum zu hören ist, aber vollkommen unverkennbar, wenn man ganz genau hinhört, ist das Knacken. Ja! Es ist mir tatsächlich gelungen, das Knacken aufzuzeichnen. Hören Sie es jetzt. Kau – knack! Kau – knack! Kau – knack! Ich höre es noch hier in der Stille meiner Zelle, ebenso, wie es auf dem Band zu hören ist. Es ist *so* deutlich.

Der Rest der widerwärtigen Gewohnheiten meines Onkels erfordert keinen weiteren Kommentar meinerseits. Die Tatsachen liegen vor Ihnen. Bitte achten Sie jedoch noch auf einen letzten Punkt. Als die Mahlzeit sich ihrem Ende nähert, werden Sie bemerken, daß ich den Tisch verlassen habe, um den Einstellungswinkel zu erweitern. Diese Maßnahme gestattet einen perfekten Blick auf einen weiteren bedeutsamen Verhaltenszug, einem Zug, der seine Wirkung nicht verfehlen kann, das Gericht von der vollkommenen Vernünftigkeit meiner Entscheidung zu überzeugen, den Schuldigen seiner gerechten Strafe zu übergeben. Sehen Sie sich an, wie Onkel Reginald seine Mahlzeit mit unverminderter, grausiger Begeisterung fortsetzt, bis nur noch eine geringe Menge Speisen auf seinem Teller verblieben ist. Plötzlich, als sei er außer Atem, legt er Messer und Gabel zu beiden Seiten seines Tellers nieder, lehnt sich zurück, bläst seine rotbehaarten Backen auf und läßt in einem langen, pfeifenden Stoß die Luft entweichen. Sodann legt er die linke Handfläche auf seinen leichten Bauchansatz und reibt sich im Uhrzeigersinn darüber, wobei er einen leisen, muhenden Laut der Zufriedenheit ausstößt. Das ist schon greulich genug, doch es wird gefolgt von einer abrupten Vorwärtsbewegung, als er scheinbar mit einem leisen Erschrecken wahrnimmt, daß er seine Mahlzeit noch nicht vollständig beendet hat. Er greift zu Messer und Gabel, schiebt die restlichen Speisen in der Mitte des Tellers zu einem Haufen zusammen und steht (scheinbar) im Begriff, sie auf seine Gabel zu laden, ändert jedoch dann seine Absicht, legt sein Besteck genau parallel neben dem Teller nieder und sagt in einem herzlichen, jovialen Tonfall jene drei furchtbaren Worte, die er am Ende einer jeden sonntäglichen Hauptmahlzeit der letzten zehn Jahre gesagt hat: »Ein stattliches Gelage, was? Ha, ha!« Er ließ *immer* ein paar Speisereste übrig! Er sagte *immer* diese Worte! Wie hätte er seine Augen vor der Tatsache verschließen können, daß ich jedesmal, *jedes einzelne Mal*, genau wußte, was er tun und sagen würde? Natürlich wußte er es!

Es war mir sehr daran gelegen, daß die Hinrichtung meines Onkels ohne Schmerzen vonstatten gehen solle. Das Streben nach Gerechtigkeit erfordert keine Unmenschlichkeit, und ich glaube, ich bin ohnehin von Natur aus ein gütiger Mensch. Daher verbrachte ich beträchtliche Zeit mit der Auswahl einer angemessenen Methode, Onkel Reginalds Tod herbeizuführen. Schließlich entschied ich mich für einfaches Ersticken mit Hilfe eines Gästekissens, und das Urteil wurde (mit geradezu überraschender Leichtigkeit) in der Nacht des Dienstag, der auf jenes letzte Sonntagsmittagessen folgte, vollstreckt. Als der Mittwochmorgen kam, tätigte ich zwei Telefonanrufe. Der erste war an Mr. Robards gerichtet, um ihn zu informieren, daß ich höchstwahrscheinlich für kurze Zeit nicht in der Lage sein würde, meine Arbeit fortzusetzen, der zweite an die örtliche Polizeistation. Ich war und bin mir bewußt, daß gewissen Formalitäten Genüge getan werden muß, bevor ich entlassen werde, von denen die wichtigste natürlich meine Gerichtsverhandlung ist. Übrigens darf ich hinzufügen, daß ich von dem Augenblick an, als zwei Polizeibeamte an jenem Mittwochmorgen bei mir erschienen, bis zum heutigen Tag nur die höflichste und rücksichtsvollste Behandlung von seiten der beteiligten Beamten erfahren habe. Ja, ich habe die Erfahrung geradezu genossen, mich, wenn auch in geringem Maße, als eine Art Berühmtheit fühlen zu dürfen, zumal die landesweit erscheinenden Zeitungen in einiger Ausführlichkeit über meine Festnahme und darauf folgende Untersuchungshaft berichtet haben. Ich bedaure lediglich, daß die Journalisten, die für diese Berichte verantwortlich zeichnen, keinen Zugang zu diesem Dokument oder zu meinen beiden Videobändern hatten. Hätten ihnen diese Materialien zur Verfügung gestanden, wäre es nicht zu jenen ständigen Erwähnungen einer »Berufung auf Geistesgestörtheit« und dergleichen gekommen, und mein Name wäre auch nicht in Zusammenhang mit berühmten »Mördern« der Vergangenheit gebracht worden, Menschen, mit denen ich absolut nichts gemein habe. Doch die Verhandlung wird ja all diese Dinge zweifelsfrei klarstellen.

In der Zwischenzeit harre ich geduldig aus und blicke mit Vorfreude auf den Tag, an dem mein Leben wieder in seine gewohnten Bahnen zurückkehren wird. Manches vermisse ich. Insbesondere die Beschäftigung, die seit einiger Zeit meine einzige Form des Freizeitvergnügens an Abenden und Wochenenden war. Es ist mir zur Gewohnheit geworden, zumindest einmal in der Woche und jeden Samstagnachmittag mit einem Taxi nach Eastbourne zu fahren. Von dort nehme ich den nächsten erreichbaren Zug zum Victoria-Bahnhof, von wo aus ich mich rasch über die Außentreppe hinab in die U-Bahn-Station begebe. Nach Erwerb eines Vierzig-Pence-Tickets folge ich dem Fußweg bis zu der Stelle, von der aus man mit einer Rolltreppe hinab zur Circle Line gelangt. Ich kenne keine glücklichere Beschäftigung, als endlos immer weiter, immer im Kreis herum, mit der Circle Line zu fahren und die Menschen zu beobachten, wie sie an jeder Station ein- und aussteigen. Warum jemand den Zug verlassen will, kann ich mir wahrhaftig nicht vorstellen. Es ist doch wunderbar, zu wissen, daß man immer und immer wieder zu seinem Ausgangspunkt zurückkehrt und daß gar keine Notwendigkeit zum Aussteigen besteht. Nur mit größtem Widerstreben reiße ich mich jedesmal davon los. Ja, in letzter Zeit ging mir mehr als einmal der Gedanke durch den Kopf, daß vielleicht in nicht allzu ferner Zukunft einmal der Tag kommen mag, an dem ich einfach im Zug sitzenbleiben und für immer im Kreis herum fahren kann und nie mehr auszusteigen brauche.

Bethel

Zwischen Black Carn und Logan Rock lebte eine Schnecke namens Bethel, die zu stolz wurde. Der Himmel ist eitlen Schnecken nicht wohlgesonnen, und Bethel war einfach ein wenig zu groß geworden für sein Schneckenhaus.

Freilich, man bewunderte sein glänzendes Kastanienbraun, sein wirbelndes, zwirbelndes Perlenweiß und sein tiefes, tintiges Mitternachtsschwarz.

Und gewiß, man war bezaubert von seinen hellen, intelligenten Augen, die stets wachsam auf ihren majestätischen grauen Stielen wankten, Augen voller Leidenschaft mit einem kaum wahrnehmbaren Ausdruck des Schmerzes. Bethels Kriechspur war breit und glänzend. Er hatte geliebt, gelitten, gelernt und wieder geliebt. Immer intensiv und immer... langsam.

Doch ein Tag kam, an dem der arme Bethel, geblendet von Ehrgeiz, in Gegenwart von französischen Männern, Vögeln und Kindern unüberlegte Dinge zu sagen begann.

»Ich werde niemals in feinen Restaurants verspeist werden.«

»Ich werde niemals auf dem Stein einer Drossel zu Brei zerschmettert werden.«

»Ich werde niemals im Glasgefängnis eines Kindes zu einem Dahindämmern bis zum Tode verurteilt werden, auf einem Haufen toter Blätter, unter Löchern, die zwar Luft herein, aber mich nicht hinaus lassen.«

Die Welt reagierte.

Ein gescheiterter Restaurantbesitzer namens Dupin, eine Drossel von zweifelhafter Vergangenheit namens Mulligan und ein fettbeiniges Kind, dessen Name Wallace war, bildeten eine Bande und leisteten sich in einer hölzernen Baracke hinter der St.-Levan's-Kirche einen Schwur, dem tapferen, törichten Bethel, den sie in ihrem Haß »Glibberglubsch« nannten, die Seele – wenn nicht sein Leben – zu vernichten.

Die Bande war bewaffnet und verwegen.

Dupin trug ein Zwiebelmesser bei sich, das so lang war wie sein Arm.

Mulligan hatte einen ledernen Köcher voller spitzer, glänzender Nägel, der an einem Hermelinriemen um seinen Hals hing. Nägelspucken war seine Leidenschaft. Er konnte einen Schmetterling aus drei Metern Entfernung an einen Baumstamm heften.

Wallace, der Junge, hatte einen Behälter, der geformt war wie ein höhnisch lachendes Gesicht, in den sperrte er alle möglichen Tiere ein, bis sie tot waren. Es waren schon eine ganze Menge drin.

Es war wirklich eine üble Bande.

Eines Tages stieß Bethel zufällig auf sein eigenes Grab. Die Bande hatte es eingefädelt, um ihn in Panik zu versetzen, um ihn weich zu machen, bevor sie zuschlug.

Mitten in der smaragdgrünen Dämmerung eines Laubwaldes in der Nähe von Trevilley gab es eine kleine Lichtung. Hier, unter einem Hinweisschild, das einen Meter über dem Boden an einer jungen Birke angebracht war, hackten zwei verängstigte Eidechsen mit silbernen Löffeln, Überbleibseln eines längst vergessenen Spaziergänger-Picknicks, auf den Boden ein. Entsetzt sperrten sie ihre kleinen dummen Mäuler auf, als Bethel anmutig auf die Lichtung glitt, die eines seiner Lieblingsplätzchen war – bis jetzt. Durch den schieren Magnetismus seiner Persönlichkeit zwang er die beiden zitternden Geschöpfe, sich seinem unverwandten Blick zu stellen.

»Wir sind det nich jewesen, Meester«, schnatterte die eine Eidechse voller Furcht in den kleinen schwarzen Perlaugen. Unter der gelben Haut an ihrem Hals zuckte und hüpfte eine Pulsader.

»Der Franzmann, der Vogel und der Fettwanst ham uns jezwungen, dir deen Jrab zu schaufeln«, sagte die andere verzweifelt. »Wir mögen dir jerne, isset nich so, Micky?«

»Sonst würden se uns zu Brei hauen«, quietschte der Micky Genannte, dessen ganze gefleckte Haut sich vor Angst spannte. »Oder in Fettwanst seen'n Topf schmeißen. Da mußten wa dir doch deen Jrab schaufeln, sonst...« Seine schrille Stimme verklang erbärmlich.

Aber Bethel hörte gar nicht mehr zu. Er las die Worte, die auf der Hinweistafel mit winzigen silbernen Nägeln eingeschlagen waren.

Und als er las und begriff, empfand er plötzlich keinen Stolz mehr. Er spürte nur noch Angst.

IN SPOTTENDEM GEDENKEN AN GLIBBERGLUBSCH
RUHE IN UNFRIEDEN
(... wenigstens die Schale. Das Weiche habe ich gefressen – gez. Mulligan)

Bethel verspürte ein Bedürfnis nach Gebet und Seelsorge. Das verborgene Heiligtum im bröckelnden Gestein des Penbar Cliff fiel ihm ein. Eine strapaziöse Reise für einen Schneckenpilger, doch dort, zwischen dem Himmel und dem Meer, war ein Ort des Friedens und der Meditation. Dort konnte er sich Rat vom dicken alten Hammelbeißer, dem letzten Wolf in England, holen. Seit seiner Bekehrung vor Jahren tat der ehemalige Räuber Buße, indem er den Bedürftigen diente, unterstützt von drei weißen Ordensschafen, die, geschützt durch die Tiefe der Wandlung in Hammelbeißer und den vollständigen Verlust seiner Zähne, voll Hingabe in den kerzenerleuchteten Tiefen der Kapellenhöhle von Penbar ihren Dienst verrichteten. In der samtenen Stille dieses heiligen Ortes sprach Bethel, erschöpft, aber von einer seltsamen Ruhe erfüllt, ein schlichtes Gebet, bevor er sich dem hechelnden Haufen heiliger Dunkelheit nahte, der neben dem Altar kauerte.

Die rote Zunge des riesigen Wolfs blitzte hervor und herum und zurück, während Bethel mit leiser Dringlichkeit sprach. Einen erschreckenden Moment lang schnappten die uralten gelben Augen auf, zwei winzige Fenster zum Schmiedeofen seines Gehirns. Die Schnecke wartete nervös, da sie die Anwesenheit anderer, seltsamerer Bittsteller in den tieferen Schatten der Höhle hinter sich spürte. Bethel erinnerte sich an unheimliche Geschichten von Geschöpfen, die so seltsam oder mißgestaltet oder elend waren, daß die Dunkelheit des Klippenheiligtums ihnen das einzige sichere Heim bot.

Endlich regte sich der Wolf und sprach mit unvorstellbar tiefer und unerwartet warmer Stimme.

»Bist du tapfer und gut, kleine Schnecke?«

Es war eine Stunde der Wahrheit.

»Ich bin stolz gewesen. Ich habe Angst um mein Leben. Ich hasse die Bande... besonders Wallace.«

Was würde Hammelbeißer ihm raten? Welche Waffen? Welche Strategie?

Es schien eine Ewigkeit zu dauern, bevor der Wolf wieder sprach.

»Gib eine Party. Lade alle drei ein... besonders Wallace.«

Bethel starrte verständnislos. Eine Party? Wie meinte er das?

Der alte graue Kopf beugte sich vor. Die letzten, geflüsterten Worte des Wolfs waren nur für die Ohren der Schnecke bestimmt. Bethel lauschte und nickte ernst. Bald darauf wandte er sich zum Gehen. Die Angst war noch da, aber in seinem Herzen war eine neue und bessere Entschlossenheit erwacht.

Das Abendsonnenlicht verwandelte den Staub auf Bethels poliertem Treibholzschreibtisch in winzige goldene Punkte, als die Schnecke nachdenklich davorsaß und die drei verschlossenen Umschläge betrachtete, die sie in einer Reihe vor sich ausgelegt hatte.

Sein Zuhause war eine auf den Kopf gestellte Sitzbadewanne auf dem Grund eines ausgetrockneten Teiches draußen vor Porth Loe. Bethel war für ein Weichtier nicht sonderlich reich, aber er hatte eine Schwäche für schöne Dinge. Er besaß einer der wertvollsten Sammlungen von Porzellanscherben auf der ganzen Halbinsel, und jedes Stück davon hatte ein kleines Loch und hing an einem kaum sichtbaren Stück Angelschnur von der Decke herab.

Dann war da noch das einzigartige Sortiment eingerahmter Spinnweben, die irgendwie einschließlich ihrer originalen Tautropfen unversehrt erhalten worden waren, genauso, wie sie in jenem magischen Augenblick ausgesehen hatten, als die legendären Freudenspinnen von Logan Rock ihren ekstatischen Morgentanz beendet hatten. Über dem Fenster hing ein Porträt von Dicken, Bethels Großvater mütterlicherseits, einem berühmten Weltreisenden, der von Salvador Dali in Öl gemalt worden war. Später hatte der große Künstler Dicken das vollendete Werk als Dank für einen diskreten persönlichen Dienst zum Geschenk gemacht. Es war ein eigenartiges Gemälde, aber Bethel bedeutete es viel.

Alles bedeutete ihm viel an diesem besonderen Ort, den er so lange gesucht, eingerichtet und zu seinem Heim gemacht hatte.

Liebevoll ruhte sein Blick einen Moment lang auf seiner kleinen Privatbibliothek, einer Reihe in Birkenrinde gebundener Bände, die zwischen zwei großen Kieselsteinen als Buchstützen auf dem Kieferregal neben ihm standen. Er kannte sie alle so gut.

Mein Freund, die Nacktschnecke, der großartige liberale Klassiker von Ambrose, der Teichschnecke, die später den Märtyrertod starb.

Ist Gott ein Gastropodum, der umstrittene Bestseller aus den sechziger Jahren.

Die Wellhornschnecke und die spanische Tänzerin, von einer anonymen Strandschnecke.

Und Bethels Lieblingsbuch, *Heraus aus der Schale*, ein humorvoller Aufruf zur Freiheit der Rede von Caliban, dem Philosophen vom Gwennap Head.

All diese Dinge, das Porzellan, die Spinnweben, das Bild, die Bücher – all das war ihm so lieb und vertraut. Und nun stand er im Begriff, diejenigen, die er am meisten in der Welt fürchtete, in sein Heim einzuladen – und ausgerechnet zu einer Party! Würden sie nicht sein Zuhause und alles, was darinnen war, niederwalzen? Würden sie nicht auch ihn selbst niederwalzen? Er blickte hinauf zum Porträt seines Großvaters und konnte beinahe das sorglose Schmunzeln des alten Dicken hören: »Eine Schnecke hat nun einmal nur einen Fuß, Junge, und wenn sie mit dem im Grabe steht, dann ist alles vorbei!«

Beinahe hätte Bethel der Mut verlassen. Nur die Erinnerung an das Haupt des Wolfs, wie es dunkel und schwer neben ihm gelegen hatte, und der Widerhall der letzten geflüsterten Worte des alten Priesters brachte ihn dazu, die Einladungen aufzunehmen und zur Tür zu bringen, wo Alf, der jüngste Bruder der Eidechse Micky, schon darauf wartete, sie bei Dupin und Mulligan und Wallace abzuliefern.

Alf war sehr schnell. Das mußten Eidechsen sein. Es war ihr einziges Talent, behaupteten manche. Eine langsame Eidechse war eine nutzlose Eidechse – eine überflüssige Eidechse. Alf beeilte sich.

Sein erster Botengang führte ihn hinauf auf die Straße nach St. Buryan, wo Dupin sich in der schmuddeligen Küche des *Le Cochon Mort* zu schaffen machte, eines Restaurants, das ein Tester im Egon-Ronay-Restaurantführer einmal als »La Abschaum de la Abschaum« bezeichnet hatte. Gäste kamen zwar schon längst keine mehr, aber Dupin plante gerade ein privates Abendessen für drei. Die Einladung amüsierte ihn. Er spuckte in den Milchtopf und lachte wie ein Gallier.

In seiner Waffenkammer im Innern einer hohlen Eiche war Mulligan gerade dabei, auf einem flachen, seltsam verfärbten Stein mit Gelassenheit und geübter Hand Nägel zu spitzen. Während er Bethels Brief las, veränderte sich der Ausdruck kaltblütiger Kompetenz in seinen Augen nicht im geringsten. Prüfend betrachtete er die Spitze eines Nagels. Er war noch nicht ganz spitz genug.

Wallace befand sich in seinem Zimmer und bestrich gerade die Fensterbank mit Superkleber für die Spatzen. Als seine Tante Pearl die Einladung hastig unter der Tür hindurchschob, öffnete er sie mit seinen dicken, plumpen Wurstfingern, las sie zweimal durch, leckte sich einmal über die Lippen und warf einen Blick auf die Schachtel mit dem höhnischen Gesicht darauf, die an ihrem Platz neben seinem Bett stand. Seine Augen leuchteten und verschwanden dann, als ein Grinsen auf sein fettes Gesicht kroch. Seine Lippen bewegten sich lautlos und formten ein Wort – »Glibberglubsch«.

Jeden Morgen und jeden Abend füllte Bethel sorgfältig die alte Messing-Öllampe, die neben seiner Tür auf einem Träger balancierte. Es war eine Routineangelegenheit. Die Lampe brannte Tag und Nacht. An diesem Abend, den Kopf voller Sorgen, hatte die Schnecke vergessen, diese kleine, aber wichtige Aufgabe zu erledigen. In den ganz frühen Stunden des folgenden Morgens flackerte die behagliche gelbe Flamme einen Augenblick und erlosch dann mit einer Reihe leiser Knallgeräusche ganz. Bethel, der vor lauter Sorge noch hellwach war, wurde starr vor Angst, als plötzlich die Dunkelheit von allen Seiten auf ihn eindrang.

Wenn Schnecken in Panik geraten, hören sie einfach auf zu denken. Bethel geriet jetzt böse in Panik. Es war die Dunkelheit – er hatte einfach Angst vor der Dunkelheit. Als er noch eine ganz junge

Schnecke gewesen war, hatte er eine unselige Begegnung mit einer Küchenschabe in einer stockfinsteren Kurve eines nassen, widerhallenden Abflußrohrs gehabt. Der kleine Bethel, der trotz aller Warnungen seiner Mutter furchtlos auf Erkundung ausgegangen war, hatte sich in den Winkel des Rohrs gekauert, während die riesige, vollgefressene Küchenschabe sich schwerfällig an ihm vorbeischleppte und immer wieder mit grauenhaft flacher toter Stimme dieselben Worte vor sich hin sang:

Weil wir selbstvergessen
innerlich verrotten,
fressen wir und fressen,
ohne zu entkoten.

Die widerwärtige Kreatur nahm kaum Notiz von der zitternden Schnecke. Sie war schon viel zu aufgebläht, um sich mit solchen Kleinigkeiten abzugeben.

Später, zu Hause, hatte Bethels entsetzte Mutter ihren zitternden Nachwuchs getröstet, während Opa Dicken, der jederzeit bereit war, es mit allen Küchenschaben der Welt allein aufzunehmen, mit guten Ratschlägen zur Stelle war: »Küchenschaben? Denen mußt du einen Tritt gegen die Beine geben – da haben sie ihr Gehirn!« Dicken kannte sich aus.

Doch nichts hatte ihm je das Entsetzen dieser Erinnerung nehmen können. Jetzt, in der lautlosen Schwärze, durchlebte Bethel den Schrecken seiner Kindheit von neuem und war für einen Augenblick nicht in der Lage, sich zu rühren. Dann fing er an, wie ein verrückt gewordenes Aufziehspielzeug von Wand zu Wand zu torkeln, blind auf der Suche nach Erlösung von seiner eigenen Furcht und von der Armee eingebildeter Küchenschaben, die ihn in der wütenden Finsternis jagten. Sachen fielen und zerbrachen, ohne daß er darauf achtete. Über seinem Kopf klingelten und tingelten die Porzellanteile, als das ganze Haus schwankte und zitterte. Endlich schnappte die Türklinke auf, und Bethel, der den kühlen Luftzug spürte, als die Tür aufschwang, wandte sich instinktiv in diese Richtung und war alsbald draußen auf dem feuchten Gras, und seine Augen sogen sich voll mit dem schwachen Licht des bewölkten Nachthimmels.

Solche – und davon gibt es viele –, die Schnecken als »langsam« bezeichnen, hätten Bethel in jener Nacht sehen sollen, als er mitsamt seiner Schale den Grashang hinauf zur höchsten Stelle der Klippen hetzte. Dort ruhte er sich neben einer merkwürdig geformten, glatten Steinplatte aus, und wie um seine Mühe zu belohnen, trat der Mond voll und freundlich hinter einer Wolke hervor, um die einsame Klippe und die felsenübersäte Küste von Fool's Cove tief unter ihm zu beleuchten.

Plötzlich wußte Bethel, daß er nur noch fliehen wollte, fliehen vor dem, was ihn an diesem Tag, der bereits begonnen hatte, erwartete – vor der Party, vor der Bande, vor der Möglichkeit des Todes. Was nützte es ihm, gut und tapfer zu sein – was zählte, war nur, daß er sich in Sicherheit brachte. Er blickte auf. Der Mond schien sehr hell; die Luft so still wie ein sitzender Vogel. Warum sollte dies nicht die richtige Nacht für den Sprung sein? Es war noch früh im Jahr. Normalerweise hob er sich den Sprung bis zum Spätsommer auf, aber eine bessere Nacht dafür als diese konnte es wohl kaum geben. Der Strand unten schimmerte silbern; in der Ferne grollte und flüsterte die See leise in ihrem Schlaf. Es war eine vollkommene Nacht.

Erregung zuckte durch Bethels schmerzenden Leib – dieselbe Erregung, die ihn jedes Jahr unmittelbar vor dem Sprung überkam. In einem Fieber der Entschlossenheit hebelte er den flachen Stein neben sich empor und zerrte den Rucksack mit seiner dicken Zellophanhülle hervor. Dieses Jahr war keine Eidechse zur Stelle, um beim Anlegen der Gurte zu helfen, aber irgendwie schaffte er es allein, und nach einer Pause zum Luftholen glitt er mit einem kleinen Seufzer der freudigen Verzückung über das büschelige Gras am Klippenrand und spürte gleich darauf, wie er wie ein Stein durch die atemlose Luft fiel.

»Eins – zwei – drei – vier – fünf!«

Da war das vertraute ruckende Zerren an seinem Körper, als Bethel die Reißleine zog, und der Fallschirm öffnete sich wie eine riesige, auf dem Kopf stehende Blume. Dieser Augenblick der aufblühenden Sicherheit schien ihm wie eine besondere Art Wunder, und das traumartige Erlebnis, durch das Mondlicht nach unten zu schweben, war die magischste Empfindung, die er je verspürt hatte. Leider war es viel zu schnell vorbei. Nicht einmal eine Minute später korrigierte er schon wieder sorgfältig seinen Fallwinkel, um so nahe wie möglich an seinem Ziel zu landen. Sekunden später landete er sicher auf einem kleinen Flecken nassen Sandes, streifte die Gurte ab und glitt rasch zum Fuß der Klippe hinüber, wo ein Leuchten von künstlichem Licht die Lage von Oscar Wilds Mollusken-Reparaturwerkstatt anzeigte.

Er ging an dem Schild mit der Aufschrift »KEINE EINSIEDLERKREBSE – WIE OFT MUSS ICH'S EUCH NOCH SAGEN?« vorbei, und dort, im Eingang einer natürlichen Höhle, fand er inmitten von Werkzeugen, Ersatzteilen und allem möglichen Kram den alten Maulwurf, der gerade eifrig damit beschäftigt war, beim Licht einer elektrischen Glühbirne, die von einem irgendwo hinten in der Höhle vor sich hin ratternden Generator gespeist wurde, eine Herzmuschel zu polieren.

Oscar war ein höflicher, ziemlich vornehmer alter Maulwurf, dessen Leben und Arbeit, nachdem er Jahre mit kleinen Schalenreparaturen und der Herstellung synthetischen Schleims zugebracht hatte, durch die Erfindung des Fiberglases revolutioniert worden waren. Er war der Beste in seiner Branche und hätte reich werden können, aber aus irgendeinem Grund hatte er beschlossen, dem finanziellen Profit den Rücken zuzukehren und sich hier am Fuße der Klippe von Fool's Cove eine Werkstatt einzurichten, wo er Schalentieren aller Art mit Geschick und Diskretion seine Dienstleistungen, Wartungs- und Reparaturarbeiten anbot.

Bethel machte seinen Sprung einmal im Jahr, teilweise wegen der fälligen Schleim- und Schaleninspektion, teilweise, weil er das Erlebnis genoß, und teilweise, weil es ihm Spaß machte, sich mit dem alten Oscar zu unterhalten. Der Fallschirm war natürlich Dickens Idee gewesen. Dicken und Oscar waren durch eine ganz besondere Freundschaft miteinander verbunden gewesen.

»Na, wie denn, mein tapferer Bethel?« begrüßte ihn Oscar mit einem überraschten und erfreuten Lächeln. »Wir kommen früh dieses Jahr, nicht wahr? Wie geht es uns? Geknackt, geknickt, geknittert, geknautscht? Wie stehen die Aktien?«

»Nicht besonders gut«, gestand Bethel, während die Herzmuschel davonschleimte, und kletterte auf die Werkbank. »Mein großes Maul mal wieder.«

Er erzählte dem ergrauenden Maulwurf von der Bande, von der Pilgerfahrt zur Kapelle von Penbar und von der Party, die in weniger als zwölf Stunden beginnen sollte, falls es je dazu kam. Oscar nickte langsam, während er einen künstlichen Schalensplitter mit einer kleinen Kerbe an Bethels linker Seite verglich.

»So, du hast den Wolf aufgesucht? Ah!«

»Opa Dicken sagte immer, ich solle zu Hammelbeißer gehen, falls ich mal ernsthaft in der Tinte sitze«, erklärte Bethel und schnitt eine Grimasse, als der Maulwurf ihn sanft schaukelte und nach verräterischen Knack- oder Knirschgeräuschen lauschte. »Also habe ich das getan.«

»Dicken...« Oscar schmunzelte breit, als der Name seines alten Freundes fiel. »Dicken hat dir nie erzählt, nehme ich an, daß ich mich auf den Rat des Wolfs hin hier unten niedergelassen habe, statt – etwas anderes zu tun?« Eine merkwürdige, warme Traurigkeit lag in der Stimme des Maulwurfs. »Und er hatte recht. Der Wolf weiß Bescheid. Tu, was er dir sagt, hörst du?« Er klopfte der Schnecke liebevoll auf die Schale. »Ab mit dir. Du bist fertig, vollständig, repariert, geschmiert. Eine Dose Schleim? Nein? War nett, dich zu sehen, kleiner Bethel-Dicken. Bis nächstes Jahr. Vergiß nicht, was ich dir gerade gesagt habe.«

Hinter Bethel hatte sich eine Schlange murmelnd wartender Geschöpfe gebildet. So gern er sich noch länger mit Oscar unterhalten hätte, er wußte, daß es einfach nicht möglich war. Als er sich von dem warmen Leuchten und der Geschäftigkeit der Reparaturwerkstatt abwandte, sah er, wie Oscars Eidechsenmannschaft den Fallschirm faltete und wieder einpackte. Bis zum nächsten Sommer würden sie ihn wieder oben auf der Klippe unter dem Stein hinterlegt haben. Das System funktionierte gut. In der Nähe wartete Jacktar, der abgehalfterte, nicht mehr ganz junge Kormoran, um Bethel wie üblich wieder hinauf auf die Klippe zu bringen. Der übergewichtige Vogel war gerade so eben in der Lage, bis dahin zu flattern. Nicht zum ersten Mal wunderte sich die Schnecke über den Einfluß von Oscar. Wie auch immer er es anstellte, es schien jedenfalls zu funktionieren. Einige angstvolle Minuten später, gerade als die Dämmerung über der Halbinsel aufstieg, um die Dunkelheit nach Westen zu verjagen, erreichte Bethel sein Heim, wo er entsetzt das Ausmaß der Schäden betrachtete, die er während seiner Panik in der Nacht verursacht hatte. Nachdem er die Messinglampe nachgefüllt und entzündet hatte, machte er sich müde an die Aufgabe, wieder Ordnung in seine kostbaren Besitztümer zu bringen, bis er sich schließlich erschöpft gegen eine Wand lehnte und in den Schlaf glitt.

Viele Stunden lang schlief er tief und traumlos, doch schließlich kam ein Traum, der seltsamste und lebhafteste Alptraum, den Bethel je gehabt hatte.

Zuerst war da nur ein Nebel, der dick, gelb und klamm alles außer sich selbst auslöschte. Bethel fand sich inmitten einer fremden, gedämpften Welt wieder und lauschte aufmerksam und nervös in Erwartung von... was? Er wagte nicht, sich zu rühren. Wer konnte wissen, was für Fallen und andere grauenhafte Dinge jenseits der wirbelnden Nebelmauer, die ihn umgab, auf ihn lauern mochten? Außerdem hätte er sich sowieso keinen Zoll weit bewegen können, selbst wenn er gewollt hätte. Breite Lederriemen zogen sich kreuz und quer über seinen Leib und fesselten seinen Rücken an eine Art Mast oder Stecken. Er zitterte vor Angst und Kälte in der drohenden Stille und wußte, wie man etwas in Träumen manchmal einfach weiß, daß jemand oder etwas auf ihn zukam – etwas Schreckliches, Grausames.

Es begann wie eine leichte Verdichtung des Nebels unmittelbar vor ihm, die allmählich Substanz gewann, bis Bethel bemerkte, daß eine Gestalt sich auf die Stelle zu bewegte, an der er notgedrungen warten mußte. Allmählich wurden die Umrisse der Gestalt deutlicher – groß, dünn, mit eckigen Schultern und leicht gebeugtem Rücken und zwei kleinen schwarzen Augen, die böse funkelten, als die Gestalt schließlich aus dem Nebel auftauchte und über der verängstigten Schnecke aufragte, das Gesicht zu einer grinsenden, triumphierenden Fratze verzogen.

Es war Micky, die Eidechse. Größer, irgendwie verändert, voll von einer häßlichen, höhnischen Arroganz, aber zweifellos Micky. Der langgestreckte, lederartige Leib war in einer Art militärischer Uniform gekleidet, mit polierten Lederstiefeln und einer vorn hochgezogenen Schirmmütze. Der graue Stoff hing in unförmigen Falten an der schuppigen Gestalt der Eidechse. Er sah völlig verkehrt aus – wie ein Skelett im Abendkleid.

»Du hast noch zwei Minuten, Schnecke. Wenn du uns bis dahin nicht gesagt hast, was wir wissen müssen, wirst du erschossen.«

Die Stimme des Geschöpfes war schrill und heiser, vollkommen selbstbewußt und voller bösem Vergnügen. In Bethels Kopf drehte sich alles. Was sollte er ihnen sagen? Wer waren »sie« überhaupt?

»Micky, ich...«

»Nenn mich nicht Micky! Nenn mich gefälligst ›Sir‹! Los doch, sag es! Sag ›Sir‹!«

Die Eidechse hob einen dünnen, gefährlich aussehenden Gehstock über den Kopf, das schmale Gesicht vor Wut verzerrt.

»Äh... Sir«, sagte Bethel eilig, »ich erinnere mich nicht so recht, was...«

Das Tier ließ den Arm sinken und beugte sich dann vor, bis seine glatte Nasenspitze beinahe das Gesicht der Schnecke berührte. Während es sprach, zuckte seine lange dünne Zunge hin und her und stichelte jedesmal, wenn sie zu ihrer vollen Länge herausfuhr, in Bethels Fleisch.

»Wir wollen den Franzosen und die Drossel und den fetten Jungen – insbesondere den fetten Jungen. Jetzt, wo wir zur Herrenrasse geworden sind, wollen wir mit ihnen machen, was sie mit uns gemacht haben. Wir haben unter ihnen gelitten, nun werden sie unter uns leiden.«

Der Atem der Eidechse strich heiß und ranzig über Bethels Gesicht.

»Den Franzosen werden wir zwingen, auf allen Vieren Botengänge für uns zu machen. Hunderte von kleinen, nebensächlichen Nachrichten und Aufgaben, den ganzen Tag und die ganze Nacht. Wehrt er sich, wird er erschossen. Wir werden ihn zwingen, immer weiter und weiter zu gehen, bis seine Haut schon längst abgeschürft und blutig ist. Schließlich werden wir ihn vielleicht kochen und in seinem eigenen miesen kleinen Restaurant servieren, mit einem schönen grünen Salat und French Dressing.«

Die Zunge vibrierte erregt, als die Eidechse fortfuhr.

»Und die Drossel... die Drossel wird sich niemals unserer Autorität unterwerfen und auch keine Angst zeigen, aber das wird keine Rolle spielen. Wir werden den Vogel in einen großen Käfig sperren und ihn für Zielübungen verwenden. Ein bewegliches Ziel ist nützlich – ein flatterndes noch besser. Vielleicht laden wir die Schmetterlinge ein, uns Gesellschaft zu leisten. Sie mußten auch viel leiden.«

Bethel verspürte den starken Wunsch, nicht hören zu müssen, was die Eidechsen mit Wallace vorhatten, aber es gab kein Entrinnen. Die rauhe Stimme fuhr fort, gefärbt mit dem Unterton eines Wahnsinns, der sich aus der Gier nach Rache nährt.

»Zu dem fetten Jungen werden wir sehr, sehr fair sein. Wir werden mit ihm genau das machen, was er mit vielen von uns gemacht hat. Wir werden ihm seine Beine abreißen, um zu sehen, ob ihm vielleicht neue wachsen – nur so aus Interesse, verstehst du?«

Schnecken können nicht erbleichen. Sie können nur zittern. Bethel zitterte jetzt.

»Aber warum...?«

»Du weißt, wo sie sind, Schnecke, und du wirst es uns sofort sagen, oder wir stellen dich vor das Erschießungskommando. Du hast die Wahl.«

Bethel wollte protestieren, er habe keine Ahnung davon, wo sich die Bande aufhielt, doch er hielt abrupt inne, als ihm aufging, daß er im Kontext der anderen Welt seines Traums sehr wohl wußte, wo Dupin und Mulligan und Wallace sich versteckten. Er wußte irgendwie, daß die drei Mitglieder der Bande sich jämmerlich auf den Dachboden des Cochon Mort verzogen hatten und auf eine Gelegenheit warteten, von der Halbinsel zu fliehen. Falls er der Eidechse trauen konnte, würde er sich mit ein paar schlichten Worten in Freiheit bringen können. Und warum auch nicht? Er hatte keinen Anlaß, das bösartige Trio zu lieben – im Gegenteil. Es war sein gutes Recht, sie zu opfern, um sich zu retten... so war es doch, oder?

»Also gut!«

Die Eidechse richtete sich auf und trat zur Seite. Jenseits der Stelle, wo sie gestanden hatte, begann sich der Nebel aufzulösen. Durch die verbliebenen wirbelnden Schwaden erkannte Bethel nun ein hohes hölzernes Gestell mit einer Plattform, auf der eine undeutliche, reptilienähnliche Gestalt hinter einem auf ein Stativ montierten Gewehr kauerte. Von den Ecken des Turms erstreckten sich im rechten Winkel zwei hohe Metallzäune mit Knäueln von Stacheldraht an der Oberkante. Das Erschreckendste jedoch war das Dutzend Eidechsen in Reih und Glied, alle in Uniformen und Stahlhelmen, die ihre Gewehre bereits angelegt hatten und genau in die Mitte des Schneckenleibes zielten.

»Du hast noch Zeit, bis ich bis fünf gezählt habe«, zischte der Eidechsenoffizier, wobei er eine Pistole aus seinem Gürtelhalfter zog.

Fünf! Fünf Sekunden, um zu entscheiden, ob er die Bande auslieferte oder nicht. Eine leichte Entscheidung natürlich. Warum sollten sie leben und er sterben? Und doch...

»...zwei, drei, vier – noch eine Sekunde, meine liebe Schnecke, und es wird zu spät sein...«

Los doch, Bethel, schrie er innerlich, sag es ihnen! Mach den Mund auf und sag es ihnen, du blöde Schnecke! In weniger als einer Sekunde ist es zu spät!

BÄNG!

Bethel erwachte von dem Geräusch der zuschlagenden Tür, als Alf, der Bruder von Micky, der Eidechse, einen neuen Trick versuchte, um die Schnecke aus ihrem tiefen Schlaf zu wecken.

»Aufwachen«, drängte die Eidechse mit schriller nasaler Stimme, »et is fast Zeit für die Party! Aufstehn – et wird spät. Mußt doch noch allet vorbereiten.«

Von einem Alptraum in den anderen. Einen Moment lang starrte Bethel die händeringende Kreatur an und versuchte, sich darüber klarzuwerden, was gerade eben passiert war, was jetzt passierte und was an diesem Nachmittag passieren würde.

»Ick hab dat janze Zeuch, wat ick besorjen sollte, draußen auf'm Bollerwagen. Waffeln für'n Fettwanst, Körnerkekse für'n

Vogel und Zwiebelschrippen für'n Franzmann. Jetränke und allet hab ick ooch. Jut, wa?«

Bethel sah den Ausdruck zitternden Eifers auf Alfs Gesicht und erinnerte sich an seinen Traum.

»Das hast du sehr gut gemacht, Alf. Ich hatte eigentlich kein Recht, dich um all das zu bitten. Du bist sehr freundlich – danke. Äh... weißt du vielleicht, wie spät es ist? Ich habe sie für vier Uhr eingeladen, also –«

Einen Augenblick lang konnte Alf vor lauter Schreck über soviel herzliche Dankbarkeit von seiten der Schnecke nicht antworten. Keine Eidechse rechnete je mit mehr als hin und wieder einem kurzen Wort der Anerkennung. Er riß sich zusammen, steckte eine Sekunde lang den Kopf aus der Tür und blickte hinauf zur Sonne.

»Fünnef vor halb drei«, rief er dann zurück, »janz jenau!«

»Was?« Bethel war entsetzt. »Dann habe ich ja stundenlang geschlafen! Komm, Alf, machen wir uns an die Arbeit!«

»Jenau!« sagte Alf. »Anne Arbeit!«

Um fünf vor vier war alles erledigt. In einer kleinen Gruppe neben Bethels Haus standen drei behelfsmäßige Tische, jeder davon eigens für ein Mitglied der Bande gedeckt. Auf Alfs umgedrehtem Handwagen standen ein Teller mit Zwiebelbrötchen und ein Glas Wein für Dupin. Ein riesiges wildes Rhabarberblatt lag auf einem kleinen Erdhügel und trug den Körnerkuchen, in Scheiben geschnitten und hübsch angerichtet, und eine Glasschale mit klarem, frischem Wasser. Das war für Mulligan. Auf Bethels Schreibtisch, den Schnecke und Eidechse vereint unter größten Mühen aus der Sitzbadewanne gezerrt hatten, stand ein Teller Waffeln mit Zuckerguß und ein großes Glas Limonade für Wallace.

»Wozu machste'n det?«

Durch Bethels neues Verhalten ihm gegenüber ermutigt, stellte Alf die naheliegende Frage. Bethel sah ihn an und schüttelte langsam den Kopf.

»Das weiß ich eigentlich nicht«, sagte er. »Ich bin nicht sicher...«

Alf warf einen vielsagenden Blick auf seinen Schwanz. »Schätze, ick verschwinde ma lieber«, schnatterte er nervös, »ick will nich, dat der Fettwanst mir sieht.« Er spähte nach oben. »Eene Minute vor vier jenau – na denn bis später.«

Bethel blieb allein bei den Tischen zurück und wartete. Er lauschte dem fernen Gemurmel der Meeresbrandung und wünschte sich, er wäre ebenso kühn und mutig, wie Opa Dicken es gewesen war. Plötzlich begann sein Herz zu rasen, als er einen Fetzen übermütigen Gelächters hörte. Sie waren da. Sekunden später erschien die Bande über der Böschung des alten Teichbettes, und Bethels Herz gab sein Rasen auf und drohte ganz stehenzubleiben.

Die nächste halbe Stunde war sehr seltsam. Auf eigentümliche Weise fühlte sich die Schnecke an Dalis Porträt von Dicken erinnert. Alles wirkte irgendwie zu lebensecht, um wirklich echt zu sein. Und alles war so merkwürdig still. Das einzige, was Bethel (mit eingeschnürter Kehle) gesagt hatte, war: »Willkommen. D-danke, daß ihr gekommen seid. Bitte bedient euch mit allem, was ihr – was ihr möchtet.« Und genau das hatte die Bande dann auch getan, ohne auch nur ein Wort zu sagen. Während sie aßen, starrten sie Bethel unverwandt an, wobei Dupin und Wallace ein unangenehmes, erwartungsvolles Lächeln zur Schau trugen, während Mulligan kalt und ausdruckslos blieb.

Sie aßen und tranken alles, was sich auf den Tischen befand. Jeden Krümel. Jeden Tropfen. Schließlich wischte sich Wallace mit seinem fetten Handrücken über den zuckergußverschmierten Mund und sagte zum ersten Mal etwas.

»Und jetzt Gesellschaftsspiele?« Seine kleinen Augen funkelten. »Was ist drinnen?«

Mulligan wand sich aus seinem Lederriemen und legte seinen Köcher voller Nägel auf den Schreibtisch neben Wallaces Schachtel mit dem höhnischen Gesicht. »Ich sehe nach«, sagte er knapp. Dann verschwand er im Innern der Sitzbadewanne und erschien kurz darauf mit einem Bündel Angelschnüren mit Porzellanscherben im Schnabel. Er ließ sie vor dem fetten Jungen auf den Schreibtisch fallen. Wallace nahm eine und sah erst die Scherbe und dann Bethel an.

»Hübsch!« höhnte er und reichte dann die Scherbe an Dupin weiter. »Schmeiß sie weg, Franzmann.«

Dupin lachte rauh. »Oui, je les jetterai!« rief er und warf die Scherben eine nach der anderen hoch in die Luft, so daß sie über den Rand der Klippe flogen und verschwanden. Wallace strahlte. Mulligan beobachtete.

Schnecken weinen nicht. Sie sacken in sich zusammen und lassen ihre Fühler hängen. Bethel wußte, daß die Bande seine kostbarsten Schätze zerstören würde, Stück für Stück, und daß sie sich an jeder kleinsten Reaktion weiden würden, die sie ihrem Opfer entlockten. Er sackte zusammen und ließ die Fühler hängen. Es war herzzerreißend. Wallace ließ die eingerahmten Spinnweben auf einen Stein fallen, und Dupin rieb die Überreste mit seinem Absatz in die Erde. Das Porträt von Dicken wurde gegen Alfs Handwagen gelehnt und von einem halben Köcher von Pfeilen zerfetzt, die Mulligan mit unfehlbarer Treffsicherheit aus fast drei Metern Entfernung dagegenspuckte. Das war es, was Bethel den Rest gab – das herzlos meckernde Gelächter, als seine einzige bleibende Erinnerung an Opa Dicken zerstört wurde. Es war zuviel. Zum ersten Mal seit vielen Monaten zog er sich in sein Schneckenhaus zurück und sehnte sich nach Vergessen.

Bitterkeit loderte hell in seiner Seele. Warum, oh, warum nur hatte er auf die Meinung anderer gehört, was er tun sollte? Der alte Oscar und der Wolf hatte gut Ratschläge erteilen. Sie standen schließlich nicht im Begriff, ermordet zu werden, nachdem sie mit ansehen mußten, wie ihre kostbarsten Besitztümer systematisch demoliert oder weggeworfen wurden. Er konnte sie jetzt da draußen hören, diese... diese Küchenschaben! Sie schleuderten Steine gegen sein Haus – schwere Steine, die Dellen in die Wände schlugen. Bald würde er selbst die scharfe Schneide von Dupins Messer, die schmerzhaften Spitzen von Mulligans Nägeln und die unaussprechlichen Qualen zu spüren bekommen, die der fette Junge für ihn vorgesehen hatte. Allein in der finsteren Enge seiner eigenen Schale fühlte sich Bethel, als ob sein Verstand aus der Spur geriet. Wie in einem Fiebertraum schien ein ganzes Heer von Gesichtern und Stimmen aus Vergangenheit und Gegenwart in seinem Kopf umherzuwirbeln und sich nach seiner Aufmerksamkeit zu drängeln. Seine eigene Mutter war da, die ihn um irgend etwas anflehte, aber er konnte nicht richtig verstehen, was sie sagte. Auch Dicken bedrängte ihn, auf eine bestimmte Weise zu handeln, während Oscar, der alte Maulwurf, irgendwo im Hintergrund stand und ihn nur traurig ansah. Noch weitere Freunde waren da – und Feinde, noch weitere Geräusche und Stimmen. Er wollte ihnen allen den Rücken zukehren – aufgeben und einfach im Nichts versinken. Wenn sie ihn nur ließen.

Dann verblaßten plötzlich all die Gesichter, und ein einziges Gesicht nahm ihren Platz ein. Eine einzige Stimme sprach leise, aber deutlich in seinem Geist. Es war der Wolf, und er wiederholte die Worte, die er in Bethels Ohr geflüstert hatte, unmittelbar bevor er die Kapellenhöhle verließ. Und jetzt begriff Bethel zum ersten Mal, was er tun mußte, begriff den seltsamen Traum, den er gehabt hatte, und begriff, daß es nur einen möglichen Ausweg für ihn gab. Doch er mußte es jetzt tun, sonst würde es zu spät sein. Er fuhr mit seinem Kopf hinaus ins Licht und rief mit einer Stimme, die über die Klippen schallte wie die Töne einer goldenen Trompete: »Ich vergebe euch! Ich vergebe euch! Ich vergebe euch!«

Die Wirkung war verblüffend. Dupin, der gerade mit dem Messer in der Hand auf die Schnecke zuging, wurde kreidebleich, ließ seine Waffe zu Boden fallen und rannte davon, als ob ihm der Leibhaftige auf den Fersen wäre. Mulligan, der sich gerade eine Stelle ausgesucht hatte, von der aus er seine tödlichen Nägel abschießen wollte, erhob sich abrupt mit panischem Flügelschlag und war alsbald nur noch ein Punkt am bleichen Himmel im Osten. Wallace wurde grün und stand wie gelähmt; nur noch sein Mund bewegte sich. Er lallte lautlos vor sich hin. Als er sich endlich rührte, ging er wie in Zeitlupe rückwärts. Rutschend und stolpernd, aber offenbar nicht willens oder fähig, Bethel den Rücken zuzukehren, zog sich das schlotternde Kind über den Rand der Senke zurück, bis auch sein fettes, grünes Gesicht nicht mehr zu sehen war und eine tiefe Stille auf der Klippe einkehrte.

Hinter dem Rücken der verdatterten Schnecke gab Hammelbeißer den grotesken und furchteinflößenden Kreaturen, deren Köpfe in einer Reihe über der Böschung des eingetrockneten Teichbettes erschienen waren, sobald Bethels Ruf an ihre Ohren drang, ein Zeichen. So leise, wie sie gekommen waren, verschwanden sie wieder, um in das Heiligtum der Kapelle von Penbar zurückzukehren. Als Bethel endlich hinter sich schaute, war nichts mehr zu sehen.

Aber er hatte die Macht gespürt.

Das zweite Bier

Als Teenager hatte Flynn Sonntage gehaßt. Sie boten ihm nichts von all dem, wovon er wußte, daß er es wollte, und glaubte, daß er es brauchte.

Zum Beispiel wollte er Cafés, in denen er mit Freunden und Bekannten zusammensitzen und das Leben in einem behaglichen Licht betrachten konnte. In der kleinen Stadt, in der er wohnte, war am Sabbat nur ein Café geöffnet, und das war eine Spelunke mit schmutzigem Linoleumfußboden und klackernden Flipperautomaten, die mit brutaler Exklusivität von Motorradfahrern in Lederjacken und ein paar älteren Männern mit schlecht geschnittenen Haaren und schmuddeligem Äußerem, die Flynn unbewußt als Kinderverführer eingestuft hatte, frequentiert wurde. Für diese Umgebung war er einfach zu zerbrechlich, hatte zuviel Angst davor, sich seiner eigenen Furcht vor Gewalt zu stellen. Eigentlich lebte er nur in seinem Kopf und genoß Abenteuer nur im gelegentlichen Gespräch in der geschirrklappernden Sicherheit plüschmöblierter Teestuben.

Der arme Flynn hatte außer Denken und Reden und Rauchen noch nie etwas getan, doch trotz alledem hatte er als Sechzehnjähriger recht viel Eindruck gemacht. Viele seiner Gleichaltrigen, mit denen er samstagvormittags (seine Lieblingszeit) im Little Cottage Café schwatzte, gingen hinterher mit dem Gefühl fort, daß dieser unordentliche, etwas irisch wirkende Bursche das Leben wirklich bemerkenswert gut im Griff habe. Sie ahnten nicht, daß selbst ihre bescheidensten Versuche, mit realen, alltäglichen Problemen fertigzuwerden, unerreichbare Heldentaten waren für Flynn, dessen angenehm scharfzüngige Art, Dinge auszudrücken, nur das verlokkende Etikett auf einer Packung voller unaussprechlicher Probleme war.

Hin und wieder saß ein Mädchen allein mit ihm an einem der

runden Eichentische. Dann benahm er sich besonders lässig. Mädchen versetzten ihn in helle Angst, aber er hatte sich ein paar Tricks angeeignet, um sich in solchen Situationen klammheimlich einen gewissen Kitzel zu verschaffen. Manchmal lenkte er die Unterhaltung auf das Thema Kunst und sagte dann mit unbekümmerter Beiläufigkeit: »Natürlich behauptet Picasso immer, daß er mit den Hoden malt.« Mädchen von der Art, wie sie Flynn am besten gefielen, blieb der Mund offenstehen, dann wurden sie rot und taten ihr Bestes, es seiner Beiläufigkeit durch ein wissendes Nicken und ein leicht amüsiertes halbes Lächeln gleichzutun. »Interessant und sportlich höchst bemerkenswert«, fügte er stets hinzu, wobei er so gelangweilt wie möglich auszusehen versuchte und sich innerlich freute wie ein Schneekönig, etwas, das er für ein schmutziges Sexwort hielt, in die vermeintliche Unberührtheit ihres Geistes eingeschmuggelt zu haben. Sex an sich kam überhaupt nicht in Frage. Das war ihm auf eine erschreckende, komplizierte Weise viel zu intim und real. Haut, Berührungen, Geben, Hingabe – das war nicht Flynns Ding. Vielleicht würde es nie geschehen – jedenfalls nicht außerhalb seines Kopfes.

Das andere, was ihm am Sonntag fehlte, war eine ausreichende Anzahl von Leuten, die durch ihre eigene Geschäftigkeit abgelenkt waren. Flynns bevorzugter Wochentag (abgesehen vom Samstagvormittag) war der Montag. Da er nicht mehr in die Schule ging und arbeitslos war, kannte er kein größeres Vergnügen, als sich mit einem ausreichenden Vorrat an Zigaretten und Geld für einen Tag im Café auf den Weg zu machen und in einem sorgfältig aufrechterhaltenen, tranceähnlichen Zustand durch die Straßen zu schlendern, inmitten von Berufstätigen, die ihrem Arbeitsplatz entgegeneilten, und Hausfrauen, die zwischen einem Geschäft und dem nächsten glasigen Blickes im Kopf Listen aufstellten und Preise verglichen. Es war ein berauschend köstliches Gefühl, in, aber nicht von der aktiven Welt zu sein, die graue, unscharfe Hintergrundkulisse der täglichen Routine anderer Menschen als ein Mittel zu benutzen, um Farbe und Schärfe in seinem eigenen Bild von sich selbst zu finden. Er bewegte sich und dachte und fühlte in seiner eigenen winzigen, abgeschirmten und einsamen Welt voller Sensationen.

Sonntags strandete er wie ein zuckender Fisch am Ufer und wartete, bis die Flut der wochentäglichen Normalität zurückkehrte und ihn wieder in sich aufnahm – ihn wieder existieren ließ.

Als Flynn siebzehn war, fand er eine Lösung für sein Sabbatproblem. Er wurde Christ. Es begann eines Abends um acht Uhr, nach einem besonders trostlosen Sonntag im Herbst. Er ging zufällig an der offenen Tür eines großen Gebäudes aus roten Ziegeln vorbei, das etwas zurückgesetzt an einer kleinen Straße lag, die demütig von der Hauptstraße abzweigte. Leute in seinem Alter gingen lachend in Zweier- und Dreiergruppen hinein. Ordentlich und harmlos sahen sie aus. Einer von ihnen bemerkte, daß Flynn sie beobachtete, und lud ihn ein, mit hineinzukommen. Von ungewöhnlichem Wagemut beseelt, ging er mit und fand sich inmitten einer Jugendgruppe wieder, die sich nach dem Abendgottesdienst bei Kaffee und Keksen traf, die an einer halbkreisförmigen Theke in einer Ecke des Gemeindesaals serviert wurden. Von da an kam er jeden Sonntag und erlangte bald einige Berühmtheit in der Gruppe mit seiner Schlagfertigkeit und seiner sorgfältig berechneten und kontrollierten weltlichen Ausstrahlung. Schließlich fing er an, auch die Gottesdienste zu besuchen, bis nach einiger Zeit jeder annahm, er habe eine Art Bekehrung erlebt. An manchen Wochenenden fuhr er mit dem Rest der Jugendgruppe auf Freizeiten. Er hatte Ansichten über alles mögliche und gelegentlich sogar so etwas wie Offenbarungen. Die Sonntage hatten sich völlig verändert. Aktivitäten und Begegnungen in der Gemeinde waren die perfekte Sandwichfüllung zwischen Samstag und Montag. War er wirklich ein Christ? Flynn wußte es nicht genau, aber es spielte auch keine Rolle. Die Sonntage waren jetzt erträglich.

Die Jahre vergingen. Kleine Veränderungen und Korrekturen wurden in Flynns Leben notwendig, doch als er die Vierzig erreichte, unverheiratet, inzwischen in einer anderen, wenn auch sehr ähnlichen Stadt, beschäftigt mit einer anspruchslosen Tätigkeit, die sich im Laufe der Jahre kaum verändert hatte, hatte er für seine Sonntage und insbesondere für den Sonntagabend einen festen Ablauf gefunden, der so annähernd perfekt war, wie er es sich nur vorstellen konnte.

Seit fünfzehn Jahren hatte Flynn jeden Sonntagabend um sechs Uhr einen Anzug von sorgfältig unauffälliger Erscheinung angezogen und war den etwa eine Meile langen Weg von seinem Haus zur Portland Road gegangen, wo sich zwei große und wichtige Gebäude auf beiden Straßenseiten gegenüberstanden. Daß es große Gebäude waren, war eine objektive Tatsache. Daß sie wichtig waren, war Ansichtssache. Das Ungewöhnliche an Flynn war, daß er das einzige Mitglied seiner Gemeinde war, das in die Kneipe ging, und, soviel er wußte, der einzige Stammgast seiner Kneipe, der in die Kirche ging. Beides war ihm nun seit langer Zeit gleichermaßen zur Gewohnheit geworden, und beide Umgebungen verschafften ihm beträchtliche Befriedigung, besonders, zumal es ihm stets gelungen war, die ganze Sache gut unter Kontrolle zu halten. Er hatte es immer geschafft, einer echten Hingabe an die Gemeinde als geistlicher oder physischer Körperschaft aus dem Weg zu gehen (wenn auch bisweilen nur um Haaresbreite), und eine Kneipe konnte man jederzeit verlassen, wenn es so aussah, als würde einem etwas abverlangt, das man nicht geben wollte.

Insgesamt war es ein sehr bequemes Arrangement für den in seinem Kopf gefangenen Flynn. Um halb sieben in die Kirche, um sich eine Stunde lang der anregenden und angenehm gefährlichen Beobachtung von Leuten hinzugeben, die sich verwundbar zeigten, dann, um Viertel vor acht, hinüber in die Kneipe, um auf ebenso angenehme Weise mit den Schuldgefühlen zu spielen, zu denen er sich dadurch anregen ließ. Er sah keinen Grund, warum es nicht hätte endlos so weitergehen sollen, doch er spielte ein sehr gefährliches Spiel, und eines Sonntags ging die Sache fürchterlich schief.

In der Gemeinde, die Flynn besuchte, ging es sehr lebhaft zu. Die Leute sangen laute, fröhliche Lieder, als ob sie wirklich hinter den Worten stünden. Manche hoben beim Singen ihre Arme, andere streckten die Hände mit den Handflächen nach oben vor sich; einige tanzten sogar auf der Stelle oder, noch ausgelassener, draußen auf dem Mittelgang. Die Gebetszeiten waren lang und intensiv, und manchmal manifestierten sich dabei geistliche Gaben wie das »Zungenreden« oder Prophezeiungen. Alle Gebete wurden frei gesprochen und schienen aus tiefstem Herzen zu kommen; häufig geschah es, daß ein Gottesdienstbesucher zu weinen anfing und sogleich von einem kleinen Kreis von Ältesten oder anderen barmherzigen Seelen umringt wurde, die dem (oder meist der) Leidenden jeder eine Hand auflegten und sie zu einer Befreiung von ihrer Not durchbeteten. Die Predigt oder »Botschaft«, wie sie hier genannt wurde, dauerte meistens erheblich länger, als man es von den eher traditionellen Gemeinden gewohnt war, und hatte auf irgendeine Weise fast immer mit den Themen Buße und Errettung zu tun. Das Abendmahl wurde »Tisch des Herrn« genannt und fand jeden zweiten Sonntag statt. Es war ein zentrales Ereignis im Leben der Leute in Flynns Gemeinde, obgleich sie Traubensaft statt Wein verwendeten, um denen keinen Anstoß zu geben, die Alkohol nicht mit ihrem Gewissen vereinbaren konnten, und niemanden in Versuchung zu führen, der in diesem Bereich Probleme mit der Selbstbeherrschung hatte.

Flynn benutzte diese Gemeinde und ihre Mitglieder auf dieselbe Weise, wie er sie an jenem Abend vor mehr als zwanzig Jahren benutzt hatte, als er in seiner Heimatstadt in das rote Ziegelsteingebäude eingetreten war. Es gelang ihm, eine lebhafte und bedeutende Rolle zu spielen unter Leuten, die vorwiegend milde waren und danach trachteten, gut zu sein, und es war auf eine prickelnde Art und Weise ungefährlich. Innerlich gab es bei ihm zwei Reaktionsstränge, die über die Jahre hinweg unverändert geblieben waren. Der eine war eine dumpfe, unspezifische Sehnsucht, der andere ein rigoros aufrechterhaltener und weitgehend als Abwehr dienender Zynismus. Beide verliefen parallel wie elektrische Drähte. Flynn wußte, daß sie sich niemals berühren durften. Gefährliche Momente, Chancen, Einladungen, Gelegenheiten hatte es gegeben, aber sie waren alle vorbeigegangen, ohne daß er aus seinem Schnekkenhaus aufgeschreckt worden war.

An dem fraglichen Sonntag wurde der Gottesdienst von Maurice Daniels geleitet, einem kräftigen, energiegeladenen Mann von jungenhaftem Aussehen, dessen Begabungen mehr auf dem Gebiet der Organisation und der praktischen Anwendung als auf dem der Ermutigung und Ermahnung zur Anbetung lagen. Flynn wußte, daß Maurice stets etwa in der Mitte des Gottesdienstes eine kleine

Selbstvertrauenskrise erlitt und daß er die Ursache unweigerlich bei der Versammlung sah statt bei sich selbst. Der innere Gleichmut des Hünen konnte nur wiederhergestellt werden (wie Flynns scharfe Beobachtung ihm sagte), indem sich unter denen, die er leiten sollte, etwas unübersehbar Geistliches ereignete. Auch heute war keine Ausnahme. Auf halbem Wege durch »Er ist Herr« gab Maurice den Musikern ein Zeichen abzubrechen und wandte sich mit leiser, aber selbstbewußter Stimme an die Gemeinde, wobei lediglich seine Augen aus Angst vor Versagen ein wenig umhertanzten.

»Ich spüre, daß sich ein Geist der Schwere im Raum befindet«, intonierte er, den Mund dicht vor dem Mikrofon. »Ich glaube, der Herr möchte, daß wir ihm heute morgen unsere Herzen und unseren Geist öffnen, um seine Heilung zu empfangen.«

Zwei oder drei »Amen« und ein lautes »Halleluja« ertönten zur Antwort. Flynn ging im Geiste seine altbewährten Prozeduren durch, um sich auf das Bevorstehende vorzubereiten. Ermutigt durch die verbale Zustimmung zu seiner Diagnose des Problems, fuhr Maurice, nunmehr mit ruhigem Blick, fort.

»Wir werden diesen Chorus noch zweimal singen, und wenn Sie das Gefühl haben, daß Sie Hilfe brauchen, schauen Sie nur einen Bruder oder eine Schwester in Ihrer Nähe an, und sie werden kommen und mit Ihnen beten.«

Wieder gab er den Musikern ein Zeichen. Klavier, Violine, Gitarre und Metallophon begannen wieder sanft zu spielen, etwas leiser als zuvor. Maurice hob eine Hand hoch empor, während er den Gesang leitete.

Flynn hatte zwei alternative Tricks parat, um mit derartigen Situationen fertigzuwerden. Der eine war der Mit-geschlossenen-Augen-für-andere-beten-Trick. Er war einfach, aber wirksam: Man brauchte nur aufrecht dazusitzen, die Augen leicht geschlossen und auf dem Gesicht ein kleines Lächeln voll gläubiger Heiterkeit, das anzeigte, daß hier bestimmt keine Hilfe vonnöten war. Der andere Trick funktionierte nur, wenn der Text eines relativ selten gesungenen Liedes mit dem Overhead-Projektor an die Leinwand projiziert wurde. Dann starrte Flynn mit festem Blick auf die Leinwand, scheinbar zu konzentriert auf den unbekannten Text, um mit irgend jemandem Blickkontakt aufzunehmen. Damit war heute nichts anzufangen. »Er ist Herr« kannten alle auswendig. Dann also die geschlossenen Augen und das Engelslächeln. Vor allem nicht umschauen, keinen Blick in irgendeine Richtung riskieren. Flynn war zu einem Experten in der Kunst des Ausweichens geworden. Vielleicht war er ein wenig zu selbstsicher in bezug auf seine Techniken geworden, denn heute wußte er, daß in der winzigen Zeitspanne zwischen dem Beginn des Liedes und dem Senken seiner Augenlider ein kaum merklichen Blickkontakt zwischen ihm und Arnold Fuller stattgefunden hatte, einem der glühendsten und ergebensten Mitglieder der Gemeinde. In seiner einsamen Dunkelheit wußte er, daß sich Arnold innerhalb von Sekunden auf ihn stürzen würde. Er straffte sich innerlich. Es war nicht das erste Mal. Es würde auch nicht das letzte Mal sein. Er würde damit fertigwerden. Er war schon zuvor damit fertiggeworden.

»Gott segne dich, Bruder. Laß mich für dich beten.«

Arnold war hinter Flynn getreten, um ihm seine Hände auf die Schultern legen zu können. Er beugte sich vor und sprach direkt ins linke Ohr seines bedürftigen Bruders.

»Ich habe gemerkt, wie du mich angesehen hast, mein Freund. Ich glaube, der Herr wird heute abend etwas wirklich Wunderbares für dich tun.«

Flynn biß die Zähne zusammen und konzentrierte sich auf seine Stimme. Er wußte, daß er seine Stimme gut kontrollieren konnte.

»Das ist großartig, Arnold. Ich weiß zwar nicht, worum es geht, aber es kann nie schaden, wenn für einen gebetet wird.«

Er war ein Meister der zerstreuenden Reaktion, doch diesmal funktionierte sie nicht. Arnold begann zu beten, und zwar ziemlich laut.

»Herr, ich glaube, du möchtest heute abend wirklich in dieses Leben eindringen, auf eine ganz neue Weise. Ich weiß einfach, daß dein Heiliger Geist nur darauf wartet, unseren Bruder mit all der Liebe und der Freude und dem Frieden zu erfüllen, die du denen verheißt, die dir nachfolgen, und darum beten wir in diesem Augenblick!«

Zu seinem Entsetzen hörte Flynn, immer noch mit geschlossenen Augen, das Scharren von Stühlen, als andere aufstanden, um Arnold zu unterstützen. Eine Hand legte sich auf seinen Kopf, ein Arm um seine Schultern, jemand, der vor ihm stand, hielt seine beiden Hände, irgendwelche Finger ruhten auf seinem Knie. Die Musik war verstummt. Flynn stand im Mittelpunkt. Arnolds Stimme legte noch etwas Lautstärke zu, als er weiterbetete.

»Oh, Herr! Ich glaube wirklich, daß du dein Kind heute abend aus seinen Banden befreien wirst! Daß du ein mächtiges Erlösungswerk im Leben dieses Mannes tun willst! Durchbrich die Schranken, Herr, und laß deinen Geist mächtig an unserem Bruder wirken! Oh, Halleluja!«

Arnold und mehrere andere fingen an, in Zungen zu beten, und die Hände, die auf verschiedenen Teilen von Flynns Körper ruhten, preßten und zitterten in heiliger Inbrunst.

In seinem Kopf war Flynn am Rufen und Schreien und Angsthaben und Betteln und Sehnen und Hassen und Streiten. Äußerlich trug er immer noch sein stilles, ergebenes Lächeln zur Schau. Er hatte immer noch nicht mit einer Frau geschlafen. Leidenschaft lag ihm nicht. All das rief in ihm äußerst starke Gefühle hervor. Womöglich brach er am Ende noch in Tränen aus. Wie ihm das zuwider wäre! Wie das denen gefallen würde! Gutes Zeichen. Vielleicht konnte er sie alle abschütteln, aufstehen und Obszönitäten in den Raum brüllen, dann aus der Kirche heraus ins Freie stürmen. Jene parallelen Drähte waren kurz davor, sich zu berühren, und dann konnte alles mögliche geschehen. Wenn er nur noch ein bißchen länger durchhalten konnte, nur noch ein bißchen länger...

»Amen! Danke, Herr!«

Arnold beugte sich vor und flüsterte noch einmal in Flynns Ohr.

»Alles in Ordnung, Bruder?«

Flynns warmes Lächeln und die sanfte Geste, mit der er auf Arnolds Hand klopfte, die immer noch auf seine Schulter lag, waren absolut perfekt. Ungeheuer mühsam, aber perfekt.

»Danke, Arnold – ich weiß das wirklich zu schätzen, Bruder.«

Alle setzten sich wieder, und der Gottesdienst ging weiter.

Maurice schwang jubelnd seine Arme, als er die erste Strophe von »Herz und Herz vereint zusammen« dirigierte. Freude und Siegesjubel lagen in der Luft.

Flynn war ein bleiches, schwitzendes, zitterndes Wrack, aber er sah gut aus, als er in den Gesang einfiel. Aus irgendeinem schwer zu fassenden Grund tröstete er sich innerlich mit seinem Wissen, daß die letzten paar Minuten lediglich die Folge von Maurices Unsicherheit, Arnolds Bedürfnis nach spektakulären geistlichen Erlebnissen und der allgemeinen Neigung in der Gemeinde, zu folgen wie die Schafe, gewesen waren. Er durchschaute Maurice und Arnold – und alle anderen. Er konnte den Leuten unter die Haut gucken. Andere konnten das nicht. Er konnte es. Mehr steckte nicht dahinter.

Doch Flynn hatte es schwer erwischt. Er hatte immer sorgfältig darauf geachtet, sich nicht mit Haut und Haaren auf das einzulassen, was er als die gut organisierte Spontaneität der Gottesdienste ansah, doch nun war er zum ersten Mal nicht wachsam genug gewesen. Er hatte noch Glück gehabt, nicht noch mehr Aufmerksamkeit auf sich gezogen zu haben, doch es bestand immer noch die Möglichkeit, daß sie ihn während des geselligen Beisammenseins nach dem Gottesdienst erwischten. Zum Glück saß er ziemlich weit hinten in der Nähe des Ausgangs, was stets der sicherste Platz in einer Kirche war, wie Flynn meinte. Kaum war das letzte Gebet gesprochen, und das Wirbeln und Klappern aus der Küchenluke kündigte die Kaffeezeit an, eilte er zur Tür hinaus, als müsse er auf die Toilette, und ging geradewegs hinüber in die Kneipe.

Er brauchte Zeit und Bier. Eine Menge Zeit, um sich von seinem beunruhigenden Erlebnis zu erholen, und eine Menge Bier, um die nötigen Selbstrechtfertigungsvorgänge zu unterstützen oder, wenn das nicht gelang, den Mut zu sammeln, sich nicht darum zu scheren.

Draußen begann es bereits dunkel zu werden. Er zitterte leicht, als er die Straße zu seiner anderen gewohnten Umgebung hinüberschritt, dem »Britannia Arms«, einem majestätischen, edwardianischen Etablissement, dessen schwergewichtiger Wirt Edgar Christen und Heiden ein vollkommenes Bier ausschenkte, ohne einen Unterschied zu machen oder sich auch nur dafür zu interessieren. Er beschäftigte eine Anzahl Helfer, die lächelnd durch die Gaststube hüpften, aber die ließen seine gewaltige Gleichgültigkeit gegenüber der Welt im allgemeinen und seinen Gästen im besonderen nur noch deutlicher hervortreten. Dies war der perfekte Ort, um sich zu erholen und über seine Sünden zu meditieren, nur – gab es da ein Problem. Das »Britannia« hatte drei Gaststuben, zwei große und eine kleine. Flynn zögerte ein paar Minuten vor der Kneipe, da er wußte, daß er in jeder beliebigen dieser Gaststuben, für welche auch immer er sich entschied, mit der Unentrinnbarkeit eines Naturgesetzes Trev begegnen würde.

Trev war ein alter Trinker, dessen Leben sich um die Wahrung seines Status als Stammgast im »Britannia« drehte. Eigentlich war er mehr als ein Stammgast. Er war ein ständiger Bewohner. Trev war immer da, lächelnd, zwinkernd, stets bereit und begierig, Flynn in jedem Bereich seines Lebens, der nach Trevs Meinung korrekturbedürftig war, zu beraten. Flynn, der im Umgang mit Menschen unter übersteigerter Höflichkeit litt, hatte es zugelassen, daß der alte Mann den Eindruck gewann, Flynn betrachte ihn als eine Art weisen Alten, ohne dessen weisen Rat er es niemals wagen würde, eine wichtige Entscheidung zu treffen. Auf seine eigene begrenzte Art mochte Flynn ihn sogar gern, aber es war eine seltsame Tatsache, daß immer dann, wenn er ganz und gar keinen Wert darauf legte, Trev zu begegnen, dieser sein Lager unweigerlich gerade in der Gaststube aufgeschlagen hatte, für die Flynn sich entschied. Es war fast so wie der alte Zaubertrick mit der Kugel und den drei Bechern. Flynn schaffte es niemals, richtig zu raten. Manchmal versuchte er dem Schicksal ein Schnippchen zu schlagen. Dann ging er schnellen Schrittes auf die Saloon-Bar zu, machte in letzter Sekunde eine scharfe Biegung und stürmte durch die Tür der Snug-Bar, zum beträchtlichen Schrecken aller Anwesenden, natürlich mit Ausnahme von Trev, der wie üblich voll Vorfreude auf eine weitere Beratungssitzung mit seinem lebensuntüchtigen Freund winkte und lächelte.

Heute wollte Flynn nicht mit Trev reden. Die Niederlage und der Verfall, die sich hinter der Kneipenfröhlichkeit des alten Alkoholikers verbargen, hatten etwas erschreckend Reales an sich. Flynn wußte, daß ihn das daran hindern würde, sich auf den rechten Genuß seiner eigenen Probleme einzustellen. Er beschloß, es mit der

Saloon-Bar zu versuchen, die normalerweise der ruhigste Raum war. Auch heute war es nicht anders. Es war nur noch ein weiterer Gast da. In einem Lehnstuhl vor dem imitierten Kaminfeuer unter einem riesigen Porträt der Queen saß Trev, liebevoll sein frühabendliches Glas Bier streichelnd, und deutete einladend auf den Stuhl neben sich. Flynn akzeptierte seine Niederlage und schloß die Tür hinter sich. Einer der Helfer servierte ihm ein dunkles Bier, und bald hatte er sich behaglich neben dem Kamin niedergelassen und freute sich auf die vertraute Illusion, daß das Bier, der Schwerkraft trotzend, hinauf in sein Gehirn sickerte und all die kleinen Feuer der Spannung und der Schuldgefühle löschte.

»Na schön«, sagte Trev und wischte sich mit dem Handrücken über den Mund. »Was gibt's?«

Flynn nahm noch einen Schluck, ohne zu antworten. Er fühlte sich schon besser.

»Holen wir uns ein paar Nüsse«, schlug Trev vor. »Geröstet. Dann werden wir sehen, wie wir dir helfen können.« Er lehnte sich zurück und lächelte wohlwollend. »Ich hole sie, wenn du willst.«

Flynn seufzte, stemmte sich von seinem Stuhl hoch und kehrte an die Theke zurück. Es war eine der geheiligten Traditionen ihrer Beziehung, daß er sich niemals von Trev zu irgend etwas einladen ließ. Zwischen ihnen bestand eine stillschweigende Vereinbarung, daß die Weisheit und der Rat, die Trev beisteuerte, weit mehr wert waren als Flynns bescheidene Gegenleistungen in Form von Bier und Nüssen. Abgesehen davon war Trevs schmales Budget bis auf das letzte kleine Bier, das notwendig war, um die ganze Woche über ein kreditwürdiger Gast im »Britannia« zu bleiben, durchkalkuliert.

»Dann laß mich dir gleich auch noch ein Bier mitbringen, Trev. Dasselbe nochmal?«

Dieser Teil machte Flynn normalerweise sogar Spaß. Trevs Brauen zogen sich zusammen, und sein Unterkiefer sackte leicht nach unten, als hätte sein Gegenüber einen völlig neuartigen Vorschlag gemacht. Dann hellte sich sein Gesicht auf, und er lächelte fragend, als wäre er fasziniert von seiner eigenen Reaktion auf eine solche Einladung.

»Weißt du, ich glaube, das nehme ich glatt an«, sagte Trev in einem Tonfall, als hätte er soeben zum ersten Mal einen Kampf mit seinen Prinzipien verloren. »Ja, das nehme ich an!« Die Entscheidung war gefallen.

Für Flynn hatte das zweite Bier etwas ganz Besonderes an sich. Nach dem vierten oder fünften war er stets eindeutig angeheitert, doch das zweite repräsentierte den Punkt, an dem er weder nüchtern noch betrunken war. Er war weder unschuldig noch schuldig. Ein Teil von ihm konnte sogar schwören, daß es kein drittes mehr geben würde. Ein anderer Teil genoß die behagliche Gewißheit, daß es doch eines geben würde. Alles war gut. Alles war Friede. Die Moral schlief. Es war ein schönes, aber neutrales Bier, das zweite. Wenn dazu auch noch ein kleines Häuflein Krümel von gerösteten Erdnüssen vor ihm lag, die sich mit Hilfe eines angefeuchteten Zeigefingers ideal verzehren ließen, dann konnte ihm für eine kurze Zeit die Welt nichts mehr anhaben, und Gott konnte nur die Stirn runzeln, die Arme verschränken und mit dem Fuß auf den Boden klopfen. Sie alle – Menschen, Gott, Geister der Luft, Ausgeburten der Tiefe –, sie alle mußten ihre Tätigkeit einstellen, während Flynn sein zweites Bier austrank. Das heißt, alle außer Trev.

»Warum gehst du eigentlich in diese Kirche?«

Flynn war sprachlos. Das war eine Frage, die wirklich eine Bedeutung hatte. Er hatte sich so an Trevs völlig vorhersehbare, halb ausgegorene Philosophie gewöhnt, daß er für einen Augenblick unfähig war zu antworten. Trotz des Fluches der Höflichkeit, unter dem er litt, hatte er immer gewußt, daß er sich eigentlich nur aus Mitleid mit dem erbärmlichen alten Trinker unterhielt. Und jetzt war Trev mit einem einzigen behenden Schritt mitten in seinem innersten Leben gelandet, und Flynn mußte entscheiden, ob er ihn dort wieder hinauswerfen wollte oder nicht. Er versuchte Zeit zu gewinnen.

»Wie meinst du das, Trev? Warum geht überhaupt jemand in die Kirche?« Panik erfüllte ihn. Es war, als wäre ihm etwas über die Straße gefolgt.

»Die Leute da in deiner Gemeinde und ich. Du spielst Spielchen, stimmt's? Spielst uns was vor. Denen und mir. Stimmt's?«

Das war furchtbar! Hatte Trev völlig den Verstand verloren? Hatte er vergessen, daß er nur ein heruntergekommener Alkoholiker war, und Flynn nicht? Wußte er nicht, daß Flynn ihn insgeheim verachtete; daß er ihn in seinem Leben ein- und ausschalten konnte wie eine Fernsehsendung? Liebe Güte, der Mann schien sich tatsächlich einzubilden, er existiere! Was sollte das heißen, »denen und mir«? Was konnten Trev und die Leute in der Gemeinde gemeinsam haben? Spielchen spielen? Flynns geistige Augen verengten sich zu Schlitzen. Noch einmal würde er sich an diesem Abend nicht in die Pfanne hauen lassen. Ihm fehlten die Worte. Er dachte an alle möglichen Fluchtwege und verwarf die ehrenhaften darunter. Bier war die Lösung. Mehr Bier würde Trevs Jovialität zurückbringen. Ein Fläschchen für das Baby – das würde helfen. Flynn lachte unbekümmert, als er aufstand.

»Du bist in einer komischen Stimmung, Trev. Laß mich dir noch ein Glas holen. Wird dich aufheitern.«

Ein Kampf tobte in den blutunterlaufenen alten Augen, doch nach ein paar Sekunden sah es so aus, als habe Flynn gewonnen. Trevs Schwanengesang als wahrhaft anteilnehmendes menschliches Wesen wurde abgeschnitten – ausgelöscht – von einem einzigen Glas Bier. Er fuhr sich mit der Zunge über die Lippen, schluckte hart und verzog sein Gesicht zu einer akzeptablen Imitation seines altvertrauten Grinsens. Er sagte nichts, sondern nickte nur und klatschte mit der Handfläche auf die Armlehne seines Stuhls. Später, dachte Flynn, würde noch genug Zeit sein für tiefes Bedauern, Selbstkritik und dergleichen. Im Augenblick fühlte er sich nur erleichtert, daß er sich wieder einmal gerade noch in Sicherheit gebracht hatte.

Es fiel ihm nicht ganz leicht, noch zwei weitere Biergläser auf der glänzenden Fläche des schmiedeeisernen Tisches unterzubringen, der zwischen ihnen stand. Er hatte sein zweites Bier erst halb ausgetrunken, und Trev war gerade erst mit seinem ersten fertig geworden. Aber das machte nichts. Die Panik war vorbei, und es war ein tröstlicher Anblick, die Gläser mit der dunkelbraunen Flüssigkeit dicht beisammen stehen zu sehen, blinkend und glänzend im Gleichklang mit den immer wiederkehrenden Lichtmustern, die die Flammen des künstlichen Feuers in den Raum warfen.

»Prost, Trev.« Als Flynn die andere Hälfte seines vernachlässigten zweiten Biers behaglich zu sich zog, blickte er auf in das Gesicht des alten Mannes. Oh nein! Er weinte! Zwei große Tränen rollten über sein Gesicht hinab, und seine Augen blinzelten wild, um zurückzuhalten, was immer da herauszudringen versuchte. Er schniefte ein paarmal und schien dann wieder einigermaßen auf der Höhe zu sein, und nach ein paar Explosionen in ein großes grauweißes Tuch, das er aus der Seitentasche seines zerknitterten Jacketts holte, saß er eine Weile lang schweigend da und starrte ins Feuer.

Flynn? Verbale Lähmung. Er trank sein zweites Bier aus.

»Ich bin gerettet, weißt du.« Trevs Hände, die flach auf seinen Knien lagen, zitterten leicht. Im Augenblick schien er sein Bier vergessen zu haben. »Heilsarmee. Kurz vor dem Krieg. Auf der Straße bin ich gerettet worden. Gerettet für Jesus.« Seine rechte Hand hob sich um ein paar Zentimeter und schwang sanft hin und her, vielleicht im Takt eines undeutlich erinnerten Evangeliumsliedes aus der Vergangenheit.

Flynn setzte das leere Glas leise auf den Tisch und griff nach seinem dritten Bier. Trev gerettet? Er sah nicht sehr gerettet aus. Er sah verloren aus. Alt und verloren. Flynn war fasziniert. Jetzt, wo der Druck von ihm genommen war, konnte er es sich leisten, interessiert zu sein. Er verfügte über eine Reihe von glänzenden Einsichten über dieses Thema und war erpichter darauf, den alten Mann zu beeindrucken, als je zuvor. Er machte es sich auf seinem Stuhl bequem und sprach in unbekümmertem, verständnisvollem Ton zu dem anderen Mann, wobei er gelegentlich ein Wort mit einer Handbewegung unterstrich.

»Na schön, Trev, angenommen, du hattest vor all diesen Jahren so eine Art Bekehrungserlebnis – und versteh mich nicht falsch, ich behaupte nicht, daß es nicht so war – aber...«

»Steck dir dein Aber an den Hut!« Der alte Mann wandte sich zu Flynn, Zorn und uralte Frustration im Gesicht. »Halt den Mund und hör mir zu! Eines Tages wird er mich aufheben und abstauben und mir gerade ins Gesicht schauen und sagen: ›Trev, du bist ein alter Säufer, und du hast nie etwas für mich getan, du hast nur 'rumgesoffen und geschlafen – aber Trev, mein Junge, du – bist – gerettet!‹ Und dich –« Plötzlich streckte Trev Flynn seinen Arm entgegen und wedelte ihm mit dem Zeigefinger vor dem Gesicht herum. »Dich wird er ausspeien, weil du noch nicht einmal ein Säufer bist. Du bist weder Fisch noch Fleisch. Du bist gar nichts!«

Zitternd vor Erregung stand er auf, und ohne seinen Blick von Flynn abzuwenden, nahm er das Bier, das ihm gerade spendiert worden war, und warf es gegen die Steineinfassung der Feuerstelle. Alles war voll Glassplitter und Bier, und ein scharfes Zischen ertönte, als die Flüssigkeit zur Hitzequelle des Feuers vordrang und eine Dampfwolke aufstieg und Trevs zornige Gestalt einhüllte, während er sich vorbeugte, um sein letztes Wort zu sagen.

»Ich werde heute abend noch eine Menge Bier trinken, aber dieses hier werde ich nicht trinken!«

Noch ein Alptraum. Flynn saß während dieses Ausbruchs völlig bewegungsunfähig da, so hilflos wie eh und je angesichts entfesselter und insbesondere gewaltsamer Gefühle. Es war eine Erleichterung, die ruhige, entschlossene Stimme des Wirtes in die Stille nach den letzten Worten des Alten hereinbrechen zu hören. Sie kam von irgendwo hinter Flynn.

»Das gibt's bei mir aber nicht. Komm her, du da. Raus mit dir!«

Der arme alte Trev. Flynn empfand einen echten Stich des Mitleids bei dem Gedanken, daß der alte Mann aus seinem geliebten Lokal geworfen wurde, aber er war so erschüttert über das, was gerade geschehen war, daß er nicht umhinkonnte, sich darauf zu freuen, daß Trev bald weg war und er sich entspannen konnte. Trev stand immer noch da, den Oberkörper vorgebeugt, und starrte Flynn aus funkelnden Augen an. Er schien Edgars Worte überhaupt nicht wahrgenommen zu haben. Flynn versuchte es auf die freundliche Art.

»Komm, Trev, es hat keinen Sinn, Schwierigkeiten zu machen. Es ist vielleicht wirklich das Beste, wenn du einfach gehst. Meinst du nicht auch?«

Flynns Herz machte einen entsetzten Sprung, als sich eine schwere Hand von hinten auf seine Schulter legte und Edgars langsame, unbeirrbare Stimme von neuem erklang.

»Ich rede nicht mit Trev, ich rede mit dir. Raus!«

Flynn hatte noch nicht einmal den ersten Schluck aus seinem dritten Bier genommen. Benommen ging er zur Tür hinaus und blieb eine Weile, von tiefem Schrecken erfüllt, zähneknirschend draußen in der Dunkelheit stehen.

Wenn ihr nicht werdet...

(Ein kleines Mädchen rennt auf einen sehr zufriedenstellend polizistenhaft aussehenden Polizisten zu.)

MÄDCHEN: *(Völlig außer Atem.)* 'Tschuldigung... oh, 'tschuldigung... Herr Wachtmeister... Sir... 'tschuldigung!

WACHTMEISTER: Hallo, hallo, hallo. Was gibt's denn so Aufregendes, kleines Bürschchen?

MÄDCHEN: Ich bin ein Mädchen! Und ich habe eine Blume gefunden.

WACHTMEISTER: *(Lacht.)* So, du hast also eine Blume gefunden? Verstehe. Nun, das dürfte wohl kaum ein Fall für die Polizei ihrer Majestät sein, oder?

MÄDCHEN: Aber Sie verstehen nicht. Es ist keine gewöhnliche Blume – sie ist... sie ist... sie ist wunderschön und riesengroß und ganz besonders und... bitte kommen Sie und schauen Sie sie an!

WACHTMEISTER: Nun... ich weiß nicht recht...

MÄDCHEN: *(Raschelt mit einer Papiertüte.)* Ich gebe Ihnen ein Rhabarber-Vanille-Bonbon, wenn Sie mitkommen.

WACHTMEISTER: Soso, einen Polizeibeamten bestechen, was? Also schön, nur einen kurzen Blick.

MÄDCHEN: Es ist da drüben. Kommen Sie!

WACHTMEISTER: Ist ja schon gut, schon gut. *(Sie gehen zu der Blume und schauen hinauf.)* Na, also, da soll mich doch...!

MÄDCHEN: Ist sie nicht wunderschön? Ich finde sie wunderschön. Meinen Sie nicht auch, daß sie wunderschön ist? Ich finde sie –

WACHTMEISTER: *(Unterbricht sorgenvoll.)* Oh, sie ist, äh... durchaus wunderschön, aber kraft meines Amtes muß ich darauf hinweisen, daß *(entschieden)* sie hier nicht bleiben kann. Mag ja sein, daß sie wunderschön ist, aber sie steht im Weg und stellt deshalb etwas dar, was wir bei der Polizei ein öffentliches Ärgernis nennen. Wenn sie so schlau gewesen wäre, nur anderthalb Meter weiter zu wachsen, da drüben, dann wäre es möglicherweise – möglicherweise, sage ich – in Ordnung gewesen. Aber abgesehen davon ist sie viel zu groß!

MÄDCHEN: *(Entsetzt.)* Viel zu groß wofür?

WACHTMEISTER: Nun... das ist doch offensichtlich, oder nicht? Sie... nun, stell dir bloß vor, eines von diesen Blütenblättern fällt herunter und trifft jemanden am Kopf. Außerdem werden alle Leute hier vorbeigehen und in die Luft starren und nicht aufpassen, wo sie hingehen, und bevor du dich versiehst, rempeln sie überall gegeneinander.

MÄDCHEN: Bitte... Sie dürfen ihr nicht weh tun. Sie ist zu –

WACHTMEISTER: Schauen wir doch einfach mal in die Vorschriften. Hier haben wir's. *(Räuspert sich.)* Abschnitt sechsunddreißig, Paragraph zwölf, Zeile acht. »Beim Antreffen seltsamer, abnormer oder hinderlicher Gewächse hat der anwesende Beamte durch drei lange Pfiffe auf seiner Dienstpfeife eine Abteilung der bewaffneten Streitkräfte ihrer Majestät, botanische Division, anzufordern. Sodann hat er seinen Posten an den verantwortlichen militärischen Befehlshaber abzutreten.« Genau! Also los! *(Bläst dreimal auf der Pfeife. Armeeabteilung tritt auf – ein Offizier und zwei Männer.)*

HIGGINS: Links, rechts, links, rechts. Halt!

WACHTMEISTER: Ah! Das ging aber schnell. Nun, wie Sie sehen, *(umständlich)* haben wir hier einen Fall von, wie soll ich sagen –

OFFIZIER: *(Unterbricht brüsk.)* Schon gut, Wachtmeister, machen Sie weiter. Jetzt ist die Armee hier, wir kümmern uns um alles weitere. Wo ist die Blume? Ah ja. Gut, Männer. Ich weiß nicht, was das für ein Ding ist, und ich verstehe es nicht, also denke ich, sprengen wir es lieber in die Luft. Der Feind ist teuflisch listig, und ich glaube, was sie uns hier ins Nest geschmuggelt haben, ist eine unexplodierte Blume. Corporal Higgins!

HIGGINS: Yessir!

OFFIZIER: Auf mein Kommando werden Sie eine kleine Sprengladung an der Basis des verdächtigen Objektes anbringen. Detonation besagter Ladung wird Explosion besagten Objektes verursachen und somit Schaden für die Öffentlichkeit durch besagtes Objekt abwenden.

HIGGINS: Yessir!

OFFIZIER: Gefreiter Hoggins!

HOGGINS: Yessir!

OFFIZIER: Alle Zivilisten aus dem Gebiet evakuieren, bis die Gefahr vorbei ist. Bei Widerstand sofort schießen.

HOGGINS: Yessir!

OFFIZIER: Also schön, Männer. Dann los!

HOGGINS: In Ordnung... zurück... zurücktreten... Bitte weitergehen, Sir... Na, wen haben wir denn da?... Tut mir leid, kleines Fräulein, aber du kannst nicht hierbleiben. *(Mit wachsender Ungeduld.)* Wir haben hier einen Auftrag zu erledigen, kleines Fräulein, und dazu mußt du dich leider von dieser... dieser Blume trennen. Willst du wohl loslassen? Na schön, wenn du es nicht anders willst... Bitte um Erlaubnis zu sprechen, Sir!

OFFIZIER: Schießen Sie los, Mann.

HOGGINS: Sir! Diese Person, Sir! Will sich nicht von der Stelle rühren, Sir!

OFFIZIER: Ich glaube, du begreifst nicht die Gefahr, in der du dich befindest, kleines Fräulein. Wenn das Ding hier in die Luft fliegt, nimmt es dich mit.

MÄDCHEN: Aber es ist doch eine Blume, keine Bombe... und selbst wenn es eine Bombe ist, ist sie schön und schrecklich. Sie sind häßlich und schrecklich. Können Sie sie nicht in Ruhe lassen, bitte?

OFFIZIER: Sie hat den Verstand verloren, Hoggins. Halten Sie sie zurück, bis wir fertig sind.

HOGGINS: Yessir! Also schön – du hast gehört, was der Herr Leutnant gesagt hat – *(schreit)* Beweg dich!

MÄDCHEN: Aua! Loslassen! Ihr seid gemein!

OFFIZIER: Also los. Alles in Deckung. Fertig, Higgins?

HIGGINS: Yessir!

OFFIZIER: Zünden Sie auf mein Kommando. Zündung! *(Kleine Explosion.)*

MÄDCHEN: *(läuft voll Freude auf die Blume zu.)* Es war gar keine Bombe! Es war gar keine Bombe! Sehen Sie? Sehen Sie, Sir? Es war gar keine Bombe! Die Blume ist immer noch da!

OFFIZIER: Wenn du groß bist, kleines Mädchen, wirst du etwas kennenlernen, das man Logik nennt. Wenn die Armee sagt, daß ein Objekt ein gefährlicher Sprengkörper ist und Maßnahmen ergriffen werden, um das Objekt zu zerstören, dann kann logischerweise besagtes Objekt nicht mehr existieren. Ich sehe keine Blume. Sehen Sie eine Blume, Higgins?

HIGGINS: Nein, Sir!

OFFIZIER: Hoggins?

HOGGINS: Nein, Sir!

MÄDCHEN: Aber sie ist noch da! Da steht sie doch. Sehen Sie sie denn nicht? Oh, schauen Sie doch hin! *(Die Soldaten machen sich zum Abmarsch bereit.)*

OFFIZIER: In Ordnung, Männer – Abmarsch!

HIGGINS: Links, rechts, links, rechts ... *(Verklingt in der Ferne.)* *(Einblenden Nachrichten.)*

NACHRICHTENSPRECHER: Hier sind die Nachrichten. In einer hitzigen Debatte im Unterhaus heute abend versicherte Umweltminister James Bland dem Sprecher der Opposition für botanische Angelegenheiten, die große Blume, die kürzlich in einer Kleinstadt in der Provinz aufgetaucht sei, stelle keine ernsthafte Bedrohung für die nationale Sicherheit dar. Es gebe zwar Krisenpläne für den Umgang mit derartigen Situationen auf nationaler Ebene, sagte Mr. Bland, doch er sehe keinen Anlaß zu der Annahme, daß die örtlichen Behörden der Situation nicht völlig gewachsen wären, und eine Einmischung der Zentralregierung in örtliche Angelegenheiten seien nicht Bestandteil des Programms, das seiner Partei die Mehrheit verschafft habe. Dennoch, fügte er hinzu, sei die Regierung ständig über den aktuellen Stand der Krise unterrichtet und halte sich bereit einzugreifen, falls und wenn es notwendig werden sollte. Auf Andeutungen, daß die Armee bereits vergeblich versucht habe, die

Blume zu unterwerfen, entgegnete Mr. Bland, er sei aus Gründen der nationalen Sicherheit nicht in der Lage, dazu einen Kommentar abzugeben. Inzwischen berichten Beobachter, daß die Blume weiterhin blüht.

Und nun zum Nahostkonflikt. Nach dem neuerlichen Ausbruch von Feindseligkeiten in dieser Woche... *(Ausblenden. Überblenden zum Vorspann der Fernsehsendung Focus mit aufrüttelnder, drängender Titelmusik.)*

MODERATOR: Guten Abend und willkommen bei Focus. Wieder einmal berichten wir vorrangig über ein aktuelles Thema von nationalem Interesse. Unser Ziel ist stets, die Wahrheit hinter den Gerüchten ans Licht zu bringen, die wichtigen Fragen zu stellen und wenn möglich einige Antworten zu bieten. Heute abend geht es um das Blumenproblem. Nicht um Blumen im allgemeinen, sondern um eine Blume im besonderen: die Blume, die Sie hier hinter mir sehen. Binnen kürzester Frist hat dieses Gewächs gedroht, das Grundgefüge unserer Gesellschaft zu unterminieren. Wie konnte es dazu kommen, daß eine einzige Blume, wenn auch zugegebenermaßen eine recht ungewöhnliche, zu so heftigen Auseinandersetzungen und Debatten geführt hat? Der angebliche gescheiterte Versuch der bewaffneten Streitkräfte, die Situation unter Kontrolle zu bringen, wirft ernste Fragen zur inneren Sicherheit und indirekt zur Handlungsfähigkeit der gegenwärtigen Regierung auf. Soll die Blume weg, oder soll sie bleiben? Überall im Land verlangen Menschen eine Antwort.

Heute abend haben wir vier Experten hierher zu uns an den Ort des Geschehens eingeladen – einen Spezialisten für vergleichende Gartenbaukunde, einen Minister unserer Regierung, einen Geistlichen und eine Kinderpsychologin – uns ihre Gedanken über die Implikationen dieses drängenden Problems und mögliche Lösungen mitzuteilen. Wir hoffen – alle hoffen –, hier heute abend einige Antworten zutage zu fördern. Zunächst jedoch zu der Frage: Besteht eine mögliche Gefahr für unsere Kinder? Mit dieser Frage wenden wir uns an die Kinderpsychologin Miss Olga Fink.

PSYCHOLOGIN: Ich möchte gleich zu Beginn sagen, daß meiner Meinung nach diese Blume eine schwere Bedrohung der gesunden geistigen Entwicklung von Kindern darstellt, die mit ihr konfrontiert werden, und für diese Auffassung gibt es überzeugende Gründe. Ich denke, es gibt keine Meinungsverschiedenheiten darüber, daß die Blume in vieler Hinsicht abnorm ist. Bei einem Kind in der Entwicklung kann die Begegnung mit einer solchen Abnormität die Wahrnehmung einer geordneten Welt, die für das reifende Kind äußerst notwendig ist, schwer stören und unterbrechen und in manchen Fällen zu ernsten Schädigungen führen. Echte Geborgenheit können wir nur erlangen, indem wir uns selbst als Einheiten in einer Welt sehen, in der die Gesetze der Natur und des menschlichen Verhaltens sich niemals in nennenswertem Maße verändert haben oder verändern werden. Daraus ergibt sich, daß ein Kind, das plötzlich einem solchen Phänomen wie dieser Absurdität ausgesetzt wird, leicht der gefährlichen Vorstellung zum Opfer fallen wird, daß *(dramatische Pause)* ...nicht unbedingt immer alles so bleibt, wie es ist. Ein solches Kind würde sein ganzes Leben lang damit rechnen, in schweren Fällen vielleicht sogar darauf hoffen, daß es noch mehr gibt, als die wirkliche Welt zu bieten hat. Eine solche Prägung kann zu nichts anderem führen als zu Phantasien, Depressionen und paranoider Unzufriedenheit mit dem Leben, wie es wirklich ist. Wenn wir es weiterhin zulassen, daß sich die Gedankenwelt unserer Kinder mit falschen Idealvorstellungen füllt, könnten sie einer ebenso krankhaften Besessenheit anheimfallen wie dieses Kind hier, das die Blume als erste entdeckte und der Mutation jetzt offenbar hoffnungslos verfallen ist. Falls ich mich nicht sehr irre, werden ihre Reaktionen bereits sehr weitgehend durch den Einfluß der Pflanze konditioniert sein. Lassen Sie mich Ihnen zeigen, was ich meine. *(Geht auf das kleine Mädchen zu, als besuchte sie eine sterbende Verwandte.)* Kleines Mädchen, wie denkst du über diese Blume? Was siehst du hier?

MÄDCHEN: *(Verwirrt.)* Eine Blume.

PSYCHOLOGIN: *(Nachsichtig.)* Natürlich, ja... aber ich meine, wie fühlst du dich, wenn du sie siehst?

MÄDCHEN: Glücklich.
PSYCHOLOGIN: Glücklich?
MÄDCHEN: Ja, glücklich.
PSYCHOLOGIN: Glücklich? Glücklich? *(Verärgert.)* Was soll das heißen, glücklich? Ich will wissen, warum du dauernd dieses... Ding anstarrst.
MÄDCHEN: Weil... es schön ist. Es ist einfach... schön. Ich schaue sie mir einfach gerne an – sie ist so schön.
PSYCHOLOGIN: Aber... *(Gibt verzweifelt auf.)* Wie ich mir dachte, ist dieses arme kleine Mädchen schon jetzt fast nicht mehr zu einem vernünftigen Gespräch fähig. Sie sieht nur, was sie vor Augen hat, ihre Gefühle sind von ihren Emotionen diktiert, und ihr Denken ist fast gänzlich von ihren Gedanken bestimmt. Um einen altmodischen Ausdruck zu gebrauchen: Sie ist... schlicht. Wenn diese Blume in so kurzer Zeit eine solche Wirkung haben kann, müssen wir uns darüber klarwerden, wie wir unsere Kinder in Zukunft schützen wollen. Meiner Ansicht nach kann kein Zweifel daran bestehen – die Blume muß weg!
MODERATOR: In der Tat eine ernste Warnung, ein Warnung, die zweifellos Eltern überall im Lande an die Behörden die Frage richten läßt: »Was werden Sie tun? Wie ist die offizielle Beurteilung der Situation?« Um diese Fragen zu beantworten, haben wir heute abend den Umweltminister, den ehrenwerten Mr. James Bland, bei uns. Herr Minister...
BLAND: Nun, ich denke, wir sind uns alle darüber einig, daß in dieser Angelegenheit schon zuviel um den heißen Brei herumgeredet worden ist. Es ist an der Zeit, daß jemand einmal einen entschiedenen Standpunkt auf der einen oder anderen Seite bezieht. Geredet wurde genug – diskutiert mehr als genug. Was wir jetzt brauchen, ist der Mut, eindeutig Stellung zu nehmen und dazu zu stehen, was auch immer die Konsequenzen sein mögen. Die Blume muß weg! So sagen jene, die diese Auffassung vertreten, und ich stimme völlig überein mit jeder Maßnahme, die sicherstellt, daß eine derartige Option im Bereich der gangbaren Alternativen verbleibt. Die Argumente, die zugunsten einer Erhaltung dieser Pflanze ins Feld geführt werden, wiegen so

schwer, daß nur die höchst ehrenwerten Ansichten derer, die diese Auffassung nicht vertreten, als ihnen gleichwertig betrachtet werden können. Lassen wir einmal persönliche Gefühle außer acht, es sei denn in dem Maße, daß wir uns durch sie zu einer Lösung hinführen lassen, die fest auf die Tatsachen gegründet ist, die wir ignorieren müssen, wenn denn der Wahrheit Genüge getan werden soll. Die Haltung der Regierung in dieser Frage ist ganz eindeutig. Wir beabsichtigen, so lange nach einem festen Plan zu handeln, bis dieser Plan infolge seiner Insuffizienz, jene Ziele zu erreichen, zu deren Verwirklichung er ursprünglich konzipiert wurde, hinfällig wird. Diese konsequente Haltung wird, zumal sie die strikte Weigerung impliziert, das Theoretische mit dem lediglich Praktischen gleichzusetzen, zu dem Resultat führen, daß die Blume innerhalb der Abgrenzungen einer Situation verbleibt, die sich aus dem Beharren auf einer unverrückbaren Entscheidung bezüglich der Beseitigung jeglicher Beschränkungen des letztendlichen Schicksals der Blume definiert. Unsere Position ist also klar. Wir sind sowohl gegen als auch für den Widerstand gegen jegliche Maßnahmen, welche eine Seite der Debatte zugunsten der anderen benachteiligen würden. Wer eine solche deutliche Sprache nicht zu goutieren vermag, dem halten wir schlicht entgegen:: »Überlassen Sie es denen, die es können.« Ich danke Ihnen.

MODERATOR: Nun, ich weiß nicht, ob unsere Zuschauer daraus schlau geworden sind, aber ich möchte Ihnen eine direkte Frage stellen, Mr. Bland. Sind Sie dafür, die Blume zu beseitigen oder sie stehenzulassen?

BLAND: Das ist genau unser Standpunkt, ja.

MODERATOR: Verzeihen Sie, Mr. Bland, aber darf ich an dieser Stelle noch einmal nachbohren? Was wird die Regierung tun? Welche nächsten Schritte haben Sie vorgesehen? Wohin geht es von hier aus?

BLAND: *(Pause.)* Zum Bahnhof. Tut mir schrecklich leid. Muß meinen Zug erwischen, muß mich sputen, tut mir schrecklich leid. Alles unter Kontrolle...

(Verklingt in der Ferne.)

MODERATOR: Nun – soweit die Stellungnahme der Regierung. Das war Mr. James Bland, der Umweltminister. Wenden wir uns nun an die Kirche, um den geistlichen Blickwinkel zu bekommen, und dazu möchte ich den Reverend William Cuthbert, Pfarrer der hiesigen Kirchengemeinde, fragen, wie er die Situation beurteilt. Reverend, wie denken Sie über diese Blume?

PFARRER: Ich möchte zunächst sagen, daß ich diese Blume persönlich sehr sorgfältig untersucht habe und nicht zögere, zu behaupten, daß sie eines der schönsten Dinge ist, die ich jemals gesehen habe. Die Blume ist sogar so stimulierend *(ein gefährliches Wort für ihn?)*, daß ich es für angeraten halte, sich ihr mit Vorsicht zu nähern. Die Wirkung einer solchen Blüte, sowohl auf Kinder als auch auf Erwachsene, ist sehr schwer vorauszusagen.

MODERATOR: Was sollten wir Ihrer Meinung nach tun?

PFARRER: Ich halte eine Wartezeit für angezeigt. In, sagen wir, zehn Jahren sollte es uns eher möglich sein, die Implikationen dieses entzückenden Objektes zu ermessen und vielleicht sogar grünes Licht dafür zu geben, daß die Allgemeinheit sich an dieser ungewöhnlichen Schönheit erfreuen kann.

MODERATOR: Und in der Zwischenzeit?

PFARRER: Ich würde vorschlagen, die Blume zunächst einmal keinesfalls zu zerstören. Statt dessen sollten wir die Pflanze durch die Kirche entfernen und während der nächsten Dekade in einem sicheren Teil eines unserer kirchlichen Gärten aufbewahren lassen, wo sie weder Schaden anrichten noch Schaden erleiden kann, wie es der Fall sein könnte, wenn sie hier draußen stehenbliebe. Am Ende dieser Periode könnte die Situation neu beurteilt und die ganze Angelegenheit neu durchdacht werden.

MODERATOR: Und in der Zwischenzeit hätte niemand Zugang zu der Blume.

PFARRER: Ich bin sicher, daß die Kirche keine Einwände dagegen hätte, daß ausgewählte Gruppen unter Begleitung der zuständigen Geistlichen die Blume besichtigen. Zu diesem Zweck könnte man einen Besichtigungsplan aufstellen, der sich auf die Wochenenden konzentrieren und zusätzlich eine oder zwei Besichtigungszeiten während der Woche beinhalten könnte.

MODERATOR: Was wäre also der nächste Schritt?

PFARRER: Unsere oberste Priorität, meine ich, muß es sein, dieses wunderschöne Objekt aus dem allgemeinen Zugriff zu entfernen, sowohl um seiner eigenen Sicherheit als auch um der Sicherheit derer willen, die seine Bedeutung falsch interpretieren könnten. Wir dürfen in solchen Dingen nichts überstürzen. Vielleicht fühlen wir uns *(hält inne, als er sich zunehmend in die Blume vertieft)*, so wie dieses kleine Mädchen, auf eine ganz schlichte Weise stark zu der schieren Schönheit der Blume hingezogen, doch in einem gewissen Sinn *(besinnt sich wieder)* hat das Mädchen am falschen Ende angefangen. Wir haben hier etwas Wunderschönes. Verderben wir es nicht, indem wir uns zu überstürzt auf unsere ersten Reaktionen auf das, was wir vor uns sehen, stützen. Wir haben in der Vergangenheit schon hin und wieder ähnliche Fehler gemacht. Das Ergebnis war Spaltung, Streit und Disharmonie. Ich hoffe, wir haben jetzt unsere Lektion gelernt. *(Selbstsicherer.)* Was wir brauchen, ist ein allgemein akzeptiertes Bewertungssystem in bezug auf diese Blume, bevor wir uns durch Leidenschaft oder Begeisterung den Blick trüben lassen.

MODERATOR: Ich danke Ihnen, Reverend. Miss Fink, was halten Sie von dem Vorschlag des Herrn Pfarrers? Stimmen Sie mit ihm überein?

PSYCHOLOGIN: Oh ja. Wenn die Blume von der Kirche übernommen wird, glaube ich, brauchen wir uns alle keine Sorgen mehr zu machen. Sie wird innerhalb weniger Wochen vergessen sein.

MODERATOR: Nun, offenbar haben wir hier eine etwas unsichere Einigung erzielt. Bevor wir uns nun unserem letzten Gast zuwenden, möchte ich versuchen, einen Kommentar von dem kleinen Mädchen zu bekommen, das die Blume als erste gefunden hat. *(Geht zu ihr.)* Hallo! All unsere Zuschauer würden gern wissen, wie du über diese Blume denkst. Möchtest du es allen Leuten sagen?

MÄDCHEN: *(Pause.)* Ich denke... ich denke... sie ist so wunderschön. Mir fällt nichts anderes ein, das ich sagen könnte.

MODERATOR: Na schön, du hast ja gehört, was all diese Leute darüber gesagt haben, was mit der Blume gemacht werden sollte. Was meinst du, daß wir damit machen sollten?

MÄDCHEN: Ich glaube… vielleicht… sollten wir sie gießen und dann noch eine Weile anschauen.

MODERATOR: *(Gerührt.)* Wir sollten sie gießen. Verstehe. Schön, dann geh und hol Wasser, während wir mit unserer Sendung weitermachen. *(Mädchen geht.)*

MÄDCHEN: Gut, aber Sie passen doch auf sie auf, nicht wahr?

MODERATOR: Ja, natürlich. *(Wendet sich zur Kamera.)* Wenn es nur so einfach wäre, aber das ist es leider nicht. Wenden wir uns also an unseren letzten Experten, Dr. Harry Winter, einen international bekannten Spezialisten für vergleichende Gartenbaukunde, der viel dazu beigetragen hat, die Gartenbaukunde auch denen nahezubringen, denen es schwerfällt, Blumen jeglicher Art zu schätzen. Dr. Winter…

WINTER: Schön, wenn wir uns gerade einmal um die Blume versammeln könnten. Gut. Danke. Nun, wissen Sie, ich glaube, diese ganze Sache ist ziemlich außer Kontrolle geraten, und ich möchte Ihnen zeigen, daß eine fundierte gartenbaukundliche Perspektive die meisten der Mythen widerlegen wird, die diese sogenannte Blume zu umgeben scheinen. Tatsache ist, daß in einem sehr realen Sinne diese Blume schlicht und einfach nicht existieren kann. Sie widerspricht allem, was wir über das Wachstum der Pflanzen wissen. Lassen Sie mich also kategorisch sagen, daß es sich hierbei nicht um eine neue Pflanzenspezies handelt. Das habe ich alles schon zigmal erlebt. Alles schreit »Neue Blume, neue Blume!«, und innerhalb von ein paar Tagen stellt sie sich als künstlich oder giftig oder als Mutation heraus. Dieses Gewächs kann in keiner der uns bekannten Bodenarten oder Klimazonen existieren, und sie wird sich mit Sicherheit niemals fortpflanzen. Und doch sind manche Leute, ich selbst eingeschlossen, nicht der Ansicht, daß sie vollkommen zerstört werden sollte. Sie hat einen gewissen… potentiellen… Reiz, und ich glaube, daß die Qualitäten, die diese Pflanze besitzt, allen zugänglich gemacht werden sollte. Daher schlage ich vor, daß wir die Blume erhalten, jedoch in einer akzeptablen Form, in einer Form, die es den Leuten ermöglicht zu sagen: »Ja! Dies ist etwas, das ich genießen kann, ohne meinen gesunden Menschenverstand zu verleugnen.« Lassen Sie mich Ihnen zeigen, was ich meine. *(Er holt eine Gartenschere hervor und schickt sich an zu schneiden.)*

PFARRER: Sind Sie sicher, daß... *(Geräusch des ersten Schnittes.)* Oh je!

WINTER: Wenn ich nur diesen Zweig hier abschneide... und diesen... dann noch ein bißchen auf dieser Seite... Und nun formen wir noch diese Blütenblätter... und noch einmal... *(Jede Menge energischer Schnitte.)* So! Ich glaube, damit haben wir die Situation elegant gelöst. Die Blume entspricht jetzt normalen Erwartungen, sie kann sich nicht mehr schädlich auf die Psyche kleiner Kinder auswirken und auch nicht die geistigen Kapazitäten unserer Politiker überfordern.

MODERATOR: Nun, das wär's dann ja wohl. Das Blumenproblem scheint kein Problem mehr zu sein. Danke Ihnen, Dr. Winter, Miss Fink, Reverend Cuthbert, und danke Ihnen zu Hause fürs Zuschauen. Focus wünscht Ihnen noch einen schönen Abend.

(Alles ab, außer dem Pfarrer.)

PSYCHOLOGIN: Kommen Sie, Herr Pfarrer?

PFARRER: Äh, nein... ich glaube ich warte noch auf... das heißt, ich warte noch, bis... oh je, oh je, oh je!

(Das kleine Mädchen kehrt mit dem Wasser zurück.)

MÄDCHEN: Ich habe das Wasser... ich... oh... oh nein! *(Pause.)* Oh, schau doch nur, deine armen, armen Blütenblätter! Oh, es tut mir so leid.

(Schweigen.)

PFARRER: Ich fürchte, wir... ich hätte nicht gedacht, sie würden sie tatsächlich verletzen. *(Pause.)* Ich wünschte... ich wünschte, ich hätte sie daran hindern können. Ich hatte einfach nicht den Mut, fürchte ich. *(Pause.)* Nimm doch die Hände vom Gesicht. Bitte weine nicht.

MÄDCHEN: *(Hebt den Kopf.)* Ich weine nicht.

PFARRER: Ach...?

MÄDCHEN: Ich erinnere mich.

PFARRER: Du erinnerst dich...?

MÄDCHEN: An meine Blume. Ich dachte mir schon, daß jemand etwas damit anstellen könnte, also habe ich sie mir ganz lange angeschaut, damit ich mich an jede Einzelheit erinnern könnte.

PFARRER: Und... erinnerst du dich an jede Einzelheit?

MÄDCHEN: Ja. Jede kleinste Einzelheit.

PFARRER: Hmmm... ich fürchte, ich weiß zwar noch, daß sie sehr schön war, aber die Einzelheiten sind recht undeutlich. Mit all den Rednern und Diskussionen und... tja. *(Pause.)* Ich wünschte, ich könnte sie noch einmal sehen.

MÄDCHEN: Na ja...

PFARRER: Ja?

MÄDCHEN: Ich könnte Ihnen ja davon erzählen.

PFARRER: Würdest du das tun? Bitte.

MÄDCHEN: Na ja, sie war groß und sehr ungewöhnlich, und sehr, sehr hübsch – und die Farben – sie waren... sie waren blau und rot und gelb. Sie waren das beste daran... *(Sie gehen Hand in Hand davon.)*

Das Schlammloch

Ich habe eigentlich nie viel von der Idee gehalten, daß man in der Vergangenheit herumkramen sollte, in der Hoffnung, etwas zu finden, das einem hilft, die Gegenwart zu begreifen. Vielleicht denke ich nicht genug über solche Dinge nach. Ich weiß nicht. Mein Leben erschien mir immer glücklich genug, auch ohne diese eingehende Untersuchung der eigenen Eingeweide, die heute so gang und gäbe zu sein scheint. Meine Frau lacht mich aus und sagt, ich sei wie die Vanillesoße auf den sauren Himbeeren der anderen und würde einen Komplex nicht einmal erkennen, wenn er mir um die Ohren flöge. Wahrscheinlich hat sie recht. Ich bin ein unkomplizierter Charakter. Ich habe meine Familie gern, bin eifrig bei meiner Arbeit, liebe meine Pfeife – solche Dinge.

In der Auffassung, daß keiner von uns das sei, was er zu sein scheint, habe ich noch nie einen Sinn gesehen. Sie kennen das: »Er ist so laut und selbstbewußt. Ich bin sicher, daß er in Wirklichkeit ein sehr schüchterner Mann ist...« Alles Quatsch, wenn Sie mich fragen, aber so reden heute viele Leute. Wenn man beweisen kann, daß einer mit zwei Jahren in seinen Teddybär verliebt war, sagen sie, dann erklärt das, warum er es jetzt, mit vierzig, nicht über sich bringt, mit linkshändigen Walisern Pfennigschießen zu spielen. Mit solchem Zeug kann ich nichts anfangen, das konnte ich noch nie. Meine Güte, ich erinnere mich ja kaum an letzte Woche, geschweige denn an Dinge, die passiert sind, als ich ein Kind war. Es ist genug, daß jeder Dingsda seine eigene Dingenskirchen hat, sage ich immer. Mein Sohn ist genauso – er schläft wie ein Baby (er ist sechzehn), steht lächelnd auf, schlendert durch den Tag und tut dieses und jenes, gähnt ein bißchen, wenn es spät wird, geht ins Bett und schläft innerhalb von Sekunden ein, sobald der Kopf auf dem Kissen liegt. Genau wie ich.

Nun, ich erzähle das alles, um zu zeigen, wie ausgesprochen ungewöhnlich es war, daß ich mich plötzlich an jede Einzelheit eines bestimmten Tages vor siebenundzwanzig Jahren erinnerte, als ich ungefähr neun Jahre alt war und täglich die kleine Grundschule oben auf der anderen Seite des Gemeindelandes in der Nähe unseres Dorfes besuchte. Es war meine Frau, die eines Morgens beim Frühstück die Erinnerung auslöste. Sie blickte von ihrer Zeitung auf und sagte: »Du hast doch als Kind in Natcham gewohnt, nicht wahr?«

»Ja«, sagte ich, »wir wohnten da, bis ich ungefähr elf war. Warum – was ist damit?«

Sie blickte wieder auf die Zeitung und tippte mit dem Finger auf eine der Spalten. »Hier ist ein Bericht über eine Gerichtsverhandlung, und einer der Männer – einer der Angeklagten – kommt aus Natcham. Vielleicht gibt es ja nicht nur ein Natcham. Hier – sieh mal. Ich fange schon mal an abzuräumen.«

Ich war nicht gerade brennend interessiert, aber ich las den Artikel mit zeitraubender Gründlichkeit, um meiner Frau und meinem Sohn reichlich Gelegenheit zu geben, ohne meine wertvolle Mitarbeit den Frühstückstisch abzuräumen und das Geschirr zu spülen.

Der Zeitungsartikel handelte von einem Prozeß gegen vier Männer, denen vorgeworfen wurde, im Verlauf eines schweren Einbruchs einen älteren Nachtwächter brutal angegriffen zu haben. Offenbar war dabei der alte Mann viel schwerer verletzt worden, als nötig gewesen wäre, um ihn ruhigzustellen. Die Staatsanwaltschaft bezeichnete die Attacke als »bösartig und bestialisch«. Es war eine schreckliche Geschichte, und ich war nicht allzu erpicht darauf, mich weiter mit ihr zu beschäftigen, und auch der Name des Angeklagten aus Natcham kam mir zunächst nicht sehr bedeutsam vor. Er hieß Duncan Tapman und war sechsunddreißig, genau wie ich. Erst nachdem ich die Zeitung, mit übertriebener Sorgfalt glattgestrichen und wieder zusammengefaltet, zur Seite gelegt hatte, fiel mir die ganze Sache wieder ein. Duncan Tapman! Natürlich erinnerte ich mich an Duncan Tapman, obwohl ich seit vielen, vielen Jahren nicht mehr an ihn gedacht hatte. Und mit der Rückkehr dieser Erinnerung kam ein ganzes Bündel weiterer Erinnerungen, die alle mit einem regnerischen Freitag im Spätherbst zusammenhingen, als ich ein nicht sehr selbstbewußter Grundschüler gewesen war, und Duncan Tapman…

»Na?« Meine Frau unterbrach ihre Spülarbeit für einen Augenblick. »Klingelt da bei dir etwas?«

Ich war ein wenig schockiert. Ich wußte, daß ich diesen Erinnerungsfluß, der sich plötzlich aus dem Nirgendwo in mein Bewußtsein ergossen hatte, nehmen und vorsichtig wie den Inhalt eines randvollen Bechers an einen ruhigen Ort bringen mußte, wo ich mich gefahrlos damit auseinandersetzen konnte. Es gab nichts zu irgend jemandem zu sagen, bevor ich das getan hatte.

»Mmm… vielleicht. Ich bin nicht sicher.«

Später am Vormittag brach ich mit dem Auto auf, um nach Northampton zu fahren und eine Freundin im Krankenhaus zu besuchen. Es war ideal. So fand ich Zeit und Raum, um herauszufinden, warum das Wiedererkennen jenes Namens vorhin von einem so scharfen Stich des Schuldbewußtseins begleitet gewesen war. Es hatte etwas mit jenem Freitag zu tun. Ein fast unerträglich stechender Strom von Gefühlen durchfloß mich, als Gesichter und Szenen aus der Vergangenheit mit außergewöhnlicher Klarheit in meinem Geist auftauchten. Wie hieß damals unsere Lehrerin? Ich sah sie deutlich vor mir, aber ihr Name fiel mir im Moment nicht ein. Sie war sehr dünn gewesen, mit einem dürren Hals und schwarzem Haar, das im Nacken irgendwie zusammengebunden war. Unmöglich zu sagen, wie alt sie war. Als ich in der Grundschule war, kamen mir alle Erwachsenen wie »ungefähr fünfzig« vor. Jedenfalls konnte ich sie nicht leiden. Daran bestand kein Zweifel. Ich konnte sie überhaupt nicht leiden. Ich wußte noch, wie mächtig sie mir erschienen war. Grimmig und mächtig, wie sie dort von ihrem Pult, das meinen Kinderaugen reichlich drei Meter höher erschien als die schrägen, in Reih und Glied aufgestellten Tische, an denen wir saßen, auf uns herabfunkelte. Ich wußte noch, wie ich mir heimlich und voller Verlegenheit Gedanken darüber gemacht hatte, ob Miss Duncannon vielleicht so eine Art Hexe wäre. Duncannon! Natürlich! Sie hieß Miss Duncannon, und ihre Fingernägel waren so lang, daß sie die Hand ausstrecken und einen Jungen in der letzten Reihe damit anstoßen konnte, ohne auch nur von ihrem Pult aufzustehen. Ich lachte laut über die Absurdität dieser Pseudo-Erinnerung, wohl einer Art impressionistischen Erinnerung, nahm ich an. Denn so war sie. Sie konnte ohne Mühe jeden beliebigen Jungen in der Klasse kontrollieren und bestrafen und aufstören. Sie war eine Expertin.

Während ich ausscherte, um einen von diesen Fahrern zu überholen, für die man eigentlich eine extra langsame Spur bräuchte, fiel mir ein, daß der fragliche Freitag mit einer solchen Demonstration totaler Kontrolle begonnen hatte. Ein Junge namens Roger Burn hatte morgens beim Hereinkommen achtlos seinen Schulranzen geschwungen und dabei versehentlich einen Teil des neuen »Frieses« zerrissen, einer Wanddekoration, an der die ganze Klasse jeden Tag der vergangenen Woche gearbeitet hatte. Ein lautes »Oh, Roger«-Geschrei erhob sich, gefolgt von dem weit unheilvolleren »Warte nur, bis Miss Duncannon das sieht!«

Wir alle warteten mit beträchtlicher Vorfreude darauf, zu erleben, was Miss Duncannon sagen würde, wenn sie »das« sah. Die blutdürstigeren Elemente in unserer Klasse wurden von ihr niemals enttäuscht. Auch dieser Tag war keine Ausnahme. Ich las gerade meines Bruders Exemplar von *The Eagle*, als sie hereinstürmte und ihre übliche Stellung hinter dem Lehrerpult einnahm, worauf ihre Hakennase einen langsamen Halbkreisbogen beschrieb, um unsere Seelen an ihren Willen zu nageln. Natürlich waren wir alle aufgesprungen, einschließlich des unglücklichen Roger, dessen Wangen die Farbe rohen Teigs angenommen hatten, während er sein Schicksal erwartete.

»Guten Morgen, Kinder.«

Ihre Stimme klang volltönend, unverheiratet und geschäftsmäßig.

»Guten Morgen, Miss Duncannon.«

Wir absolvierten die übliche, halb gesungene Begrüßung mit mechanischer Perfektion.

»Setzen!«

Wir setzten uns.

»Meldet euch, wenn ich eure Namen aufrufe – Ablett, Arnold, Atwood, Avingdon, Bance, Benson, Burn, Crowhurst...«

Rogers »Anwesend, Miss« war ein unverständliches, halb ersticktes Blöken.

»Lauter, Roger!«

Diesmal ein verständliches Blöken. Die Feststellung der Anwesenheit wurde fortgesetzt.

Hätte mich jemand hören können, als ich an jenem Morgen die Autobahn hinauffuhr, er hätte geglaubt, ich hätte nicht mehr alle Tassen im Schrank. Zwei- oder dreimal leierte ich aus voller Kehle jene siebenundzwanzig Jahre alte Anwesenheitsliste herunter, jedesmal Lücken ausfüllend, bis ich sicher war, daß ich mich vollkommen an die Namensliste erinnerte. Es faszinierte mich, daß all diese Informationen all die Jahre lang irgendwo in meinem Hinterkopf abgelegt gewesen waren. Verwundert saß ich am Steuer und schüttelte langsam den Kopf.

»Ist vielleicht jemand da, der uns gern etwas sagen möchte?«

Das war Miss Duncannons nächste Frage gewesen. Sie stellte sie immer. Jeden Morgen stellte sie uns fünf Minuten zur Verfügung, in denen wir Informationen über uns selbst an den Rest der Klasse weitergeben konnten. Natürlich taten wir das auf die einzig sinnvolle Weise in den Pausen oder auf unserem Heimweg, wenn keine Erwachsenen in der Nähe waren, doch Miss Duncannon bestand auf diesem täglichen, formellen Austausch, und wehe uns, wenn nicht wenigstens einer oder zwei von uns eine kranke Großmutter oder ein neues Fahrrad herausquetschte. Vielleicht würden wir lieber Rechenaufgaben lösen oder von der Tafel abschreiben, meinte Miss Duncannon, wenn niemand von uns genügend Anteil an den anderen nehme, um sie wissen zu lassen, was sich in unserem Leben tat. Kürzlich verstorbene Verwandte waren besonders beliebt bei uns, auch bei Miss Duncannon, und wenn ich mich recht erinnere, in den meisten Fällen ebenso bei dem trauernden Klassenkameraden. Miss Duncannon hielt dann einen nüchtern-dramatischen kleinen Vortrag darüber, wie traurig und erschüttert John oder Michael oder Frankie heute sein müsse und daß wir von jetzt an bis zum Schulschluß besonders rücksichtsvoll und vorsichtig mit ihnen umgehen müßten. John oder Michael oder Frankie brachten sodann den Tag in einer Art physischen und verbalen Zeitlupe hinter sich, zeigten die Zerbrechlichkeit, die man von ihnen erwartete, und verschoben jegliche echte Trauer, bis sie ihren plötzlich erworbenen Berühmtheitsstatus voll ausgekostet hatten.

An jenem Freitag jedoch hatte es keine verstorbenen Verwandten gegeben, wohl jedoch ein zerrissenes Fries, das als Schlagzeile sicherlich nicht weniger spektakulär war als ein Todesfall in der Familie.

»Bitte, Miss...«

Es war Richard Arnold, der Klassenpetzer. Er war sehr nützlich für uns. Wir konnten ihn hassen, weil er immer petzte, und ihm dann hinterher Verwünschungen zuraunen, doch wir brauchten ihn auch, um die nicht jugendfreien Szenen pädagogischer Rache und Züchtigung herbeizuführen, die wir so schrecklich und so amüsant fanden.

»Ja, Richard?« sagte Miss Duncannon mit unmerklich weicherer Stimme. »Was möchtest du uns sagen?«

Roger Burn saß zwei Tische von mir entfernt. Sein Unterkiefer hing herab, und alle paar Sekunden blinzelte er krampfhaft. Ich erinnere mich nur noch, daß ich daran dachte, was für ein wunderbarer Glücksfall es doch sei, daß ich nicht Roger Burn war.

»Bitte, Miss, Roger hat unser Fries zerrissen, das wir gemacht haben. Er hat es heute morgen mit seinem Ranzen zerrissen, als er hereinkam.«

Alle setzten sich ein wenig aufrechter hin und verschränkten die Arme ein wenig fester. Man hätte die Stille mit einer Guillotine zerschneiden können. Miss Duncannon studierte die Stelle an der Rückwand des Klassenzimmers, wo ein Teil des Frieses schlaff herabhing und durch seine ausgefranste Rißkante verriet, daß es die Stätte des Verbrechens war. Dann schaute sie mit Augen wie kleinen schwarzen Kugeln Roger an.

»Nun, Roger Burn, ich denke, da ist etwas, das wir sagen sollten!«

Wenn je jemand ganz schnell einen passenden Text brauchte, dann war es Roger Burn an jenem Morgen. Ich sah, wie sein Mund lautlos zuckte, als er verzweifelt nach einer Formulierung suchte, die ihn aus dieser unheimlichen Falle befreien würde, in der er sich befand. Ich wußte genau, was er dachte. Er dachte, daß alles, was auch immer er sagte, ihm als Beweis seiner gefühllosen Gleichgültigkeit anderen gegenüber ausgelegt werden würde. Sagte er nur, daß es ihm leid täte, so würde Miss Duncannon antworten, daß davon das Fries nicht wieder heil würde. Sagte er, es sei nur ein Versehen gewesen, so würde Miss Duncannon erwidern, vielleicht müsse sie ihm versehentlich das Lineal über die Hand ziehen, weil er so gedankenlos sei. Falls es ihm wie durch ein Wunder gelingen sollte, zusammenhängend herauszubringen, daß es ihm sehr leid täte, versehentlich das Fries beschädigt zu haben, an dem alle so hart gearbeitet hätten, und daß er es auf eigene Kosten und während seiner eigenen Freizeit so sorgfältig reparieren würde, wie er nur könne, so würde Miss Duncannon antworten, das sei ja alles gut und schön, aber ob es denn nicht besser gewesen wäre, wenn das gar nicht erst passiert wäre. Roger konnte nicht gewinnen, und er wußte es.

»Wir warten alle, Roger! Worauf warten wir, das du uns sagen solltest?«

»Weiß ich nicht, Miss.«

Entzücktes, entsetztes, zitterndes Schweigen.

»Du hast gerade ein Stück Arbeit beschädigt, an dem wir alle die ganze Woche gesessen haben, und dir fällt nichts dazu zu sagen ein? Ist das denn möglich? Es tut mir sehr leid, festzustellen, daß dir das, was du getan hast, offenbar gar nichts ausmacht.«

Niemand, der Roger in diesem Augenblick sah, wie er bleich und zitternd, voller Verwirrung und Furcht dasaß, hätte ernsthaft behaupte können, daß ihm das, was er getan hatte, nichts ausmachte, aber sein interner Mechanismus hing bei »Weiß ich nicht« fest, und keiner von uns wollte mit der Lehrerin über diesen Punkt diskutieren.

»Ich warte immer noch, Roger Burn, und ich beabsichtige nicht, noch viel länger zu warten! Also, was sagst du?«

Roger erinnerte mich an ein Vogelbaby, das ich einmal gesehen hatte, wie es von einer Katze in die Enge getrieben worden war. Sein Herz hämmerte wie wild gegen die Brust, und es war unfähig, sich zu rühren oder einen anderen Laut hervorzubringen als ein dünnes, verängstigtes Tschilpen.

»Weiß ich nicht, Miss.«

»Soso, der kleine Herr weiß es nicht…«

Wir kicherten gehorsam.

»Ich gebe dir noch eine Chance, herauszufinden, daß du es doch weißt! Alle anderen wissen es nämlich, nicht wahr, Kinder?«

Ein oder zwei Hände schossen empor, aber Miss Duncannon war nicht interessiert daran, es von irgend jemandem anderen zu hören. Sie brachte sie mit einer winzigen Geste zum Schweigen.

»Was möchte ich von dir hören, Roger Burn? Und das ist die letzte Chance, die du bekommst!«

Rogers Leben schien durch seinen offenen Mund entwichen zu sein. Nichts war mehr übrig außer jenen drei heiser gesprochenen Worten.

»Weiß ich nicht, Miss.«

Ich ertappte mich dabei, wie ich zornig aufs Gaspedal meines Wagens trat, als ich mich erinnerte, was als nächstes geschah.

Miss Duncannon setzte eine eiskalte Miene auf und starrte Roger ein paar Sekunden lang an; dann sprach sie in trockenem, trügerisch ungezwungenem Ton.

»Komm nach vorn, Roger, und stell dich vor die Klasse.«

Er stolperte nach vorn und stellte sich uns gegenüber. Er sah aus wie ein mißlungener Talgpudding. Ich dachte daran, wie traurig meine Mutter wäre, wenn ich dort vorn stehen müßte und sie mich sehen könnte. Ich haßte Miss Duncannon und wünschte mir, all das wäre nicht so faszinierend.

»Also, Kinder. Hier steht ein Junge, der nichts weiß. Was immer man ihm für eine Frage stellt, alles, was er antworten kann, ist ›weiß ich nicht‹. Aber warum weiß er es nicht? Die Antwort kann nur lauten, daß er es nicht weiß, weil er ein Dummkopf ist. Was ihr also hier vorne seht, ist ein Dummkopf namens Roger. Bist du ein Dummkopf, Roger?«

Rogers Gesicht war jetzt nicht mehr weiß. Es war tiefrot.

»Nein, Miss.«

Miss Duncannon verließ ihr Pult und trat neben ihr hilfloses Opfer. Sie beugte sich herab und sprach von der Seite direkt in Rogers Gesicht.

»Dann hast du also doch etwas entdeckt, das du weißt, was? Nun, ich bin nicht deiner Meinung. Ich glaube, du bist ein Dummkopf, und ich werde es beweisen. Glaubst du, daß ich es beweisen kann?«

»N-ja... weiß ich nicht, Miss.«

»Geh und stoße deinen Kopf gegen die Wand, Roger – da drüben neben der Tür.«

Zögernd und steif ging Roger, immer noch leuchtend rot im Gesicht, zu der gelb gestrichenen Wand hinüber und stand dort einen Moment lang, die Stirn gegen den Putz gelehnt.

»Gut so«, redete Miss Duncannon ihm zu wie einem Verrückten, »jetzt schlage ein paarmal mit dem Kopf dagegen. Los.«

Wie ein niedergeschlagenes Tier, das irgendeinen dummen Trick vorführt, schlug Roger dreimal mit dem Kopf gegen die Wand und sah dann wieder seine Lehrerin an.

»Roger«, sagte sie leise.

»Ja, Miss?«

»Nur ein Dummkopf würde hingehen mit dem Kopf gegen die Wand schlagen, nur weil ihm das gesagt wird. Geh und setz dich hin.«

Eine Menge Kinder lachten natürlich, wie sie es vorausgesehen hatte. Sie war wirklich eine Expertin. Manche lächelten. *Ich* lächelte, vorwiegend aus Furcht. Ich wollte nicht der nächste sein.

Duncan Tapman lachte oder lächelte nicht. Er saß in der Klasse zwischen mir und Roger, und ich bemerkte, daß er, als Miss Duncannon zu ihrem Pult zurückkehrte, wütend die Zähne zusammenbiß und seine linke Hand, die mir zugekehrt war, so fest zusammengeballt war, daß die Knöchel ganz blutleer aussahen. Es machte mir ein wenig Angst.

Duncan Tapman...

Während ich mich in die Ausfahrt zur Raststätte Newport Pagnell einfädelte, um mir einen Kaffee zu genehmigen, dachte ich über Duncan Tapman nach. Bis ich meinen Kaffee bekommen und mir einen Platz in der belebten Cafeteria gesucht hatte, war mir alles wieder eingefallen.

Duncan Tapmans Gesicht war auf eine Weise verschlossen gewesen, wie ich es als Kind nie richtig verstanden hatte. Es sah aus, als hätte er direkt in seinem Kopf Verletzungen, deren Schmerz er nur ertragen konnte, solange er das Gesicht nicht entspannte. Rund um die Augen war sein Gesicht unübersehbar aufgedunsen, obwohl es sonst sehnig und zäh aussah (wie der Rest von ihm). Zu jener Zeit kannte ich ihn nur als einen der beiden rauhsten Burschen in der Schule. Er wohnte in einer rauhen Straße, machte rauhe Sachen, benutzte rauhe Wörter, und zwar nicht wie wir mit genußvoll bewußter Boshaftigkeit, sondern ganz natürlich und ohne sich etwas dabei zu denken. Er kam niemals zum Tee zu uns anderen nach Hause, und wir forderten ihn niemals auf, mit uns zu spielen. Er war draußen. Er gehörte nicht zu uns. Er war nicht wie wir. Er besaß eine merkwürdige, einsame Unabhängigkeit, die wir nicht verstanden, wie einer von diesen grimmig dreinblickenden Revolvermännern im Kino, die nie jemandem etwas zuleide tun, wenn man ihnen nicht in den Weg kommt. Ich glaube, wir hatten wohl ziemlich große Angst vor ihm.

Ich war nicht der einzige gewesen, der Duncans geballte Faust bemerkt hatte. Miss Duncannon entging nichts. Ihre Adleraugen fixierten seine linke Hand, die ganz still vor ihm auf dem Tisch lag.

»Was hast du da in der Hand, Duncan?«

»Ich hab gar...«

Ich war Duncan nahe genug, um zu sehen, was als nächstes geschah, obwohl ich mir eine Weile lang nicht sicher war, was es bedeutete. Er war offensichtlich im Begriff gewesen, seine Faust zu öffnen und Miss Duncannon zu zeigen, daß nichts darin war, als plötzlich ein seltsames, schwaches Leuchten in seinen schmalen Augen aufglomm und sich sein ganzer Körper etwas zu entspannen schien. Statt seine Hand zu öffnen, lockerte er nur die Faust ein wenig, so daß es aussah, als könnte er etwas von der Größe eines Tischtennisballs darin verborgen haben. Durchaus höflich fing er noch einmal an.

»Ich hab gar nichts in der Hand, Miss.«

Sicherlich erkannte Miss Duncannon, daß dieser Junge niemals mit dem Kopf gegen die Wand schlagen würde, nur weil es ihm jemand gesagt hatte, aber sie war durchaus imstande, ihre Methoden so zu variieren, daß sie allen individuellen Fällen gerecht wurden.

»Ich kann eine Menge vertragen, Duncan, aber einen Lügner kann ich nicht ausstehen. Ich frage dich noch einmal. Was hast du in deiner Hand?«

Die Atmosphäre war elektrisch aufgeladen. Niemand hatte mit einer zweiten Vorführung gerechnet, am wenigsten mit einer, in der der rätselhafte Duncan eine Rolle spielte.

»Ich hab gar nichts in meiner Hand, und ich bin kein Lügner, Miss.«

Duncan zog seine geschlossene Hand an die Brust, als wolle er ihren Inhalt vor Angriffen schützen. Miss Duncannon nickte langsam zweimal und preßte wütend ihre dünnen Lippen aufeinander. Doch sie muß sich ihrer Sache ziemlich sicher gewesen sein. Warum hatte der Junge nicht einfach seine Faust geöffnet, wenn er nichts zu verbergen hatte? Sie richtete sich kerzengerade auf. Zu Hause hatte ich in einem alten Buch über den ersten Weltkrieg ein Bild von einem Richter, der sich gerade die schwarze Mütze aufsetzt, bevor er Sir Roger Casement wegen Verrats zum Tode verurteilt. Hätte Miss Duncannon in diesem Moment eine schwarze Richtermütze zur Hand gehabt, so hätte sie sie sicherlich aufgesetzt.

»Was ist die Strafe für Lügen in dieser Klasse, Duncan?«

»Der Stock, Miss.«

»Richtig! Wenn du also weiterhin darauf beharrst, mir die Unwahrheit zu sagen, dann weißt du, worin deine Strafe bestehen wird.«

Sie hob ihre Stimme in den Einschüchterungsmodus.

»Vielleicht meinst du, ein Dummkopf in diesem Raum sei nicht genug. Offenbar meinst du, ich wäre ein ebenso großer Dummkopf wie Roger. Ist das deine Meinung?«

»Ich hab gar nichts in meiner Hand, und ich lüge nicht, Miss.«

Duncan legte seine andere Hand schützend über seine Faust.

Miss Duncannon war jetzt wirklich wütend, hatte sich aber immer noch unter Kontrolle. Sie nahm ihren Rohrstock von den beiden Haken an der Wand, ohne Duncan auch nur einen Moment lang aus den Augen zu lassen, damit er »es« nicht hinter ihrem Rücken fallenlassen konnte. Sie legte das Bambusrohr mit grausamer Behutsamkeit vorn auf ihr Pult, setzte sich und winkte Duncan mit einem mageren Zeigefinger zu sich.

»Komm nach vorn ans Pult, Duncan. Gut so – und nun stell dich hier neben mich, damit alle dich sehen können. Nun, behauptest du immer noch, daß du nichts in deiner Hand hast?«

Duncan zögerte einen Sekundenbruchteil, als ob er innerlich mit sich zu Rate ginge, ob er alles zugeben solle oder nicht, dann antwortete er, immer noch die Faust gegen die Brust gepreßt, ebenso höflich wie zuvor.

»Ja, Miss. Es ist nichts in meiner Hand, und ich lüge nicht.«

»Also schön!«

Miss Duncannon ließ ihre Hand hervorschießen und packte Duncans linkes Handgelenk, zog es an sich und drehte es herum, so daß, wenn sich seine Hand öffnete, alle sehen könnten, was darin war.

»Nun, Kinder«, sagte sie, »ich werde Duncan dazu bringen, vor euch allen seine Hand zu öffnen. Wenn etwas darin ist, dann ist er ein Lügner, und ich werde ihn mit dem Stock bestrafen. Ist allerdings nichts darin« – sie sprach mit trockener, völlig siegesgewisser Ironie –, »dann bin ich ein Dummkopf, und es wäre besser, wenn Duncan die Rolle des Lehrers übernehmen würde.«

Sie griff mit dem anderen Arm herum und bog Duncans Finger auf, so daß seine vollkommen leere Handfläche zum Vorschein kam.

Für Miss Duncannon muß es gewesen sein, als wäre die Sonne im Osten untergegangen. Ein paar Sekunden lang blieb sie ganz reglos stehen, während ihr Gesicht eine gelbliche Farbe anzunehmen schien. Man sah richtig, wie sie in Gedanken die Worte wiederholte, die sie gerade gesprochen hatte. Ein Raunen – das weitgehend auf Unbehagen zurückzuführen war – ging durch die Klasse. Wir waren zwar nicht allzu begeistert von Miss Duncannon, aber das, was gerade geschehen war, hatte etwas unangenehm Befremdliches an sich.

»Darf ich mich bitte wieder hinsetzen, Miss?« fragte Duncan leise.

Miss Duncannon schien abrupt wieder in die Gegenwart zurückzukehren. Einen Moment lang musterte sie Duncan sinnierend, dann ließ sie sein Handgelenk los und entließ ihn brüsk.

»Ja, Duncan, geh und setz dich. Wir haben heute morgen schon genug Zeit vergeudet. Setzt euch gerade hin, Kinder! Schauen wir mal, wie gut wir unser Sieben-mal-Sieben beherrschen.«

Sie überspielte die Peinlichkeit der Situation geschickt, und die meisten in der Klasse merkten kaum, was geschehen war. Doch ich wußte es, und nach dem leisen Lächeln auf seinem Gesicht zu urteilen, wußte es auch Roger Burn, und ich bin ziemlich sicher, daß auch Miss Duncannon wußte, was in Wirklichkeit passiert war.

Duncan hatte sie bestraft für das, was sie mit Roger gemacht hatte.

Ich schaute auf meine Uhr. So versunken war ich in meinen Erinnerungen gewesen, daß ich vergessen hatte, wie die Zeit vergangen war. Mit einer Grimasse kippte ich den kalten Rest meines Kaffees hinunter, eilte hinaus zum Wagen und befand mich bald darauf wieder »im Tiefflug«, wie mein Sohn es immer ausdrückt. Erst viel später, nach meinem Besuch bei Jeannette, erlaubte ich es meinen Gedanken, zu Duncan Tapman und dem anderen bedeutenden Ereignis jenes Freitags zurückzukehren. Mein Besuch verlief nach dem üblichen Muster. Ein langer, unterhaltsamer Spaziergang über das schöne Gelände der psychiatrischen Klinik, Mittagessen in dem Restaurant, das den Patienten und ihren Besuchern zur Verfügung stand, und dann der übliche tränenreiche Abschied am Eingang zu Jeannettes Station. Sie war eine alte Freundin von uns – sehr krank , und wir waren im Grunde die einzigen Menschen, die sie hatte. Ich versprach, daß wir sie im Frühling alle für einen Tag besuchen würden.

Auf der Fahrt nach Hause am Nachmittag stellte ich fest, daß meine Gedanken über Jeannette und ihre Situation mich fast unwiderstehlich zurück zu meinen Erinnerungen vom Vormittag trieben, den Erinnerungen an das Ereignis, das sicherlich eine Menge mit dem momentanen Schuldgefühl zu tun haben mußte, das ich empfunden hatte, als ich Duncans Namen in der Zeitung erkannt hatte.

Soweit es die Schule betraf, verlief der Rest dieses Freitags weitgehend ereignislos. Es war zu regnerisch, als daß wir nach dem Mittagessen und in den Pausen draußen hätten spielen können, und so waren wir, als wir endlich der Fürsorge Miss Duncannons entkamen und aus der Schule schossen wie eine Serie kleiner Korken aus einer Sektflasche, ziemlich rastlos. Ich machte mich zusammen mit Roger Burn, der sich inzwischen von seiner morgendlichen Prüfung völlig erholt hatte, und meinem anderen besten Freund, Michael Atwood, der in der Klasse direkt hinter mir saß und im Dorf nur zwei Straßen weiter wohnte, auf den Heimweg über das Gemeindeland. Diese beiden Freunde waren mir zutiefst wichtig, lebenswichtig. Zu dieser Zeit waren sie sogar vermutlich das Wichtigste in meinem Leben schlechthin. Leben, das bedeutete, Freunde zu haben, mit Freunden Dinge zu unternehmen und manchmal auch zu lernen, wie man damit fertig wird, wenn man von Freunden verletzt wird. Das geschah nicht sehr oft, und wenn, dann war es meist unbeabsichtigt und bedeutungslos, doch es entzog mir jedesmal für kurze Zeit den Boden unter den Füßen und brachte eine weiche, empfindsame Seite in mir zum Vorschein, die gelegentlich für etwas bizarre emotionale Ausbrüche verantwortlich zeichnete. Einer davon ereignete sich an jenem feuchten, kühlen Herbstnachmittag, und die Ursache war das, was diese meine Freunde mit meiner Schulmütze anstellten.

Wir trugen in unserer Schule alle Mützen – grün-gelb gemusterte. Soweit ich mich erinnere, waren sie immer entweder zu groß oder zu klein, oder wenn man feststellte, daß einem die Mütze paßte, dann gehörte sie vermutlich sowieso einem anderen. Und zum Leben gehörte es nun einmal einfach dazu, daß hin und wieder ein Freund oder Feind einem die Mütze vom Kopf riß und sie triumphierend in eine sichere Entfernung trug, von der aus er einen verhöhnen konnte. In einer solchen Situation hatte man nur die Wahl, entweder eine Hetzjagd-Taktik anzuwenden, was natürlich genau das war, was der Mützendieb erreichen wollte, oder zu versuchen, den Eindruck zu erwecken (keine leichte Aufgabe für einen durchschnittlichen, gesunden Grundschüler), als ob man die ganze Sache über die Maßen langweilig fände. Auf beide Arten bekam man seine Mütze am Ende wieder, oder wenn nicht seine eigene, dann eine andere. Meiner Mutter schien es nie allzuviel auszumachen, wenn ich mit einer Kopfbedeckung nach Hause kam, die strenggenommen nicht meine eigene war, solange sie in ebenso gutem oder besserem Zustand war wie die, mit der ich aus dem Haus gegangen war. Ich selbst hatte diesen traditionellen Schuljungenstreich viele Male sowohl erlitten als auch gespielt, doch an diesem Nachmittag fand ich, daß es damit zu weit ging.

Als wir uns dem Dorf näherten, schnappte sich Roger, der, nachdem er den Schauplatz seiner vorherigen Schande hinter sich gelassen hatte, in geradezu hysterisch ausgelassener Stimmung war, von hinten meine Mütze und floh, die Beute hoch in der Luft schwenkend, unter Indianergeheul davon. Das beunruhigte mich nicht allzusehr, doch als wir um die nächste Wegbiegung kamen, erwartete er uns am Ufer des feuchten, sumpfigen Tümpels, den jedermann nur das Schlammloch nannte. Der Himmel weiß, was es ursprünglich einmal gewesen war, aber im Laufe der Jahre war es von den Ortsansässigen als Endlagerstätte für all ihren nicht mehr benötigten Kram benutzt worden, und nun war es eine übelriechende, schwarze Wasserfläche, die in der Mitte bodenlos tief war.

Roger wartete, bis ich ihn fast erreicht hatte, dann riß er mit einem schrillen Aufjuchzen seinen Arm zurück und schleuderte die Mütze, so weit er konnte, in Richtung Tümpelmitte. Michael lachte natürlich – ich auch. Es wäre eine Todsünde gewesen, die Fassung zu verlieren. Doch gleichzeitig überschlugen sich schon in meinem Geist die quälenden Fragen: Wie um alles in der Welt sollte ich das blöde Ding wiederbeschaffen? Was würde meine Mutter sagen, wenn ich nach Hause kam und überhaupt keine Mütze mehr hatte? Eigentlich durfte ich sowieso nicht in die Nähe des Schlammloches gehen. Wenn ich hineinwatete und – angenommen, ich schaffte es irgendwie, nicht zu ertrinken – bis auf die Knochen durchnäßt nach Hause kam, würde meine Mutter mich umbringen. Watete ich nicht hinein und kam mützenlos nach Hause, würde sie mich erst recht umbringen.

Meine Freunde hatten angefangen, Steine und Schlamm nach dem grün-gelben Ziel zu werfen, das flach auf dem Wasser schwamm, gestützt von Gräsern oder Abfall, der direkt unter der Oberfläche lag. Sie machten Geräusche wie Artilleriekanonen, während sie ihre Munition schleuderten. Offensichtlich hatten sie einen Riesenspaß.

Für mich war es einer der kältesten und unglücklichsten Nachmittage geworden, die ich je erlebt hatte. Zu Hause wartete, was immer geschehen würde, die Strafe auf mich, und hier standen meine sogenannten Freunde und taten genußvoll ihr Bestes, die Sache so weit wie möglich zu verschlimmern, indem sie meine Kopfbedeckung zum Sinken zu bringen versuchten. Als ein großer Klumpen Gras und Erde schwer ins Zielgebiet einschlug, begleitet von lauten Hochrufen von Roger und Michael, fing ich tief unten in meinem Bauch an zu weinen. Das war eine Technik, die ich mir schon früh in der Schule angeeignet hatte, um die Demütigung zu vermeiden, echte, nasse, sichtbare Tränen zu vergießen. Für einen Neunjährigen gab es kein akzeptables Vokabular für die Gefühle, die ich in diesem Moment am liebsten ausgedrückt hätte, doch ich spürte, wie in mir die tränenbeladene, dünne Stimme jenes anderen verletzten Kindes aufstieg, das in solchen Situationen in mir zu wohnen schien: »Und ihr wollt meine Freunde sein!« Das machte ihnen natürlich Spaß, und sie setzten ihre Zielübungen mit noch größerem Eifer und ausgelassenem Gelächter auf meine Kosten fort.

Einige andere Jungen kamen auf dem Heimweg an unserer lärmenden Gruppe am Tümpel vorbei. Einer von ihnen, größer und dünner als die anderen, bog vom Weg ab und kam herüber, um zu sehen, was das Geschrei zu bedeuten hatte. Es war Duncan Tapman.

Duncan hatte mein erbärmliches Flehen um Gnade gehört. Er lachte nicht. Er stand mit den Händen in den Taschen da, ganz reglos mit Ausnahme seiner Augen, und blickte mit wachsendem Verstehen von mir zu meinen Freunden, dann zu meiner Mütze und zurück zu mir. Dann trafen sich unsere Blicke. Es war ein Augenblick echter Identifikation. Ich glaube, dieses eine Mal waren wir auf einer schwer faßbaren Ebene im Leiden gleichgestellt. Plötzlich rannte er in Richtung seines Elternhauses davon und rief, er wäre gleich wieder da. Fünf Minuten später kam er mit einem Paar riesiger Gummistiefel an den Füßen wieder angerannt. Ohne etwas zu sagen, watete er hinaus in die Mitte des übelriechenden Tümpels, beugte sich vor, so weit er konnte, und ergriff den triefenden Stoffklumpen, der aus meiner Mütze geworden war. Verbissen kämpfte er sich zurück ans Ufer und warf mir die Mütze achtlos vor die Füße.

Die charakteristische Trostlosigkeit, die sich am Ende jener kühlen, feuchten Tage im Spätherbst stets über das Gemeindeland legte, breitete sich bereits in der Luft aus, als ich mich bückte und die Mütze aufhob. Duncan, der sich um meine Reaktion auf seine gute Tat überhaupt nicht zu scheren schien, hatte eine lange Gerte aufgehoben und schlug sich damit rhythmisch gegen sein Bein, während er über die dunkle Wasserfläche hinwegblickte und leise vor sich hin pfiff. Meine Freunde, die keine Lust verspürten, sich mit diesem Burschen anzulegen, hatten die Lustbarkeiten der vergangenen halben Stunde bereits vergessen und wandten sich den Lichtern des Dorfes zu, die am Rande des Gemeindelandes, nur Minuten entfernt, einladend leuchteten.

Doch ich mußte erst Klarheit schaffen, bevor ich an diesem Abend nach Hause ging. Ich brauchte ein eindeutiges Zeichen oder Symbol, daß meine Freunde immer noch meine Freunde waren. Vielleicht war ich in gewisser Hinsicht ein ziemlich altmodisches Kind. Als Michael und Roger sich in Bewegung setzten, trat ich ihnen in den Weg und streckte ihnen steif und formell meine Hand entgegen.

»Wollen wir uns die Hand geben? Vertragen wir uns wieder?«

Diese merkwürdige, unnötige Geste brachte sie in Verlegenheit und amüsierte sie, aber sie gaben mir die Hand. Vielleicht merkten sie für einen Augenblick, wie wichtig es mir war.

So war also alles in Ordnung.

Ich glühte innerlich vor Glück zwischen den hüpfenden Jungensilhouetten meiner beiden Freunde, als wir uns unseren Weg durch die Grasbüschel und Gräben bahnten, lachten und uns gegenseitig anrempelnd, voller Vorfreude auf den Tee und das Fernsehen.

Einmal blickte ich über die Schulter zurück. Ich konnte gerade noch die einsame Gestalt Duncans erkennen, der immer noch am

Rande des Schlammlochs stand, sich mit dem Stock gegen seine übergroßen Gummistiefel schlug und dem letzten, bleifarbenen Streifen Tageslicht in einem wütend-schwarzen Himmel nachsah. Roger, glaube ich, blickte gar nicht mehr zurück.

Als ich von meiner Reise nach Northampton zurückkehrte, hatte ich ungewöhnlich schlechte Laune. Meine Frau ist sehr weise. Sie wartete, und endlich, als ich gegessen und meine Pfeife angezündet hatte, fragte sie mich, ob etwas nicht stimmte.

»Es hat mit diesem Duncan Tapman zu tun, nicht wahr?« fragte sie.

»Nun, ja«, erwiderte ich, »weißt du, ich habe eigentlich nie viel von der Idee gehalten, daß man in der Vergangenheit herumkramen sollte, in der Hoffnung, etwas zu finden, das einem hilft, die Gegenwart zu begreifen. Vielleicht denke ich nicht genug über solche Dinge nach...«

Die letzte Auslinie

Zum größten Teil waren es jetzt Träume. Schlafträume, Wachträume, er trieb vom einen in den anderen und wußte, daß die Zeit kurz war und es keinen guten Grund gab, die körperliche Energie aufzubringen, die notwendig war, um in das zurückzukehren, was er früher die wirkliche Welt genannt hatte. Zu alt, zu krank, zu müde, und es gab keine Söhne, Töchter oder engen Freunde, die sein Krankenbett umringt und verlangt hätten, daß er Notiz von ihnen nahm. Jemand fütterte ihn, jemand wusch ihn, noch andere Dinge geschahen, aber sie geschahen eigentlich nicht mit ihm. Sie geschahen dem ausgemergelten Leib, der auf dem Bett lag, dem Leib, der bald überflüssig sein würde. Und das war auch gut so, seiner Meinung nach. Es konnte gar nicht bald genug soweit sein. Noch ein paar Träume, dann würde er in eine völlig andere Art von Wirklichkeit hinübergehen, sein Freund würde da sein, lächelnd seine Hand nehmen und ihm den Weg zeigen. Er freute sich darauf. Er wünschte es sich jetzt mehr als alles andere, das tat er wirklich.

Ein Schatten nur. Ein kleiner, aber hartnäckiger Kummer steckte unbeweglich in einer Ecke seines Geistes, und er konnte ihn nicht einmal genau erkennen. Es hatte etwas zu tun mit – nicht direkt mit Versagen –, aber damit, daß ihm nicht genug gelungen war, oder vielleicht nicht auf die richtige Weise. Es war so, dachte er vage, wie wenn man einen Keks oder ein Sandwich noch nicht ganz aufgegessen hat und nicht mehr weiß, wo man es hingelegt hat. Der Mund weiß, daß da noch ein Bissen kommen sollte, und man fühlt sich irgendwie enttäuscht. So ähnlich ging es ihm, nur stärker – es hing irgendwie mit der Atmosphäre oder Qualität seines Lebens zusammen, mit einem Zorn, der noch nicht losgelassen, einer Liebe, die noch nicht ausgedrückt, einem letzten Wort, das noch nicht ausgesprochen, einer freudigen Erregung, die noch nicht empfunden war – irgend etwas in seinem Leben.

Es war eigentlich kein schlechtes Leben gewesen. Nicht gerade ereignisreich, aber keinesfalls unangenehm, und ganz und gar durchzogen wie von zwei singenden, silbernen Saiten von seinen beiden großen Lieben – Kricket und Jesus. Er hörte, wie ein trockenes, keuchendes kleines Lachen aus seiner eigenen Brust ertönte, als er die beiden Worte murmelte: »Kricket – Jesus.« Die Leute würden ihn für verrückt halten, daß er diese beiden Worte so zusammenstellte. Doch sie gehörten nebeneinander, denn an diesen beiden Dingen hatte fast sein ganzes Leben lang seine Seele gehangen. An diesem Spiel und an dieser Person. Mehr an dem einen als an dem anderen? Nein, so war es nicht. Seelen waren nicht so. Jesus war nicht so. Er hätte einen sehr guten Kricketspieler abgegeben, Jesus. Einen Beindreher vermutlich. Absolut fair, aber auch trickreich. Er hätte einem den Ball um die Beine geschleudert bis, sagen wir, zum fünften Wurf seines zweiten Durchgangs, und dann hätte man einen Ausfallschritt gemacht, um einen angetäuschten, scheinbar schlecht gezielten zu erwischen, der dann doch zielsicher kam und einem womöglich die Torstäbe umwarf. Eröffnungsschläger wäre er gewesen. Hätte gleichmäßig und fest angefangen und wäre am Schluß dem Ball entgegengetänzelt, um ihn immer wieder bis an die Auslinie zu schlagen. Kapitän natürlich – er müßte Mannschaftskapitän sein. Wäre auch nützlich gewesen, Jesus in der Teepause dabei zu haben, wenn es so aussah, als ob die Gurkensandwiches nicht für alle reichten. Ja, er wäre ein famoser Kricketspieler gewesen ...

Viele seiner Träume handelten jetzt von Kricket. Es gab zwei Arten. In manchen ging es um Dinge, die er tatsächlich getan hatte, um Wettkämpfe, in denen er wirklich gespielt hatte; in anderen um Dinge, die er wünschte, getan zu haben, um Triumphe, von denen er wußte, daß er zu ihnen nie fähig gewesen war. Und um die eine oder andere schlimme Erinnerung.

Die Schule – das war eine der wirklichen Erinnerungen, besonders der Tag, an dem er zum ersten Mal auf Einladung zum Training der zweiten Mannschaft eingeladen worden war. Er hatte sich schüchtern und nervös und unbeholfen gefühlt, als er seinen gestreiften Schulblazer auszog und ihn zu den anderen neben die beiden langen Kricketsäcke legte. Er wußte noch, wie er sich gewünscht hatte, die neue Krickethose, die ihm seine Mutter geschickt hatte, wäre nicht ganz so leuchtend weiß und akkurat gebügelt. Ihm war aufgefallen, wie Bovington, der Torhüter der Zweiten, ihm einen Blick zuwarf und ganz leicht vor sich hin lächelte, als er sich abwandte und dem Mann im Übungsnetz einen Ball zuschleuderte. Dann hatte ihm der alte Raddish, der Sportlehrer, den sie immer »Salat« nannten, einen der abgenutzten Übungsbälle zugeworfen und gerufen: »Also los, Crocker, schick mir einen her. Sehen wir mal, aus welchem Holz du geschnitzt bist.« Er war rot geworden und hatte es gerade so geschafft, den Ball aufzufangen. Eigentlich wollte er allen sagen, daß er Schläger war und kein Werfer, aber so etwas sagte man nicht im Übungsnetz. Beim Training mußte jeder werfen, ob er nun das oder etwas anderes am besten konnte. Seine Muskeln hatten sich steif und ungelenk angefühlt, als er an den einzelnen Pfosten getreten war, um Evert-Brown, der jeden Ball mit eleganter Sicherheit zu treffen pflegte, einen langsamen Ball zuzuwerfen. Und dann war sie passiert, die peinlichste, schlimmste Blamage, die sich vorstellen ließ! Er hatte den Ball zu früh losgelassen und hoch in die Luft geschleudert, über das Übungsnetz hinweg, so daß Evert-Brown seine Augen mit der Hand von der Sonne abschirmte und mit gespieltem Erstaunen der in weitem Bogen über ihn hinwegziehenden Kugel nachstarrte, als wäre sie eine Sternschnuppe.

»Gilt der Ball als aus, wenn er in die Umlaufbahn fliegt, Mr. Raddish?« hatte Bovington hämisch gefragt. »Paß auf, daß du dir nicht die Finger verbrennst, wenn du ihn aufhebst, Crocker. Nach dem Wiedereintritt wird er glühend heiß sein.«

Bovington war von Salat, der über weitaus mehr Freundlichkeit als Weisheit verfügte, rasch zum Schweigen gebracht worden, aber Crockers Wangen schienen sich nie wieder abkühlen zu wollen. Noch heißer als sie war nur seine Entschlossenheit, sich beim Schlagen nicht auch noch zu blamieren. Und er hatte sich nicht blamiert – nicht im mindesten. Es waren magische, äußerst befriedigende fünfzehn Minuten. Ob der Ball schnell oder langsam war, einfach oder knifflig, immer kam er heran wie eine feste, verlockende, rosige

Frucht, zitternd und rotierend in seiner Begierde, mit süßer, sinnlicher Treffsicherheit genau mit der Mitte seines Schlägers geschlagen zu werden. Schon nachdem er ein paar Minuten die Kniepolster angehabt hatte, hörte er Evert-Brown sagen: »Er erwischt jeden Ball, Sir.« Und Salat hatte geantwortet: »Und schickt sie ganz schön auf die Reise, was?« Selbst Bovington war beeindruckt. Er ging herum an die Seite des Netzes und schaute mit schiefgelegtem Kopf, die Hände in den Hosentaschen, eine Weile lang zu.

»Wer hat dich trainiert?« hatte er in der Pause gefragt, als die Bälle von den Seiten des Netzes eingesammelt und zurück zum Wurfmal gerollt wurden.

Er dachte mit einer besonderen warmen Anhänglichkeit an die geduldige Beharrlichkeit des schweigsamen Mannes zu Hause.

»Mein Vater. Er hat es mir beigebracht. Wir hatten ein Netz im Garten.«

»Gute Arbeit«, sagte Bovington. »Du bist ein guter Schläger.«

Der Himmel! Zumindest so eine Art Himmel, aber merkwürdigerweise hatte er es nie ganz geschafft, noch einmal in diese spezielle Art Himmel zu kommen. Außer natürlich in jenen anderen Träumen, in denen er so tat, als ob. In denen hatte er erstaunliche Taten vollbracht. Zweimal hundert Läufe gegen die Australier im Lords-Stadion, spielentscheidende Schläge bis an die Auslinien gegen die Westindischen Inseln, großartige Leistungen, für die er von Tausenden hingerissener Zuschauer tosenden Applaus erhielt. Im wirklichen Leben jedoch wurde er zwar fester Bestandteil der zweiten und später der ersten Mannschaft, doch die selbstvergessene Seligkeit jener Schläge bei seinem ersten Training in der zweiten Mannschaft hatte er nie wieder ganz erreicht. Genauso war es in der Ortsmannschaft, der er sich nach dem Schulabgang angeschlossen hatte. Für zweistellige Ergebnisse war er allemal gut, und oft hatte er zwanzig Punkte und mehr gemacht. Ein paarmal hatte er sogar das halbe Hundert erreicht. Der Himmel im Himmel! Aber das waren nur wenige Male gewesen. Die meiste Zeit war er ein solider, verläßlicher, unspektakulärer Schläger gewesen, der einen nützlichen Beitrag leistete und beim Rest der Mannschaft beliebt war, bis auf – jenes Match. Oh, wie gut erinnerte er sich an diesen Alptraum von einem Match gegen eine Mannschaft, die sich die Bottlers nannte und einen hübsch gelegenen kleinen Platz gleich hinter der Grafschaftsgrenze in Kent besaß. Es mußte die erste Begegnung gewesen sein, die sie mit ihnen hatten. Meine Güte, war dieses Match ein Alptraum gewesen! Bei der Erinnerung wälzte er sich jetzt noch rastlos im Bett.

Ein Bursche namens Kendall war damals Kapitän gewesen. Rory Kendall. Netter Kerl und ein guter Kapitän. Er hatte beim Auslosen die Seitenwahl gewonnen und ließ die Heimmannschaft als erste schlagen. Es war ein gutes Zeichen, und niemand bezweifelte, daß Kendall die richtige Entscheidung getroffen hatte. Riesige graue Wolken ballten sich über ihnen zusammen, aber sie waren in Bewegung. Als bei etwas mehr als hundert Punkten das letzte Tor der Bottlers zu Boden ging, war die Sonne herausgekommen, und die Verhältnisse waren optimal, damit die Besucher die Läufe machen und den Sieg an sich reißen konnten. Doch leider lief es nicht ganz nach Plan. Die ersten drei Schläger, einschließlich Kendalls, der ein wirklich geschickter Spieler war, wurden ausgespielt, bevor die Punktzahl eine zweistellige Höhe erreichte. Kendall erwischte es, nachdem er auf einen unsinnigen Zuruf von einem Mannschaftskameraden reagiert hatte, der Zurufer wurde wie durch ein Wunder ausgespielt, als sein hervorragender Schlag von einem Feldspieler, der ganz nahe am Schlagmal stand, nur Zentimeter über dem Boden gefangen wurde, und der dritte Spieler schlug gegen einen praktisch unspielbaren Ball mit erst aufsteigender und dann abflachender Flugbahn ins Leere. Crocker erinnerte sich an die Worte des Kapitäns vor dem Pavillon, als das dritte Tor zu Boden ging. »Laß dir Zeit, Crocks, alter Junge. Kein Grund zur Beunruhigung. Wir brauchen nur hundertunddrei Punkte, um zu gewinnen. Wir schaffen es.«

Das andere, woran er sich erinnerte, war, wie er auf dem Weg hinaus zu Danny Sowieso in der Mitte zögernd gedacht hatte, daß dies seine große Chance sein könnte. Dies könnte seine Gelegenheit sein, etwas Sensationelles zu tun, etwas – nun – Heldenhaftes. Wenn er dort draußen lange genug aushalten könnte, um ein paar Läufe zusammenzubekommen, dann am Schluß noch eine kleine Glanznummer – einen Jahrhundertschlag! Und zuerst hatte es so ausgesehen, als würde es genau so kommen. Er spielte sehr, sehr vorsichtig, bis er soweit war, etwas mehr Risiken einzugehen, und machte einzelne Punkte, gelegentlich vielleicht zwei auf einmal. Die Würfe machten ihm keine Probleme. Sie waren alle ziemlich orthodox. Nicht schneller als langsam bis mittel, und der Ball machte nicht viele Kapriolen. Das einzige, was ihm zu schaffen machte, war, daß seine Mitspieler am anderen Ende immer weniger wurden. Eine Kombination von Pech und Nachlässigkeit führte dazu, daß einer nach dem anderen niedergeschlagen oder wütend zurück zum Pavillon stampfen mußte, so daß er immer vorsichtiger spielen mußte, damit nicht auch sein Tor zu Boden ging und dann das Spiel völlig außer Kontrolle geriet.

Ein Mann spielte gut. Walter Barnett. Er war nicht gerade berühmt für seine technische Fertigkeit mit dem Schläger, aber er war sehr stark und konnte eine Menge Punkte machen, wenn er lange genug am Ball blieb, um in Fahrt zu kommen. Diesmal kam er gewaltig in Fahrt. Zwanzig Punkte in einem Durchgang, zwölf in einem anderen, acht in einem dritten, immer jeweils sechs oder vier auf einmal, mit wenig Eleganz, aber enormer Schlagkraft an die recht kurzen Auslinien am Rande des kleinen ländlichen Spielfeldes gesandt. Das war eine großartige kleine Einzelvorstellung, aber niemand sonst tat es ihm gleich. Als das neunte Tor zu Boden ging, hatte Crocker neunundzwanzig Punkte erzielt, und das nächstbeste Ergebnis, das der Nummer fünf, Percy Vidler, war elf (abgesehen von Walters dreißig natürlich). Wenn die Heimmannschaft ihre Überzahl halten konnte, blieben ihnen noch zwei Spielrunden, in denen sie zehn Läufe schaffen mußten, um zu gewinnen. Der Schläger mit der Nummer elf war ein großer, schlanker blonder Bursche namens Watkins, der sichtlich wie erstarrt war, sich in einer solchen Position wiederzufinden. Auch wenn er entspannt war, wußte er mit einem Schläger nicht viel anzufangen, geschweige denn jetzt, wo die Spannung des Augenblicks ihn in sichtbare Zuckungen versetzte. Doch solange Watkins vom Schlagmal ferngehalten werden konnte, konnte noch alles gutgehen.

»Bleib dran, Crocks. Es liegt jetzt an dir.«

Das hatte Kendall ihm vom Pavillon aus zugerufen. Es liegt an dir! Er spürte heute noch die scharfe Mischung aus Erregung und Angst, die sich in seinem Bauch ausgebreitet hatte, als der erste Ball der vorletzten Runde in Schlagweite vor ihm schwebte und er sich vorbeugte und ihn sauber zurückschlug, am Werfer vorbei, so daß er leicht zwei Läufe schaffte. Wieder zwei beim vierten Ball und beim sechsten ein sauberer kleiner Schuß durch die Lücken, der ihm wiederum zwei hätte verschaffen können, wenn nicht aus offensichtlichen strategischen Gründen ein Einzellauf am Platze gewesen wäre. Es war ein gutes Gefühl. Die Läufe kamen, und er war es, der sie erzielte.

Da stand er also, A. J. Crocker, und schickte sich an zu erreichen, was er sich so oft erträumt hatte. Noch fünf Läufe in sechs Bällen bei relativ leichten Würfen, und er würde das Match für seine Mannschaft gewonnen, den Applaus seiner Freunde errungen und sich die Glückwünsche seines Kapitäns verdient haben. Kein Verfasser edwardianischer Schulgeschichten hätte sich ein dramatischeres Szenario ausdenken können. »Crocker aus der Quinta« war dabei, zu Ehren seiner guten alten Schule, seiner Kumpel aus der Quinta und des Rektors, der ein kerzengerader Kerl war, dem Gegner den Sieg zu entreißen. Was für ein Haufen Unsinn, aber ein wenig hatte er sich wirklich so gefühlt. Traumhaft! Das weiche grüne Gras des Feldes, der schwere pflaumenrote Ball, die kühlen weißen Uniformen der Spieler, das feste Holz des Schlägers in seiner Hand, ein Himmel, der jetzt blau und wolkenlos war, eine ganz leichte Brise und die Gelegenheit, vor aller Augen zu glänzen. Konnte er sich auf dieser Erde je mehr wünschen? Als der Werfer sich umdrehte, um seinen Anlauf zum ersten Wurf der letzten Runde zu beginnen, hörte er wieder Kendall rufen!

»Laß ihn fliegen, Crocks! Laß ihn fliegen!«

Ja, genau das war es, was er jetzt tun mußte. Laß ihn fliegen! Nur fünf Läufe. Kein Problem...

Doch er fügte dem Ergebnis in dieser letzten Runde keinen einzigen Lauf mehr hinzu. Noch jetzt krampften sich seine Zehen zusammen, als die Erinnerung Ball für Ball zu ihm zurückkehrte. Ein riesiger trüber Schatten der Vorsicht und der Angst schien sich wie eine Decke über ihn gelegt zu haben, als der erste Wurf in berechenbarem Bogen auf ihn zukam. Es war ein Geschenk – eher ein Strandball als ein Kricketball, geradezu geschaffen dafür, ihn wegzuschießen und vier Läufe zu machen. Dann hätte er nur noch einen gebraucht. Statt dessen spielte er einen sorgfältigen Abwehrschlag und ließ den Ball vor seinem Schläger verrecken. Absolut sicher. Absolut nutzlos. Alles in ihm, was hätte fest sein sollen, verwandelte sich in Wasser. Es war, als würde er im innersten Kern seines Wesens daran erinnert, daß die Erlaubnis, auszuschlagen und Erfolg zu haben, ihm schon vor langer Zeit entzogen worden sei. Der zweite Ball kam schnurgerade und mit guter Länge. Wieder spielte er defensiv. Diesmal war es berechtigt, aber er wußte, daß er genau denselben Schlag gespielt hätte, wenn der Ball bewegungslos vor ihm geschwebt hätte, mit einem weißen Schildchen daran, auf dem »Schlag mich« gestanden hätte. Der dritte Ball war wie der erste. Diesmal machte er einfach einen kleinen Schritt nach vorn, hob seinen Schläger und ließ den Ball leicht am Außenstab vorbeiprallen. Seinen empfindlichen Ohren entging nicht das kaum hörbare Stöhnen der vor dem Pavillon stehenden Zuschauer. »Crocker aus der Quinta« ließ seine Kumpels im Stich. Wieder erklang Rory Kendalls Stimme, heiser vor Frustration, über das Spielfeld.

»Um Himmels willen, *schlag zu*, Crocker!«

Aber er konnte nicht zuschlagen. Er konnte nicht loslassen. Er brachte es nicht fertig, seine Absicht von seinen Augen hinab durch seinen Körper, durch seinen Arm, durch seinen Schläger, durch den Ball an die Auslinie und darüber hinaus fließen zu lassen. All seine verschiedenen Körperteile verweigerten sich der Zusammenarbeit, so daß der einzige Reflex, der ihm noch blieb, der war, den er am meisten geübt hatte. Er blockte und blockte und blockte, und das Spiel ging verloren.

Oh, das Schweigen, als er zu den anderen zurückkehrte, die allgemeine Atmosphäre verwirrter Niedergeschlagenheit, die Art, wie Kendall fassungslos den Kopf hin und her drehte, als könne er nicht begreifen, wie ein Spiel, das schon gewonnen schien, mit so wenig Gegenwehr dem Gegner überlassen worden war.

Natürlich war bald wieder alles in Ordnung. Die Jungs hatten das Herz auf dem rechten Fleck, und schließlich hatte er immerhin vierunddreißig Läufe erzielt. Später versuchte er Kendall zu erklären, wie er sich während dieser letzten Runde gefühlt hatte, doch obwohl Rory sagte, es wäre schon in Ordnung und er solle sich keine Gedanken mehr darüber machen, so etwas könne schließlich jedem passieren, war es offensichtlich, daß der Kapitän viel zu gesund geradeheraus und unkompliziert war, als daß er hätte verstehen können, was wirklich passiert war. Ja, am Ende war alles in Ordnung gewesen, aber eine solche Chance kam nie wieder. Es war eine Schande, daß er sie nicht besser genutzt hatte. Eine echte Schande.

Komisch, daß ausgerechnet diese beiden Erinnerungen ihn jetzt am häufigsten heimsuchten. Sein großer Schlag als Junge im Übungsnetz und sein Versagen gegen die Bottlers. Nicht, daß dieses Versagen all seine Kricketerinnerungen überschattet hätte, gütiger Himmel, nein! Im Gegenteil. Er war immer gerne Teil einer Gruppe von Kameraden gewesen; das schiere Dazugehören hatte ihn glücklich gemacht. Die warme Vertrautheit der Heimspiele, die Geschäftigkeit der Fahrten zu Auswärtsspielen mit ihrer stets neuen Verheißung, seine Sache gut zu machen, wenn auch vielleicht nicht brillant, und die gemeinsame Zeit hinterher in der Kneipe, bei der man ein kleines bißchen zuviel trank, wenn der große emaillierte Krug voll schäumenden dunklen Biers unter den immer fröhlicher werdenden Spielerkameraden herumging. Es war alles großartig gewesen. Großartige Zeiten, großartige Jungs, ein großartiges Spiel...

Und Jesus? Jetzt, wo er darüber nachdachte, stellte er fest, daß seine Freundschaft mit Jesus im Laufe der Jahre immer mehr zu einer Privatsache geworden war, immer mehr zu etwas, das sich in ein schlecht verpacktes Paket verwandelte, sobald er versuchte, es in Worte einzubinden. Das war vielleicht bedauerlich, aber es war eine Tatsache.

Natürlich war es nicht immer so gewesen. Zum ersten Mal war er Jesus in einer Gemeinde begegnet, wo alle ständig von ihm redeten. Er war genauso gewesen. Es war so aufregend, so explosiv belebend, eine Liebe zu entdecken, die schon seit vor dem Anbeginn der Zeit ihm persönlich gegolten hatte, so packend, das Gefühl zu haben, daß er auf die Wahrheit gestoßen war, die der ganzen Schöpfung und aller Existenz zugrunde lag. Er hatte ein brennendes Bedürfnis verspürt, das strahlende Wunder seiner Begegnung mit dem lebendigen Gott anderen weiterzugeben. Wo immer er hinging, seine Bibel ging mit ihm. Jeder, mit dem er sich unterhielt, bekam höchstwahrscheinlich etwas über seinen Glauben zu hören, selbst wenn es nur ein ganz kurzes Gespräch war. Leute in Cafés, in Zugabteilen, Wartende an Bushaltestellen, Kollegen am Arbeitsplatz oder Leute, die er im Urlaub kennenlernte – sie alle bekamen ihre kleine evangelikale Salve ab.

Wieder ließ jenes keuchende Lachen seine zerbrechliche Gestalt erzittern. Die armen Leute, die es mit diesem jungen religiösen Fanatiker mit seiner großen schwarzen Bibel und seinen glänzenden Augen zu tun bekommen hatten! Wer immer ihn zum zweiten Mal kommen sah, mußte bestimmt einen weiten Bogen um ihn gemacht haben. Er war viel zu aufdringlich und taktlos gewesen. Das wußte er jetzt. Und dennoch – dennoch lag da eine seltsame süße Wehmut in der Erinnerung an jene Tage, war da etwas an der Frische und Naivität seiner Einstellung zum Weitersagen seines Glaubens, von dem er wünschte, er hätte sich über die Jahre hinweg mehr davon bewahren können. Nicht, daß er ganz und gar aufgehört hätte, den Leuten zu sagen, woran er glaubte. Nein, das nicht, aber er hatte gelernt, sich damit niemandem aufzudrängen. Er hatte erkannt, daß jeder Mensch Raum und Respekt und Rücksicht braucht und daß nur Gott jemals echte Veränderungen im Leben eines Menschen bewirkte. Dennoch wußte er tief in seinem Innern, daß er sich nie die Mühe gemacht oder den Mut gefunden hatte, eine Sprache und einen Ansatz zu entwickeln, durch die er die Tiefe und Bedeutsamkeit der Liebe, die er für Jesus empfand, wirklich hätte begreiflich machen können. Jedenfalls nicht in alltäglichen Situationen – nicht auf natürliche Weise.

Jesus. Eigentlich seltsam, wie für ihn die Freundschaft mit Jesus etwas geworden war, das gar nichts mit Religion und Kirche und Ritualen und dergleichen zu tun hatte. Und der Grund dafür war sicher, daß damals, als all diese Dinge ihm für eine Weile bedeutungslos geworden waren, Jesus immer noch dagewesen war, wie ein hartnäckiger Freund, der Beleidigungen und Ablehnung einfach von sich abprallen ließ, wenn dunkle Zeiten kamen – und ein- oder zweimal hatte es sehr dunkle Zeiten gegeben. Wie war noch dieses Zitat, das Karl Marx zugeschrieben wurde: »Ich bin kein Marxist.«

Wenn Jesus heute wiederkommen würde, würde er dann versucht sein zu sagen: »Ich bin kein Christ«? War das ein lästerlicher Gedanke? Er wußte es nicht. Es war ihm auch ziemlich egal. Es spielte ganz gewiß keine Rolle mehr, was irgendein anderer Mensch auf der Erde von dem hielt, was er dachte oder nicht dachte, was er glaubte oder nicht glaubte. Alles, was für ihn aus dem großen religiösen Flohmarkt der Welt geblieben war, war Jesus, der jetzt lebte, bei ihm war und auf ihn wartete, manchmal am Kreuz und manchmal frei davon, je nachdem, ob er ihm Leiden zufügte oder nicht. Und jetzt würde es nicht mehr lange dauern, bis er ihm auf eine vollkommen neue Art und Weise begegnete und all die Dinge, die bisher keinen Sinn ergeben hatten, ihre Aufklärung finden würden. Alles würde gut sein. Er war bereit. Nun – fast bereit.

Warum hatte er nie mit seinen Kricketfreunden über Jesus geredet? Was hatte ihn davon abgehalten, die beiden wichtigsten Dinge in seinem Leben miteinander zu vermischen? Denn er hatte sie niemals vermischt, niemals in all den Jahren, die er Kricket gespielt hatte. Etwas über dreißig Jahre lang als Mannschaftsmitglied und noch einmal zwanzig Jahre als nichtspielendes Clubmitglied. Natürlich hatte er immer sein bestes getan, um Hilfsbereitschaft, Großzügigkeit und all diese wichtigen Dinge zu zeigen, aber es ging nicht nur darum, und das wußte er. Warum hatte er nie mit den Leuten, mit denen er über viele, viele Jahre hinweg ein- bis zweimal in der Woche zusammenkam – jede Woche im Sommer – über die andere große Leidenschaft seines Lebens gesprochen?

Vielleicht war er insgeheim der Meinung gewesen, daß seine vollkommene Freude am Kricket in Wirklichkeit sehr zerbrechlich war. Hatte er befürchtet, daß eine Entfremdung, eine Trennung von der Alltäglichkeit seiner Lieblingsbeschäftigung eintreten könnte? Hatte er sich im Grunde Sorgen gemacht, nicht mehr hundertprozentig dazuzugehören, wenn er einmal offenbarte, daß noch etwas anderes, Uberirdisches, in ihm brannte?

Was für einen Haufen Unsinn er da zusammendachte! Spielte das alles wirklich eine Rolle? Es hatte keinen Sinn, sich aufzuregen und sich jetzt um solche Sachen Sorgen zu machen. Besser, weiterzuträumen und still auf das Ende zu warten. Selbst wenn er nicht alles richtig gemacht hatte, selbst wenn er in dem einen oder anderen Bereich hinter dem Ziel zurückgeblieben war, war es jetzt zu spät, noch irgend etwas daran zu ändern, und er wußte, daß er Vergebung finden würde für alles Schlechte, das er getan, und alles Gute, das er nicht getan hatte. Was das betraf, so war auf Gott Verlaß, solange man Jesus an seiner Seite hatte. Es war nur, daß… nun ja, es war ein Jammer, daß er diesen kleinen Schatten nicht hatte ausjäten können, bevor er ging. Ausjäten, sehen, was es ist, und weg damit. Er seufzte leise, als er spürte, wie sein Körper und sein Geist vom Bewußtsein in den Schlaf hinüberglitt.

In dieser Nacht träumte er von Kendall. Kendall, der in Wirklichkeit längst tot war, in seinem Traum jedoch jung und kräftig und fit, genauso, wie er vor vierzig Jahren ausgesehen hatte. Es bestand kein Zweifel, daß er es war, obwohl er sehr weit weg zu sein schien. Er legte die Hände an den Mund und rief etwas. Wieviel Anstrengung er jedoch auch in diese Rufe legte, es war einfach nicht möglich, ihn zu verstehen, weil ein anderes, viel lauteres Geräusch seine Stimme vollkommen übertönte. Als er näher hinhörte, merkte er, daß es das Rauschen eines tiefen, schnell fließenden Stroms war, der sich an wütenden schwarzen Felsen gefährlich brach und zu Gischt aufschäumte. Kendall stand am anderen Ufer des Flusses, breitbeinig, den Kopf erhoben, und rief und rief, so laut er konnte. Es war anders als damals, als er ihm während des Spiels gegen die Bottlers vom Pavillon aus zugerufen hatte – viel intensiver, viel drängender. Er bat – flehte – Crocker an, etwas für ihn zu tun. Dann mußte das Rauschen des Flusses leiser geworden sein, oder Kendall mußte noch lauter gerufen haben, denn allmählich drang das eine oder andere Wort bis zu den Ohren des Hörers durch: »Bitte, Crocks… hier drüben… bitte!«

Jetzt war nicht mehr zu verkennen, was Kendall von ihm wollte. Aus irgendeinem Grund bat er ihn, über diesen entsetzlichen Fluß zu ihm hinüberzukommen. Nun ja, er bat ihn nicht, er beschwor ihn. Ängstlich spähte er hinab in das rasende, springende, wirbelnde graue Wasser und spürte dieselbe Lähmung in Geist und Körper, die vor vielen, vielen Jahren auf jenem hübschen kleinen Kricketplatz der gegnerischen Mannschaft die Chance gegeben hatte, einen mühelosen Sieg zu erringen. Er wußte, daß nichts ihn dazu bringen würde, in diese furchtbare Strömung zu springen.

Kraftlos stand er am Ufer des Flusses, blickte auf und sah, daß Rory Kendall das Rufen aufgegeben hatte. Er stand einfach still da, die Hände in den Hosentaschen, und blickte hinauf zum Himmel, als warte er auf etwas. Er hätte sich sowieso nicht mehr verständlich machen können. Das Getöse des rauschenden Wassers war plötzlich ohrenbetäubend angeschwollen. Seltsamerweise wurde es auch immer schwieriger, die schlanke Gestalt in der Ferne auch nur zu sehen, da drüben auf Kendalls Seite die Nacht hereinbrach, obwohl es diesseits des Flusses hell war und die Sonne schien.

Diesmal war es eine Erleichterung aufzuwachen, sich in Erinnerung zu rufen, daß es nur ein Traum gewesen war – daß der schnell fließende Fluß gar nicht wirklich dagewesen war, daß Kendall schon vor langer Zeit gestorben war und daß er ihn nicht wirklich ein zweites Mal im Stich gelassen hatte, nur in einem bedeutungslosen Alptraum. Doch sein innerer Friede war dahin. Auf unerklärliche Weise war der kleine Schatten wie ein Krebsgeschwür gewachsen und verdunkelte seinen Geist zu einer Zeit, wo er sich eigentlich nur noch auf die Begegnung mit Jesus zu freuen brauchte. Jesus? Wo war Jesus? Zum ersten Mal seit langer Zeit konnte er die Gegenwart seines Freundes nicht spüren. Undeutlich wurde ihm bewußt, daß jemand seine Augen und seine Wangen abwischte. Weit weg in der Ferne hörte er eine Frau sagen: »Armer alter Kerl. Er hat im Schlaf geweint. Wird nicht mehr lange dauern.«

Er gab sich Mühe, die richtigen Wachträume herbeizuführen; bisher war ihm das sehr leichtgefallen, doch jetzt schien er es nicht mehr so gut unter Kontrolle zu haben. Erinnerungen, angenehme wie unangenehme, flossen ineinander wie verschüttete Farben, wirbelten wirr durch sein müdes Hirn und hielten ihn davon ab, einem breiten, friedlichen Pfad in den Tod zu folgen. Doch von jenseits all dieser Wirrnis, aus einem kleinen klaren Raum in seinem Geist, hörte er eine Stimme – seine Stimme – immer wieder mit leidenschaftlicher Dringlichkeit dasselbe Gebet sprechen: »Noch eine Chance! Bitte gib mir noch eine Chance...« Und dann – hörte die Wirrnis abrupt auf, und der letzte Traum von allen kam.

Es war einer jener Träume, in denen Farben und Geräusche und Gerüche lebhaft und wirklich waren, als ob man hellwach wäre, nur am falschen Ort. Er stand am Rande eines wunderschönen stillen Sees, weit und friedlich, an drei Seiten von dichtem, üppigem Waldland umgeben, während sich in der Ferne majestätische Hügel in Stufen zum Gebirge auftürmten. Die Luft unter dem Aquarellblau des Himmels war still und frisch. Vögel sangen. Eine leichte Brise ging durch seine Haare. Es war das perfekte Kricketwetter, und als er an sich herabblickte, sah er, daß er passenderweise nicht nur Hemd, Hose und Schuhe in Weiß trug, sondern gleich auch ein paar Beinschützer. Und das war noch nicht alles, denn zu seinen Füßen im Gras lag etwas, das große Ähnlichkeit mit seinem alten Lieblingsschläger hatte, dem, der während eines Spiels an seinem vierzigsten Geburtstag sehr zur Erheiterung seiner Mannschaftskameraden zerbrochen war. Er hob ihn auf und strich sanft mit den Fingerspitzen über das gelbliche Holz. Kein Zweifel. Es war sein Schläger, auf wundersame Weise wiederhergestellt, so gut wie eh und je, gut geölt und einsatzbereit. Es war, als begegnete er einem alten Freund. Sein eigener Körper schien auch wieder ziemlich gut in Schuß zu sein. Vielleicht nicht ganz so gut wie in der Blüte seiner Jugend, aber gewiß nicht schlechter als die behagliche Fitneß, die er in seinen späten Dreißigern erlebt hatte.

Kräftig schwang er den Schläger ein paarmal durch die Luft. Offenbar hatte seine Ausrüstung zu bedeuten, daß ein Spiel bevorstand. Großartig! Aber wo war das Spielfeld? Als er sich von dem See abwandte, entdeckte er direkt vor sich eine vollkommen rechteckige, absolut ebene Fläche kurz geschnittenen Grases, wie eine kleine Wiese inmitten der Büsche. In der Mitte dieser zehn mal fünf Yards großen Fläche standen die Kricketpfosten, komplett mit einem Paar Querhölzern; und frisch aufgemalt auf dem Gras vor dem Tor waren die weißen Linien, die das Schlagmal und das Wurfmal markierten. Ein komisches Kricketfeld – nur ein Tor, keine

Feldspieler, kein Werfer und keine Schiedsrichter; doch in seinem Traum erschien ihm das alles ganz natürlich. Hier sollte er schlagen. Er würde einfach in Stellung gehen und warten. Irgend jemand würde ihm schließlich schon einen Ball zuwerfen. Ja, es war alles ganz natürlich, und wie herrlich war es, die Chance für einen letzten Schlag zu bekommen.

Als er auf seine Position am Schlagmal ging, seine Schultern streckte und mit dem Ende seines Schlägers auf den Boden klopfte, wie er es immer getan hatte, fragte er sich, was für ein Angriff ihm wohl bevorstand. Vor sich sah er nichts als niedriges, dichtes Unterholz, das sich bis in die Ferne erstreckte, hier und da von einzeln stehenden Bäumen unterbrochen. Dann erschien in weiter Ferne am blaßblauen Himmel über dem Horizont ein winziger Punkt, so klein, daß er ihn kaum sehen konnte. Er beschattete seine Augen mit der linken Hand und starrte angestrengt zu dem fernen Objekt hin. Ganz allmählich nahm es an Größe zu. Immer noch winzig klein, flog das Ding, was immer es war, mit ungeheurer Geschwindigkeit auf ihn zu, und er wußte mit absoluter Sicherheit, wie man nur in Träumen etwas wissen kann, daß dies das Ziel für seinen Schläger war. Dies war das Ding, das er schlagen sollte, und es kam mit jeder Sekunde näher.

»Schlag zu, Crocker! Gib alles, was du hast!«

Die Stimme kam von links. Er warf einen Blick in die Richtung und sah, daß ihr Besitzer auf einem grasbewachsenen Hang saß, in der typischen Haltung eines Kricketzuschauers – ein Bein ausgestreckt, das andere angewinkelt, den Oberkörper zurück auf Ellbogen und Unterarme gelehnt, ein Urbild gelassener Aufmerksamkeit. Er hatte den Mann noch nie zuvor gesehen, doch er wußte, wer es war.

Als er seine Aufmerksamkeit wieder der vor ihm liegenden Aufgabe zuwandte, stellte er fest, daß das näherkommende Ziel Form und Farbe angenommen hatte. Was immer es sonst sein mochte, ein Kricketball war es bestimmt nicht. Die Form war zu unregelmäßig dafür, und die Farben stimmten nicht – blau, rot und weiß, mit einem Anflug von Gelb dazwischen. Es sah fast aus wie ein zu einem Ball zusammengeknüllter bunter Schal oder ein breites Band, das sich formte und verdrehte und wieder formte, während es auf ihn zuwirbelte. Außerdem war es viel, viel größer als ein Kricketball. Die Geschwindigkeit und die Entfernung hatten ihn getäuscht.

Es war eine Schlange – eine riesige Kreatur mit einem bösartigen flachen Kopf, einem spitz zulaufenden Schwanz und einer gräßlich fleischigen Mitte. Jetzt war sie nahe genug, daß er zwei kleine Augen aus dem Kopf schimmern sehen konnte, der ganz reglos blieb, während sich der Rest des Körpers durch die Luft rollte und schlängelte. In ein paar Sekunden würde sie ihn erreicht haben, schwer, bösartig, erstickend, zu besiegen nur durch einen kräftigen Schlag mit dem unverhältnismäßig zierlichen Stück Weidenholz, das im Augenblick still in seinen behandschuhten Händen ruhte. Es war die Chance, um die er gebetet hatte. Nur ein einziger guter Treffer...

»Laß ihn fliegen, Crocks! Laß ihn fliegen!«

Furcht erfaßte ihn, als die Stimme wieder erklang. Er würde wieder versagen. Kalte Angst floß durch seinen Körper und schien die Schatten auf dem kurz geschnittenen Gras zu vertiefen. Es würde alles noch einmal passieren. Er würde dieselben schwächlichen Abwehrschläge führen, die Leute würden enttäuscht aufstöhnen, und das Spiel, der Kampf, der Sieg würden verloren sein – unwiederbringlich verloren.

»Tu es für *mich,* Crocker!«

Eine merkwürdige Illusion – als kämen die Worte in einem Bogen durch die Luft und drängen nicht durch seine Ohren ein, sondern direkt durch die Brust in sein Herz, so daß sie ihn durch und durch wärmten und stärkten, wie er es noch nie zuvor erlebt hatte. Und es war keine Sekunde zu früh. Mit einem wilden Zischen und einem widerwärtigen Gestank kam die Kreatur in Schlagweite und füllte sein Gesichtsfeld aus. Ein kleiner Stich reiner Freude durchfuhr ihn, und er hob seinen Schläger und verabreichte der Schlange einen krachenden, perfekten Schlag genau unter den gefährlich vorzuckenden Kopf. Der Durchschwung war makellos. Trotz seines großen Gewichtes schien der Schlangenleib von dem Schläger zurückgeschleudert zu werden und segelte durch die Luft wieder dahin, woher er gekommen war, wobei sein Maul einen lauten Schrei der Frustration ausstieß, der leiser wurde und verstummte, als der wirbelnde blaurote Kadaver in der Ferne verschwand.

Ein Taumel der Freude erfaßte ihn, als er seinen Schläger fallenließ und seine Lungen mit der süßen reinen Luft füllte. Durch das Unterholz zu seiner Linken führte ein schmaler Pfad. Er folgte ihm, bis er zu dem Hang hin auslief, dann blieb er stehen und blickte auf. Der Mann war aufgestanden, und selbst aus der Ferne war nicht zu übersehen, daß er lächelte. Er trat einen Schritt vorwärts und streckte seine Hand aus...

»Mr. Crocker ist gestorben.«

»Armer alter Kerl. Eigentlich am besten so, was?«

»Ja, du hast recht. Aber er ist zufrieden gegangen. Sieh dir dieses Lächeln an...«

Der Brunnen

Es war einmal ein reicher Landbesitzer, der ein Dorf erbaute und Menschen einlud, zu kommen und darin zu wohnen. Er wies sie darauf hin, daß in der Mitte des Dorfplatzes ein Brunnen in den Boden eingelassen war, und da er ein guter Mensch war, legte er großen Wert darauf, deutlich zu machen, daß jeder Dorfbewohner, und sei er noch so bescheidener Herkunft, gleichermaßen das Recht hatte, jederzeit und in jeder beliebigen Menge Wasser zu schöpfen, insbesondere angesichts der Tatsache, daß eine andere Wasserquelle nicht zur Verfügung stand. Sodann begab er sich auf Reisen, zuversichtlich, daß er bei seiner Rückkehr in ferner Zukunft alles in Harmonie vorfinden würde.

Eine Zeitlang benutzten die Dorfbewohner den Brunnen so, wie der Landbesitzer es vorgesehen hatte, aber allmählich änderten sich die Dinge. Die reicheren und sozial höherstehenden Bürger begannen sich darüber zu ärgern, daß die niederen Elemente des Dorfes *ihnen* das Warten in der Schlange aufzwingen konnten. Das konnte nicht richtig sein. Sie lösten das Problem, indem sie neue Dorfgesetze schufen, die den Zugang zum Brunnen regelten. Von nun an konnte nur noch zu bestimmten festen Zeiten und in bestimmten begrenzten Mengen Wasser geschöpft werden. Außerdem waren jedesmal zwei lange Formulare auszufüllen, und das Schöpfen selbst mußte ein Angestellter der reichen Fraktion besorgen. Damit war nicht nur das Problem mit dem Schlangestehen gelöst, sondern es schreckte die ärmeren Dorfbewohner auch davon ab, selbst zu den festgesetzten Zeiten Wasser zu beantragen. Die Formulare waren sehr lang und kompliziert. Da versuchte man lieber, mit weniger Wasser auszukommen. Die reiche Gruppe dagegen, die über eine bessere Bildung verfügte und mehr Geschmack am Umgang mit dem geschriebenen Wort fand, war mit der neuen Regelung sehr zufrieden. Die Gesetzesänderung rechtfertigten sie, indem sie behaupteten, es sei ein Schriftstück von der Hand des Landbesitzers gefunden worden, das die Anweisung enthielt, so zu verfahren.

Die Zeit verging.

Einige Jahre später verkündete ein intelligenter und sehr redegewandter junger Mann, er sei in allen das Wasser betreffenden Fragen zum Sprecher der armen Leute des Dorfes gewählt worden. Außerdem, so informierte er die herrschende Gruppe, habe auch er ein Schriftstück von der Hand des Landbesitzers entdeckt, in dem ganz unmißverständlich gesagt werde, es sei völlig unnötig, Formulare auszufüllen, um Wasser zu bekommen. Statt dessen sollte jeder Dorfbewohner eine bestimmte Folge von Tanzschritten vollführen, wenn er Zugang zum Brunnen haben wollte. Die Einzelheiten über diesen Tanz, so behauptete er, seien in dem Schriftstück enthalten.

Die anderen verlangten das Schriftstück zu sehen. Er verlangte das ihre zu sehen. Nicht ein einziges Schriftstück kam zutage.

Da sie die Fähigkeit des jungen Mannes fürchtete, Rebellion zu schüren, beschloß die reiche Fraktion, die »Tanzschritt«-Methode des Wassererwerbs für die ärmeren Bürger zuzulassen, während sie selbst sich weiterhin an das Ausfüllen der Formulare hielten.

Von nun an waren am Brunnen zwei offizielle Wasserschöpfer stationiert. Der eine inspizierte Formulare und schöpfte zu festgesetzten Zeiten Wasser, wenn die Formulare korrekt ausgefüllt waren; der andere begutachtete die Ausführung der vorgeschriebenen Tanzschritte und verfuhr entsprechend. Neuankömmlinge im Dorf waren verpflichtet, eine dieser Methoden für den Erwerb von Wasser zu übernehmen, und eine andere Quelle gab es nicht. Gelegentlich kam es vor, daß ein Dorfbewohner vom Formularausfüller zum Tänzer wurde oder umgekehrt, aber nicht sehr oft.

Als die Jahre vergingen, konnte sich allmählich niemand mehr recht an die Ursprünge dieser Unterschiede erinnern, doch da das System einigermaßen funktionierte, schien das auch keine Rolle zu spielen. Das einzige Problem war, daß es bisweilen doch recht viel Betrieb rund um den Brunnen gab.

Schließlich kehrte der Landbesitzer unerwartet in das Dorf zurück. Als er den Brunnen erreichte, wurde er von den beiden offiziellen Wasserschöpfern begrüßt und gefragt, ob er Formulare ausfüllen oder den Tanz vorführen wolle. Verwirrt fragte er sie, was sie damit meinten. Sie erklärten ihm, soviel sie wüßten, hätte die Person, die das Dorf erbaut habe, ein Gesetz erlassen, daß Wasser nur an Formularausfüller oder Tänzer ausgegeben werden dürfe. Sie hofften, so fügten sie hinzu, daß der Landbesitzer bald zurückkehren werden, damit sie ihn überreden könnten, einen zweiten Brunnen zu bohren. Das würde alles soviel klarer und praktischer machen.

Der Landbesitzer weinte.

Der Besuch

– 1 –

Unsere Kirchengemeinde war eigentlich immer ganz in Ordnung. Wir machten alles, was Kirchengemeinden machten, so gut, wie es nur gemacht werden konnte, und wir sprachen mit Ehrfurcht und angemessener Dankbarkeit von unserem Gründer. Wir sagten, wie gern wir ihm begegnet wären, als er auf der Erde lebte, und wie sehr wir uns darauf freuten, ihn in ferner Zukunft einmal zu sehen.

Die unerwartete Nachricht, daß er uns jetzt, in der Gegenwart, einen ausgedehnten Besuch abstatten würde, war, gelinde gesagt, sehr beunruhigend. All unsere selbstbewußten Sprüche über »den Glauben« blieben uns im Halse stecken. Leute, die immer recht fröhlich gewirkt hatten, blickten jetzt ziemlich besorgt drein. Diejenigen, die früher betrübt gewesen waren, schienen sichtlich aufzuheitern.

Ein Mann, der immer gesagt hatte, »der Gedanke der Versöhnung« sei »typisch jüdisch«, wurde extrem nachdenklich. Ein anderer, der einen Aufsatz mit dem Titel »Die wahre Bedeutung des Auferstehungsmythos« veröffentlicht hatte, schloß sich dem Mittwochs-Gebetskreis an und entwickelte eine viel offenere Haltung. Die Verzweifelten zählten einfach nur die Tage.

Jeder von uns, glaube ich, reagierte auf die Nachricht auf seine eigene Weise, doch was wir wohl alle gemeinsam hatten, war der Eindruck, daß unser Spiel (wenn es auch für manche ein sehr aufrichtiges und bedeutsames Spiel gewesen war) vorbei war. Wenn er kam, gab es kein So-tun-als-ob mehr. Er würde uns durchschauen.

Was mich betrifft, so freute ich mich auf sein Kommen, vorausgesetzt, es »klappte« alles – wenn Sie verstehen, was ich meine. Ich war ein Organisator, ein Macher. Mein Job war es, das Gemeindeleben in Ordnung zu halten, dafür zu sorgen, daß die richtigen Leute an die richtigen Stellen gerieten und die richtigen Dinge taten, und es machte mir Spaß, diesen Job gut zu machen. Sicher, ich war keiner von den supergeistlichen Typen, aber ich lächelte und sang sonntags wie alle anderen, und die meisten Leute schienen mich zu mögen und zu respektieren. Gott? Nun ja, ich nehme an, meine Beziehung zu Gott war ein bißchen so wie eine Ehe ohne Sex – wenn ich ehrlich bin. Ich kam ihm niemals sehr nahe. Dennoch – ich gab mir redliche Mühe und war der Meinung, ich müsse mir zumindest ein kleines möbliertes Zimmer im Himmel verdient haben, wenn auch vielleicht keine Villa.

Mein Job war es also, den Besuch unseres Gründers zu organisieren, dafür zu sorgen, daß alles glatt ging und ganz allgemein die Oberaufsicht über das ganze Ereignis zu führen. Binnen kurzem hatte ich ein Programm für den Tag seiner Ankunft auf die Beine gestellt und sogar schon geregelt, bei wem er untergebracht werden würde. Darüber gab es ein paar kleine Rangeleien. Jemand sagte, es sollte jemand sein, der zu Hause genauso sei wie in der Kirche, worauf ein anderer erwiderte, in dem Falle müsse er in ein Hotel gehen, doch am Ende entschied ich einfach, wer es sein würde, und damit hatte es sich.

Mein Hauptproblem war, daß ich ihn nicht im voraus kontaktieren konnte, um die Vorbereitungen abzusprechen. Im Grunde wußte ich nur, daß er am Sonntag zum Abendgottesdienst eintreffen würde, aber ich machte mir keine Sorgen. Nach meiner Erfahrung war es Besuchern sehr lieb, sich einfach in einen klaren Ablauf einzufügen, und ich ging davon aus, daß gerade er keinen Wert darauf legen würde, das sorgfältig ausbalancierte Boot eines anderen ins Schaukeln zu bringen. Ist es nicht komisch, wenn man zurückblickt und sich daran erinnert, derartig lächerliche Gedanken gedacht zu haben? Aus meiner damaligen Sicht erschien es ganz vernünftig, und es lag mir so in Fleisch und Blut, lose Enden zu verknüpfen (selbst wenn es manchmal nichts zu verknüpfen gab), daß mir nie der Gedanke kam, daß jemand, in dem sich das Wesen und der Geist der Schöpferkraft verkörperte, vielleicht seine eigenen losen Enden mit sich bringen könnte.

Als der Tag des Besuchs näherrückte, nahm eine Art sanfter Panik von der Gemeinde Besitz. Eine Dame sagte, ein Besuch »im Fleisch« ließe ihrer Meinung nach Geschmack vermissen und drohe die Reinheit ihrer Gottesschau zu korrumpieren; ein anderer meinte, das ginge ihm »zu weit«. Ein Mann, der bisher als höchst heiligmäßiger Charakter gegolten hatte, gestand eine Reihe recht erschreckender Sünden, wodurch er in den Augen der Gemeinde erheblich an Bewunderungswürdigkeit verlor, dafür aber viel interessanter und nahbarer wurde. Eine nette alte Dame trat mir eines Abends im Gemeindesaal in den Weg und stellte mir ängstlich die Frage, die vermutlich die meisten von uns umtrieb: »Stimmt es, daß er... alles weiß, was wir denken?«

Auf Fragen wie diese wußte ich keine Antwort. Ich wollte nur, daß alles wie am Schnürchen lief und freute mich wie immer auf die Zeit, wenn alles vorüber war und wir zurückblicken und sagen konnten: »Es hat wirklich alles hervorragend geklappt« und »War das nicht der Mühe wert?« Ich fürchte, es sollte noch eine Weile dauern, bis ich lernte, Erfahrungen nicht sicher in der Vergangenheit zu verstauen, bevor sie eine Chance gehabt hatten, mich zu verändern.

Wie auch immer – endlich kam der Sonntag, und pünktlich traf er ein.

Nun, ich weiß, daß es furchtbar klingt, so etwas zu sagen, aber zuerst sah es so aus, als würde es eine schreckliche Enttäuschung werden – ein Reinfall. Er war nicht ganz das, was wir erwartet hatten. Irgendwie zu... real. Auch seine Ankunft war merkwürdig. Nach meiner Planung sollte sie ein großes Ereignis werden – vielleicht lag ich falsch, aber ich hoffte auf so eine Art großen Auftritt.

Alles war fertig, jeder war an seinem Platz, als wir plötzlich merkten, daß der Mann, auf den wir warteten, schon da war und still in der letzten Reihe saß. Um ehrlich zu sein, ich hätte ihn gar nicht erkannt, aber glücklicherweise erkannte ihn jemand anderes und bat ihn, nach vorn zu kommen.

Nun, ich dachte gerade: »Großartig, dann können wir ja jetzt anfangen«, aber ich hatte noch nicht einmal zu ihm gesprochen, als er sich schon zur Gemeinde umdrehte und sagte (das werden Sie jetzt nicht glauben): »Hätte vielleicht jemand ein Sandwich für mich?« Nun, einige Leute lachten, aber eine alte Dame ging geradewegs nach hinten in die Küche und machte ihm ein Sandwich und eine Tasse Tee, und als sie ihm die Sachen brachte, setzte er sich einfach auf die Altarstufen und verzehrte sie ohne das geringste Zeichen der Verlegenheit.

Das warf mich völlig aus der Bahn. Ich hatte eine Kopie des Programms in meiner Hand, aber als ich mich weit genug zusammengerissen hatte, um auf ihn zuzutreten, stand er auf, drehte sich um und sah mich an, und ich konnte es ihm einfach nicht geben. Ich kann den Blick nicht beschreiben, mit dem er mich ansah. Beinahe hätte ich losgeheult und auf ihn eingeschlagen. Das klingt lächerlich, nicht wahr, aber unter seinem Blick kam ich mir vor wie ein Idiot, und ich gebe zu, daß ich mich auch auf eine seltsame Weise schämte. Aber warum nur?

Jedenfalls wandte er sich wieder der Gemeinde zu und sah sie an, als hielte er in einer Menschenmenge nach einem Freund Ausschau. Er schien nach einem bekannten Gesicht zu suchen. Dann winkte ihm jemand zu, und an dieser Stelle wurde die Sache schlicht und einfach albern. Er rannte den Gang hinab und legte seine Arme um diese Frau in der vierten Reihe, und sie fing an zu weinen, und er sagte etwas zu ihr, das niemand von uns verstehen konnte, und dann standen noch ein paar andere Leute auf und gingen zu ihm hinüber, bis sich eine richtige kleine Menschenmenge gebildet hatte, mit ihm in der Mitte.

Es war bizarr. Wissen Sie, da saßen Leute immer noch auf ihren Plätzen und schauten nach vorn, offensichtlich verlegen und unsicher, was sie tun sollten, während drüben an der Seite diese kleine Menschentraube lachte und weinte und einen Riesenlärm veranstaltete. Dann... hörte der ganze Lärm auf. Ganz plötzlich, als er seine Hand hob, herrschte absolute Stille.

Drüben auf der anderen Seite der Kirche saß ein junger Bursche wie gelähmt da, den Blick starr nach vorn gerichtet. Sein Gesicht war weiß, seine Hände krampften sich auf den Knien zusammen, und er schien sich durch schiere Willensanstrengung zusammenzuhalten. Dann kamen diese wenigen Worte, die ihn irgendwie aus seiner Starre zu erlösen schienen.

»Mach dir keine Sorgen.« Das war alles. Einfach »Mach dir keine Sorgen«, und schon schoß dieser junge Bursche quer durch die Kirche und kam auf den Knien schlitternd zum Halten. Und dann fing alles wieder an – der Lärm meine ich –, und dann gingen sie alle hinaus. Sie gingen einfach... hinaus.

Ich folgte ihnen zur Tür und schaffte es tatsächlich, seinen Jakkenärmel zu erwischen.

»Entschuldigung«, sagte ich, »ich dachte, wir würden alle zum Gottesdienst zusammenbleiben.«

»Natürlich«, sagte er und lächelte, »bitte komm mit uns.«

Ich wußte einfach nicht, was ich tun sollte.

»Aber wir halten den Gottesdienst normalerweise in der Kirche ab.«

»Möchtest du nicht lieber mit mir kommen?«

Nun, das hätte ich tatsächlich lieber getan, aber ich wußte nicht, wohin er ging. Ich hatte gedacht, er würde sich bei uns einfügen, und jetzt schien er so... planlos.

»Wohin gehst du?« fragte ich.

Er blickte die Straße hinauf und hinab (und jetzt kommt noch etwas, das Sie nicht glauben werden), deutete über die Straße und fragte: »Wie ist es in dieser Kneipe da drüben?«

»Da geht es ehrlich gesagt ein bißchen rauh zu«, sagte ich, und ich wußte sowieso, daß zwei oder drei von den Leuten, die bei ihm waren, aus Prinzip keinen Fuß in eine Kneipe setzen würden. Zumindest dachte ich, daß ich das wüßte, denn sie folgten ihm alle hinein; junge Burschen, alte Jungfern, alte Männer – der ganze Haufen. Ich war sprachlos.

Eine halbe Stunde lang stand ich neben dem Kirchenportal, und ungefähr um halb acht kam er wieder heraus, und ich schwöre Ihnen, es folgten ihm mehr Leute heraus als hinein. Alle schwärmten sie zurück über die Straße zur Kirche, und er sagte zu mir: »Dürfen wir jetzt wieder hinein?«

Und so kamen sie alle wieder hinein und setzten sich. Was heißt, sie setzten sich – sie hockten sich auf die Rückenlehnen, ließen sich im Schneidersitz auf dem Boden nieder, lümmelten sich auf die Heizkörper, wie es ihnen gerade paßte, und er fing an, zu ihnen zu sprechen. (Alle, die in der Kirche geblieben waren, waren inzwischen gegangen, einschließlich der Dame, bei der er untergebracht werden sollte.)

Und jetzt kommt das, was ich nicht verstehe. Er hatte mir meinen Gottesdienst verdorben, alles war schiefgegangen, und ich kam mir wie ein Idiot vor, doch ich wollte nichts mehr, als mich auf den Boden zu setzen und ihm zuzuhören – und ich hatte das Gefühl, daß er genau das von mir wollte.

Aber ich tat es nicht.

Ich ging nach Hause.

Wissen Sie, ich hatte nicht mehr geweint, jedenfalls nicht richtig, seit ich ein kleiner Junge gewesen war, aber an jenem Abend saß ich zu Hause und heulte mir die Augen aus dem Kopf. Dann, ganz plötzlich, wußte ich, was ich zu tun hatte. Ich stürmte aus dem Haus und rannte zurück zur Kirche. Alles war so still, als ich dort ankam, daß ich dachte, es müßten alle weg sein, doch als ich eintrat, saß er allein dort. Ein warmes Lächeln lag auf seinem Gesicht.

»Du hast dir Zeit gelassen«, sagte er. »Ich habe auf dich gewartet. Ich übernachte heute bei dir.«

– 2 –

An dem Tag, als unser Gründer jenen großen Aufruhr verursachte, indem er persönlich in die Kirche zurückkehrte, hätte ich beinahe meine Chance versäumt, mit ihm zusammenzusein, größtenteils deshalb, weil ich seine Weigerung, sich in meine Pläne einzufügen, nicht akzeptieren konnte. Das regelte sich, und er kam sogar für einige Zeit in mein Haus, um bei mir zu wohnen, bis wir etwas Passenderes gefunden hatten.

Man sollte meinen, ich hätte meine Lektion gelernt, nicht wahr? Hatte ich nicht.

Ich wohnte und arbeitete mit ihm zusammen, sah ihn ein paar erstaunliche Dinge tun, fing sogar an, ihn zu lieben, doch ich wurde immer gereizter über seine Art, sich von nebensächlichen Dingen ablenken zu lassen – oder Dingen, die ich als nebensächlich betrachtete. Ich hatte immer noch nicht gelernt, daß alles, was er tat, seinen Grund hatte. Immer.

Infolge des Zorns, der sich in mir aufstaute, verlor ich ihn erneut, und diesmal wäre es beinahe endgültig gewesen.

Es geschah ein paar Monate nach seiner Ankunft, aber noch bevor er sehr bekannt wurde, und der Ort des Geschehens war London. Er war noch nie dort gewesen, doch nun war er gebeten worden, zu einer Gruppe in der Stadt zu sprechen; also fuhr er hin, und ich begleitete ihn. Praktische Dinge wie Geld und Fahrkarten und Uhrzeiten waren nicht immer seine Sache. Meine Aufgabe bestand einfach darin, dafür zu sorgen, daß er dahin kam, wohin er sollte.

Wir mußten am Ende unserer Reise mit der U-Bahn vom Kings Cross zum Victoria-Bahnhof fahren, und das war schon keine einfache Sache. Ich war müde, der Zug gerammelt voll, und als wir endlich ankamen, blieb er dauernd auf dem Bahnsteig stehen und starrte die Leute an, die sich um ihn herum und an ihm vorbei drängten. Ich schaffte es jedesmal, ihn irgendwie zum Weitergehen anzustoßen, doch als wir uns dem Fuß der Rolltreppe näherten, hielt er wieder an und stand wie ein Fels in der Brandung und war keinen Millimeter mehr vom Fleck zu bekommen.

Wir waren ohnehin schon spät dran, und ich spürte, wie meine Geduld nachließ, als der Knoten des Zorns, der inzwischen ständig in meinem Magen lag, sich noch etwas enger zusammenzog. Dennoch hatte ich ihn inzwischen gut genug kennengelernt, um zu wissen, daß er sich nicht davon abbringen ließ, wenn er sich einmal etwas in den Kopf gesetzt hatte; nicht, solange er nicht etwas unternommen hatte – das Richtige nämlich. Man merkte es immer sofort, wenn er zu dem Schluß kam, »das Richtige« getan zu haben. Sein Gesicht entspannte sich, und er lächelte wie ein glückliches Kind.

Als ich ihn fragte, was los sei, deutete er zu der gekachelten Seitenwand hinüber, wo ein alter einarmiger Mann unglaublich schlecht und, nach der erbärmlichen Handvoll Kupfermünzen in dem Hut zu seinen Füßen zu urteilen, ohne großen Erfolg Mundharmonika spielte.

Er sah den alten Mann einen Augenblick lang an und wandte sich dann mit einem ziemlich verzweifelten Ausdruck im Gesicht zu mir und fragte: »Was sollen wir tun?«

»Wirf etwas Geld in seinen Hut«, sagte ich, »wenn du willst. Aber was du auch tust, bitte beeil dich, wir müssen weiter!«

Er klopfte sich auf die Taschen seines Jacketts. Es war ein sehr schickes Jackett. Ich hatte es geschafft, ihn zu überreden, wenigstens ein wirklich schickes Kleidungsstück zu kaufen, das er bei Gelegenheiten wie der heutigen tragen könnte.

»Ich habe kein Geld«, sagte er. »Hast du welches?«

Wir zwängten uns durch die Menge hinüber zu dem Mann und warfen etwas in seinen Hut. Als er die Banknote zwischen seiner kleinen Sammlung von Kupfermünzen sah, verschluckte der Alte beinahe seine Mundharmonika. Dann ließen wir uns von der Menge weiter schieben und waren bald sicher auf der Rolltreppe eingekeilt.

Inmitten des Lärms der Maschinen, der Stimmen und des verklingenden Jaulens der Mundharmonika drehte ich mich um und sah in sein Gesicht – um mich zu vergewissern, nehme ich an. Mein Herz sank hinab. Kein entspanntes Lächeln. Sein Blick war voller Sorge und Verzweiflung, und ich glaube, ich wußte, was er tun würde, noch bevor er es tat.

Plötzlich war er weg und bahnte sich seinen Weg zurück, die Rolltreppe hinab, bis ich ihn aus den Augen verlor. Als er ging, schnappte ich nur noch die Worte auf: »Warte oben auf mich.«

Als ich oben war, schäumte ich vor Wut. Die Zeit wurde jetzt wirklich knapp, und wir waren unterwegs zu einer wichtigen Versammlung, und er vermasselte alles!

Ich lehnte mich an einen Fahrkartenautomaten und wartete.

Nach einer Ewigkeit, wie mir schien, tauchte sein Gesicht allmählich über dem Rand der Rolltreppe auf, strahlend vor Zufriedenheit – das war ja auch in Ordnung –, doch als der Rest seiner Gestalt in Sicht kam, packte mich die kalte Wut. Er trug eine scheußlich gemusterte Jacke, die lächerlich klein für ihn war und bei der, noch absurder, ein Ärmel an der Schulter abgeschnitten und zugenäht worden war.

Ich glaube, ich redete nicht einmal mit ihm, so wütend war ich.

Ich stampfte einfach davon und nahm an, er würde es nicht wagen, noch etwas zu tun, das uns aufhalten würde. Als wir den Saal erreichten, wo er sprechen sollte, fürchte ich, war ich in keinem sehr guten Zustand. Bedenken Sie, ich verstand ihn damals noch nicht so gut, wie ich es später tat, und ich nahm es schrecklich wichtig, was die Leute von ihm dachten – von uns – na schön, von mir.

Mir graust, wenn ich daran denke, wie ich mich in diesem Augenblick fühlte und was ich tat. Als wir uns anschickten, die Stufen zu der großen Doppeltür emporzusteigen, schaute ich diese absurde Gestalt an, die soviel für sich in Anspruch nahm und sich dennoch manchmal verhielt wie ein schwächlicher Dummkopf, und um es geradeheraus zu sagen – ich schämte mich seiner. Ich blieb absichtlich am Fuß der Treppe zurück und sah zu, wie eine kleine Traube angespannt aussehender Männer ihn hereinzog. Selbst von meinem Standort aus konnte ich sehen, wie sie ihn in seiner lächerlichen Varieté-Jacke schief anstarrten.

Der nächste Moment brannte sich mir tief ins Gedächtnis ein. Er wandte sich um und sah mich an, nicht voller Zorn oder Verärgerung, sondern voller Verwirrung und Not. Er brauchte seinen Freund an seiner Seite in jener fremden Umgebung. Doch ich hatte mich schon in die Dunkelheit zurückgezogen, außer Sicht, und ich war nicht da.

Das war der Augenblick, in dem ich ihn verlor – nicht auf der Rolltreppe. Ich wartete an jenem Abend nicht, bis er wieder herauskam, und bis heute weiß ich nicht, wie sein Vortrag war oder wie er ohne Fahrkarte nach Hause kam oder sonst irgend etwas.

Ich versuchte nicht, wieder Kontakt zu ihm aufzunehmen. Ich ging nicht mehr in die Kirche und mied Orte, an denen wir uns begegnen könnten. Die nächsten paar Monate versuchte ich mich selbst davon zu überzeugen, daß ich ohne ihn besser dran sei, doch insgeheim wußte ich, nehme ich an, daß ich das Wichtigste verloren hatte, das ich je gehabt hatte. Es war das zweite Mal gewesen, daß ich ihm den Rücken gekehrt hatte, seit wir uns begegnet waren, und ich nahm an, daß er keinen besonderen Wert darauf legen würde, mich wiederzusehen, nachdem ich ihn im Stich gelassen hatte, als er mich am meisten brauchte.

Als ich ihn schließlich dennoch wiedertraf, war er mittlerweile im ganzen Land bekannt geworden. Er hatte sich eine Menge Freunde und auch ein paar ziemlich bedeutende Feinde gemacht. Wegen der Heilungen und den großen Versammlungen wurde ständig in den Zeitungen und im Fernsehen über ihn berichtet, und jedesmal, wenn ich sein Gesicht sah, wallte in mir eine gewaltige Traurigkeit auf, und ich mußte mich mit etwas anderem beschäftigen – schnell. Ich hatte mich wegen einer blödsinnigen Jacke und wegen meines eigenen törichten Stolzes selbst abgeschnitten. Immer wieder verfluchte ich mich.

Eines Sommermorgens, als meine Arbeit mich wieder einmal nach London geführt hatte, machte ich einen Spaziergang durch den Park in der Nähe meines Hotels, und da saß er ganz allein auf einer Bank am Wegesrand. Er blickte auf einen ungeöffneten Brief, den er auf Armeslänge vor sich hielt, als könne er jeden Augenblick explodieren. Mein ganzes Wesen, bis auf den kleinen Teil, der wirklich zählt, beschloß umzukehren, bevor er mich sah. Ich tat es nicht. Ich ging vorwärts und setzte mich leise, aber steif neben ihn, den ganzen Körper gespannt in der Erwartung, abgewiesen zu werden. Der Ausdruck auf seinem Gesicht, als er sich mir zuwandte, war kein Ausdruck der Überraschung. Es war eine Mischung aus tiefer Freude und Erleichterung, ohne eine Spur von Groll. Ich war den Tränen zu nahe, um zu sprechen, doch er reichte mir den Brief und sagte: »Ich fürchte, das könnte eine schlechte Nachricht sein. Würdest du ihn bitte aufmachen und mir sagen, was darin steht?« Er drehte den Kopf und blickte, ohne zu sehen, über den Park hinweg, während ich den Brief mit ziemlich zittrigen Händen öffnete und ihn laut vorlas.

Es war eine schlechte Nachricht. Einer seiner engsten Freunde, jemand, der ihn von Anfang an willkommen geheißen und seine Vision geteilt hatte, war nach einem schweren Herzanfall ganz plötzlich gestorben.

Als ich fertig gelesen hatte, passierte etwas Merkwürdiges. Er schloß die Augen, und von irgendwo tief in seinem Innern stieg ein Seufzer auf. Gleichzeitig ging eine Brise über das Gras und raschelte in den Blättern der Bäume, die entlang des Weges standen. Es war, als seufzte die natürliche Welt sanft vor Mitgefühl für ihn.

Dann war der Moment vorbei.

Er wandte sich wieder zu mir und sagte: »Ich bin froh, daß ich Zeit für ein bißchen Schmerz hatte, und ich bin froh, daß du hier bei mir warst. Und jetzt...«

»Jetzt?« fragte ich. »Was willst du, daß ich tue... jetzt?«

»Tun? Ich will, daß du tust, was du immer getan hast. Ich komme dauernd mit Leuten zusammen – jeden Tag. Ich möchte, daß du mich organisierst, mich antreibst, mir hilfst, ihnen zu helfen. Du kannst sogar... meine Jacken für mich aussuchen, wenn du willst.«

Ich mußte ihm die Frage stellen. »Sieh mal! Könntest du mir sagen... warum es damals in der U-Bahn so wichtig für dich war, zurückzugehen und die Jacken zu tauschen? Es schien so eine sinnlose Geste zu sein. Ich meine... was nützt eine Jacke mit zwei Ärmeln einem einarmigen Mann?«

Er sah mich einen Augenblick lang fest an und lächelte dann scheu. »Gar nichts«, sagte er. »Eigentlich bin ich auch gar nicht zurückgegangen, um die Jacken zu tauschen, aber am Ende hatte ich den Eindruck, daß ich es tun mußte.«

»Mußte?«

Sein Lächeln wurde breiter. »Man kann schließlich einen Mann nicht mit einem neuen Arm stehenlassen, ohne daß er einen Ärmel dafür hat, oder?«

Er nahm mir den Brief und den Umschlag aus der Hand, stand auf und ließ beides bedächtig in den Papierkorb fallen.

»Kommst du mit?« fragte er und setzte sich zielstrebig quer durch den sonnenbeschienenen Park in Bewegung.

Ohne ein Wort stand ich auf und folgte ihm der Stadt entgegen.

– 3 –

Ich wollte ein Wunder sehen.

Nur ein einziges.

Ein einziges solides, absolut unbestreitbares, vergoldetes Wunder, das vor meinen eigenen Augen geschah.

Ein kleines würde reichen – damit würde ich zufrieden sein. Ein gewöhnliches kleines Wunder.

Die Sache hatte hauptsächlich zwei Haken.

Erstens wollte ich nicht zu den Leuten gehören, die es nötig hatten, Wunder zu sehen. Ich wollte jenen tiefen, beeindruckenden Glauben haben, der zum Beispiel wundersame Heilungen stillschweigend als schlichte Bestätigung dessen hinnahm, was ich ohnehin schon glaubte.

Zweitens verpaßte ich dauernd welche. In den Wochen, nachdem unser Gründer seinen Besuch in der Kirche angetreten hatte, war bald deutlich geworden, daß er beabsichtigte, in den Achtzigern die gleichen Dinge zu vollbringen, die er in der fernen Vergangenheit vollbracht hatte, und dazu gehörten auch wundersame Heilungen. Wie üblich lagen die Reaktionen der Leute zwischen Faszination und Feindseligkeit, stark gewürzt mit Furcht. Wie er selbst es ausdrückte, was eine Menge Leute eigentlich von ihm wollten, war eine Stunde Wort zum Sonntag, zwei Refrains von »My Way« und ein hübscher, sauberer Abgang durchs Oberlicht.

Doch der Besuch dauerte an, und ebenso die Heilungen.

Es gab keine Regeln bezüglich Zeit und Ort, soweit ich feststellen konnte. Es konnte ein Kind in einem Supermarkt oder eine gehbehinderte Person zu Hause oder ein alter Mann in einer Kneipe sein. Das einzige, was all diese Vorfälle (aus meiner Sicht) gemeinsam hatten, war, daß ich nie ganz dabei war, um sie zu sehen.

Nach unserem Mißverständnis bei seiner Ankunft hatte ich zu lernen angefangen, daß Formeln und Listen und Strukturen nicht so wichtig waren, wie ich immer gedacht hatte. Dennoch sagte er, ich solle mein Talent als Organisator weiterhin gebrauchen, damit er die Freiheit hätte, sich mit den Menschen zu beschäftigen. Das tat ich denn auch, und infolgedessen war ich meistens beschäftigt, insbesondere zumal ich damals noch voll berufstätig war. Mir schien, daß ich jedesmal gerade die Kirche verlassen hatte, gerade um eine Straßenecke gebogen war oder gerade für einen Moment aus der Kneipe gegangen war, wenn an dem Ort, an dem ich mich eben noch befunden hatte, ein Wunder geschah. Später stürmte dann jemand aufgeregt auf mich zu und sagte: »Du wirst nicht glauben, was passiert ist, nachdem du heute morgen gegangen bist. Es war völlig unfaßbar...« und so weiter.

Es fiel mir immer schwerer, auf derartige Neuigkeiten mit der rechten Begeisterung zu reagieren. Es kostet ungemeine Mühe, die Augenwinkel zu einem christlichen Lächeln zu falten und »Mensch, wie wunderbar!« zu sagen, wenn man in Wirklichkeit eine Grimasse schneiden und sagen möchte: »Ach ja, und du hast es gesehen, nicht wahr, und ich wieder einmal nicht, nicht wahr?«

Verstehen Sie mich recht, es war nicht etwa so, daß ich nicht an Heilungen geglaubt hätte. Es war nur, daß... ich nicht an sie glaubte. Es ist schwer zu erklären, was ich meine. Ich kannte einige von den Leuten, die gesund gemacht wurden. Ich kannte sie, bevor sie geheilt wurden, und ich kannte sie hinterher. Es war eindeutig etwas Erstaunliches passiert, und ich staunte pflichtschuldig darüber und war jederzeit bereit, die Authentizität ihrer Erfahrungen gegen jedermann zu verteidigen. Aber ein Teil von mir, vielleicht das kleine Kind in mir, das Angst davor hatte, von den Erwachsenen hereingelegt zu werden, wollte es wenigstens einmal tatsächlich *sehen*.

Nun sagen Sie mir vielleicht: »Warum haben Sie ihm nicht einfach gesagt, was Sie empfinden? Sie hätten ihn doch bitten können, Ihnen das nächste Mal, wenn etwas passieren würde, einen Tip zu geben.« Und ich stimme zu, daß sich das sehr vernünftig anhört. Tatsache war jedoch, daß sein Verhalten nicht leichter vorauszusehen oder festzunageln war wie bei seinem ersten Besuch vor vielen, vielen Jahren. Ich konnte nie ganz sicher sagen, wie er auf Fragen oder Bemerkungen oder Leute oder Ereignisse reagieren würde. Dachte ich gerade, ich hätte jetzt durchschaut, was er in einer bestimmten Situation tun würde, tat er prompt etwas völlig anderes und wies mich sogar zurecht, wenn ich etwas sagte, von dem ich mir selbstgefällig einbildete, es wäre genau die ermutigende Bemerkung, die er jetzt brauchte.

Ich erinnere mich, wie er einmal mit jemandem in dem kleinen Hinterzimmer zusammensaß, das wir für Gespräche und Seelsorge benutzten. Ich weiß nicht mehr, wer es war, aber er oder sie hatte gerade eine furchtbare Erfahrung hinter sich und bat darum, mit ihm allein sprechen zu dürfen. Ich saß derweil im großen Saal der Kirche, drehte Däumchen und wartete auf ihn, als durch den Haupteingang eine kleine Schar von Kindern hereingepoltert kam, die »den netten Mann« sehen wollten. Nun, er war immer gern mit Kindern zusammen, und ich glaubte, ihn gut genug zu kennen, um zu erraten was das Richtige war; also sagte ich ihnen in bester Absicht, sie sollten nach hinten gehen und ihn suchen.

In bester Absicht! Jetzt werde ich Ihnen sagen, was ich in Wirklichkeit dachte. Zwei Dinge gingen mir durch den Kopf, und zwar in folgender Reihenfolge.

Zuerst sagte mir mein gesunder Menschenverstand, daß die Kinder warten sollten, bis er sein wahrscheinlich heikles und sehr persönliches Gespräch beendet hatte. Diesem völlig vernünftigen Gedanken folgte auf dem Fuße die Erinnerung an eine andere Gelegenheit, als Kinder ihn sehen wollten und seine Freunde sie daran gehindert hatten. Ich nahm mir eine Bibel von dem Stapel neben mir und blätterte darin, um die Stelle nachzuschlagen. Ja, da stand es schwarz auf weiß. Matthäus, Kapitel neunzehn, Vers vierzehn: »Lasset die Kinder und wehret ihnen nicht, zu mir zu kommen.« Eine andere Situation, aber dasselbe Prinzip, oder nicht? Ich würde nicht denselben Fehler machen, den diese Burschen damals machten. Vielleicht konnte ich mir sogar ein Wort des Lobes für meine Besonnenheit verdienen.

Wieder falsch. Er war nicht zufrieden. Die Kinder kamen fast sofort wieder zurück. Ihre Fröhlichkeit schien ungetrübt, doch als er schließlich zu mir zurückkehrte, machte er mir unmißverständlich klar, daß mein erster Impuls seiner Ansicht nach richtig gewesen wäre.

Meine Wangen brennen jetzt noch, wenn ich daran denke, wie ich in jenem Moment, abwehrend und verwirrt, die Bibel immer noch aufgeschlagen auf meinen Knien liegend, nahe daran war, aus der Schrift zu zitieren, um ihn auf den geraden, schmalen Weg zurück zu führen. Er wußte, was ich dachte. Er wußte es immer. Er deutete auf die Bibel. »Dieses Buch«, sagte er, »ist wie der Sabbat. Es ist für euch gemacht, nicht umgekehrt.«

Diesen Punkt betonte er immer wieder auf vielerlei Weise gegenüber verschiedenen Leuten. Nie hörte er auf, erstaunt und bestürzt darüber zu sein, wie den Leuten offenbar Regeln und Gesetze und festgelegte Verfahrensweisen lieber waren als das, was er einmal die »organisierte Verrücktheit der Liebe« nannte. Das Problem für mich bestand darin, daß diese organisierte Verrücktheit darin bestehen konnte, das Vernünftige zu tun, und ebensogut darin, auf dem Wasser zu gehen. Ich entschied mich dauernd für das Falsche, und deshalb war ich nicht allzu begierig darauf, das Thema Wunder zur Sprache zu bringen. Ich hatte das unbehagliche Gefühl, daß er meine Frage glatt durchschauen und mit einer Gegenfrage beantworten würde. Etwa »Wer glaubst du, daß ich bin?« Die absolut ehrliche Antwort auf diese Frage hätte lauten müssen: »Das sage ich dir, wenn ich ein Wunder gesehen habe.« Mit anderen Worten, ich hatte den Verdacht, daß die Wurzel meines Problems schlicht und einfach der wohlbekannte alte Zweifel sein könnte.

Die ganze Sache spitzte sich zu, als meine alte Mutter aus dem Krankenhaus nach Hause geschickt wurde, nachdem eine diagnostische Operation ergeben hatte, daß sie an inoperablem Krebs litt. Man gab ihr noch einen Monat zu leben, und ich war der einzige, mit dem sie diesen Monat verbringen konnte; also brachte ich sie in einem Zimmer im Parterre unter und nahm mir Urlaub, um bei ihr sein zu können.

Meine Beziehung zu meiner Mutter war immer ein schmerzliches und schuldbeladenes Feld für mich gewesen. Soweit ich es ermessen konnte, hatte sie offenbar schon als Kind eine Aura des Enttäuschtseins und des Pessimismus übergestreift wie einen Mantel, und sie schien entschlossen zu sein, diesen Mantel bis zu ihrem Tod zu tragen. Ihre einzige liebevolle Erinnerung, oder die einzige, die sie mir gegenüber je erwähnte, war die an ihren Vater, der gestorben war, als sie sieben gewesen war. In einem seltenen Augenblick der Vertrautheit erzählte sie mir, daß nur die Erinnerung an seine vor Liebe strahlenden Augen sie durch die Jahre nach seinem Tod getragen hätten. Von ihrer Mutter wurde sie abgelehnt, und sie ging früh eine katastrophale Ehe mit meinem Vater ein, der uns beide bis zu seinem Tod vor einigen Jahren tyrannisierte und vernachlässigte. Schon früh in ihrem Leben schien sie zu dem Schluß gekommen zu sein, es sei gefährlich, sich verletzlich zu zeigen, und deshalb beschlossen zu haben, nie wieder verletzlich zu sein. Infolgedessen wuchs ich inmitten von negativen Einstellungen auf und glaubte, wie es Kinder leicht tun, daß ich an der Aufgabe gescheitert war, meiner Mutter die Liebe zu geben, die sie niemals von irgend jemandem sonst bekommen hatte.

Ich weiß noch, wie ich eines Tages nach der Schule in die Küche kam und meine Mutter beim Kartoffelschälen vor dem Spülbecken antraf. Etwas an der störrischen Säuerlichkeit, mit der sie diese alltägliche Tätigkeit verrichtete, versetzte mir in jenem Moment einen tiefen Stich, und dieses eine Mal sprudelten meine Gefühle in Worten heraus. Tränen des Zorns und des Selbstmitleids verschleierten das Bild ihrer resignierten Gestalt vor meinen Augen, während ich durch zusammengebissene Zähne rief: »Es tut mir leid... es tut mir leid, Mama. Es ist nicht meine Schuld... nicht meine... nicht meine Schuld. Ich sitze im selben Boot...«

Es war die einzige Berührung von ihr, an die ich mich erinnern kann. Mein Blick war immer noch verschleiert, aber ich spürte den Druck ihrer Hand auf meiner Schulter, und so merkwürdig es erscheinen mag, dieser Moment wortloser Kommunikation machte mich fähig, vieles von der Entmutigung und dem scheinbaren Mangel an Zuneigung zu vergeben, die ich in den folgenden Jahren erlitt.

Und nun würde sie sterben.

Als ich an ihrem Bett saß und das graue, vor Schmerz gespannte Gesicht voller scharfer Linien der Enttäuschung musterte, fragte ich mich, warum er nicht gekommen war. Ich hatte an Orten angerufen, wo er sein könnte, wo er gerade gewesen war oder wo er erwartet wurde. Überall hatte ich Nachrichten für ihn hinterlassen, die ihn baten, zu mir nach Hause zu kommen, so bald er könne, und er war immer noch nicht gekommen. Was mir weh tat, war, daß er es sowieso wußte. Er mußte es wissen. Er wußte alles. Zumindest, falls er wirklich der war, der er zu sein behauptete, wußte er alles.

Ich merkte, daß sie endlich fest eingeschlafen war, und schleppte mich müde in die Küche, um mir noch einen Becher heißen Kaffee zu machen. Mein Kopf tat mir weh vor Erschöpfung und Sorge, als ich Kaffeepulver und Zucker in den Becher füllte und heißes Wasser aus dem Kessel darüber goß. Gerade als ich den ersten Schluck von dem heißen, süßen Gebräu nahm, hörte ich den Klang einer Männerstimme aus dem Zimmer meiner Mutter. In meinem müden Kopf wirbelten hilflos die Gedanken. Die Türen – vorn und hinten – waren verschlossen. Es gab keinen Weg herein. Es war unmöglich, daß jemand hereingekommen sein konnte. Unmöglich... Plötzlich wußte ich es mit gelassener Klarheit.

Er war gekommen.

Langsam schob ich die Zimmertür auf, und da saß er auf ihrem Bett, hielt eine ihrer Hände mit seinen beiden Händen und sprach ganz leise zu ihr. Ich setzte mich, so leise ich konnte, auf die andere Seite des Bettes. Was würde er tun?

Er blickte kurz zu mir auf und lächelte, dann wandte er sich wieder meiner Mutter zu. Sie war wach und sah ihm direkt ins Gesicht, mit größeren Augen, als ich sie bei ihr je gesehen hatte. Fasziniert und zu tief bewegt, um es auszudrücken, sah ich zu, wie ihr Gesicht weicher und sanfter wurde und sich die Falten der Verzweiflung und Enttäuschung in Linien des Lachens und des Glücks verwandelten. Und ihre Augen waren die Augen eines Kindes geworden, eines Kindes, das ohne jeden Zweifel wußte, daß es endlich geliebt und angenommen wurde. Ihre Lippen bewegten sich, und als ich mich vorbeugte, hörte ich sie flüstern: »Vater, Vater.«

Dann wandte sie sich zu mir und sah mich so an, wie ich es mir immer gewünscht hatte. Ich ergriff die Hand, die sie zu mir zu heben versuchte, und sie sagte nur vier Worte: »Ist alles gut, Junge?« Es war gleichzeitig eine Bitte um Verzeihung, eine Frage und eine Zusicherung. Es war alles, was ich brauchte.

Dann sah sie wieder ihn an und sagte: »Ich möchte dich gern wiedersehen.«

»Das wirst du«, sagte er, »bald.« Dann starb sie, in einem Zimmer, das angefüllt war mit Frieden.

Seither habe ich erlebt, wie Menschen auf höchst dramatische Weise geheilt wurden, doch nichts hat mich mehr berührt oder verändert als jene wenigen Minuten am Bett meiner Mutter. Ich habe nie eine solche Liebe gesehen, nie eine solche Heilung erlebt.

Ich hatte ein Wunder gesehen.

– 4 –

Am Samstag um Mitternacht fing ich an zu packen. Aus Gewohnheit ging ich dabei ebenso sorgfältig und genau vor wie bei allem, was ich tat, doch meine Gedanken gingen völlig durcheinander, und ich gab leise Wimmerlaute von mir, während ich Hemden und Pullover zusammenfaltete und Schuhe und Pantoffeln in die üblichen nicht existierenden Lücken stopfte. Gegen ein Uhr verschloß ich mit leicht, aber unkontrollierbar zitternden Händen den letzten Riemen an dem letzten Koffer und stellte ihn in die Diele zu den anderen. Es schien mir entscheidend wichtig, daß sie genau parallel stehen sollten, und ein paar Minuten lang nahm ich an den Koffern winzige Korrekturen vor, bis ich zufrieden war.

Ich strich mir mit der flachen Hand die Haare aus der Stirn und musterte das versammelte Gepäck gespannt in der Hoffnung, es möge noch etwas geben, was zu tun wäre – irgend etwas, wodurch ich den Moment hinausschieben könnte, in dem Schuld und Angst erneut das Vakuum in meinem Geist ausfüllen würden. Doch es gab nichts mehr zu tun, und Schlafen kam nicht in Frage. Ich machte das Licht in der Diele aus und ließ mich neben meinen Koffern auf den Teppich sinken. Niemand konnte mich jetzt erreichen. Das Telefon, dessen Klingeln mich seit Tagen in Panik versetzt hatte, hatte ich bereits abgehängt, und falls jemand an die Tür kam, würde ich einfach nicht öffnen. Bis zur Dämmerung würde ich keinen Muskel mehr rühren, dann würde ich ein Taxi zum Bahnhof nehmen, und das war es.

Ich hatte seit mehr als einer Woche nicht mehr geschlafen, und heute nacht wußte ich, daß ich es nicht mehr aushalten konnte, ich hielt es einfach nicht mehr aus – die Schuld, die Verzweiflung, die vergeblichen Versuche, mich abzulenken, die unzähligen Tassen Kaffee in den frühen Morgenstunden, und das Schlimmste, die Bilder voller Blamage und Demütigung, die meine Vorstellungskraft gnadenlos nach oben pumpte.

Mir blieben nur zwei Möglichkeiten. Die eine, nämlich dem Problem direkt zu begegnen, war undenkbar – mir fehlte der Mut. Die andere bestand einfach darin, zu gehen, einfach fortzugehen und in der Betriebsamkeit einer anderen Stadt unterzutauchen, wo niemand wußte oder sich dafür interessierte, wer ich war oder was ich getan hatte. Ich brauchte nur ein bißchen Ruhe und Schlaf.

Vor allem wollte ich *ihn* nicht wiedersehen. *Er* war der Gründer unserer Kirche, der 1984 zu einem Besuch zurückgekehrt war, und ihm gab ich die Schuld an dem, was jetzt mit mir geschah. Er hätte wissen können – wissen müssen, was passieren würde. Vielleicht scherte er sich nicht darum oder jedenfalls nicht um mich.

Seit seiner Ankunft hatte ich mich abgerackert, um dafür zu sorgen, daß alles auf der praktischen Ebene glattging, und insgesamt hatte ich den Eindruck, meine Sache recht gut gemacht zu haben. Ich mußte ein paar schwierige Lektionen darüber lernen, Dinge nach seiner Regie zu tun statt nach meiner, aber es war unglaublich aufregend, ihn einfach in Aktion zu beobachten, und seine Anwesenheit in der Nacht, in der meine Mutter starb, hatte einen ganzen Bereich meines Lebens geheilt. In letzter Zeit jedoch war mir etwas bewußt geworden, das mir ständig Sorgen machte.

Andere Leute, die ihm nahestanden, hatten sich verändert. Sie waren natürlich immer noch dieselben Leute, aber sie schienen auf eine tiefe, stille Weise glücklicher zu sein. Sie neigten dazu, weniger zu sagen, und wenn sie sprachen, lag Gewicht und Gewißheit in dem, was sie sagten. Sie sahen aus, als ob sie sich geliebt fühlten – von ihm, meine ich. Das Einfachste wäre wohl zu sagen, daß sie ihm immer ähnlicher wurden. Sie machten mich rasend. Ihre Freundlichkeit mir gegenüber ließ mich mit den Zähnen knirschen. Ich gab mir ebensoviel Mühe wie sie, wenn nicht noch mehr. Ich hatte gesehen, wie sie in seiner Nähe herumlungerten, redeten, zuhörten, lachten, flüsterten, oft in Zeiten, wenn es Arbeit zu tun gab. Bei neun von zehn Gelegenheiten war ich derjenige, der erledigte, was zu erledigen war, und nach einer Weile lehnte ich Hilfsangebote ab, wenn sie denn einmal kamen. Ihr stilles Lächeln – ihre provozierende Demut – es war alles zuviel. Dennoch fragte ich mich... was ist mit mir? Würde ich mich je verändern? Merkte er überhaupt, wieviel ich arbeitete und wie gern ich mehr Zeit mit ihm verbracht hätte, wäre ich nur sicher gewesen, daß er mich wollte? Ich fing an, mich bitter und einsam zu fühlen. Und ich arbeitete noch härter.

Dann klingelte eines Freitagnachmittags das Telefon, als ich zu Hause an meinem Schreibtisch saß. Es war einer der demütigen Lächler, der freundlichste von allen. Es hatte eine Änderung der Pläne gegeben. Unser Gründer hatte beschlossen, mit seinen engsten Begleitern über das Wochenende zu einer Art Freizeit zu fahren. Ich antwortete, ohne nachzudenken.

»Schön«, sagte ich forsch. »Wann fahren wir los?«

»Nun, die Sache ist die – er hat mich gebeten, dir zu sagen, daß du diesmal nicht gebraucht wirst. Ruh dich ein paar Tage aus, du hast hart gearbeitet.«

Eine eisige Ruhe hüllte mich ein. »Schön, schön, gut, das werde ich tun. Danke – viel Spaß.«

Langsam legte ich den Hörer zurück auf die Gabel und blieb fast eine Minute lang reglos sitzen, die Hand immer noch auf dem Telefon. »Nicht gebraucht ...«

Ich genoß fast die Flut rebellischen Zorns, die mich an jenem Freitagabend durchströmte. Durch ihn fühlte ich mich größer, interessanter, selbstbewußter. Ich wanderte durch das Haus, schlug gegen die Wände und brüllte eingebildete Zuhörer an. Nicht gebraucht, was? Denen würde ich es zeigen! Der Zorn stieg mir in den Kopf wie Wein. In der Vergangenheit hatte ich mir nie gestattet, irgendeine Art von Leidenschaft zu empfinden. Leidenschaft machte mir Angst: Sie war wie eine Bombe, die mich in Stücke reißen würde, wenn ich es zuließ. Nun fühlte ich mich zum ersten Mal befreit und hungrig nach Leidenschaft. Plötzlich reichte mir mein imaginäres Publikum nicht mehr aus. Ich wollte hinaus in die Nacht gehen und mich wie eine wirkliche Person in der wirklichen Welt fühlen. Ich griff nach einem Mantel, sah nach, ob ich Geld hatte, und stürmte zur Tür hinaus. Als ich durch die Dunkelheit schritt, die Hände tief in den Manteltaschen vergraben und den Kragen hochgeschlagen, fühlte ich mich wie eine Figur aus einem Film. Jedesmal, wenn ein Auto vorbeifuhr, stellte ich mir vor, wie der Fahrer im Scheinwerferkegel einen Blick auf den Fremden mit den zusammengekniffenen Lippen und den funkelnden Augen erhaschte und, während er weiter irgendeiner düsteren Ecke seines mittelmäßigen Daseins entgegenrollte, sich wünschte, er könne zu jener wilden, leidenschaftlichen Welt gehören, die dieser Mann bewohnen mußte. Wer war er, und wo ging er hin?

Er ging in die Kneipe, und er würde sich zum ersten Mal in seinem Leben betrinken. Nur drei Bier, aber das waren zweieinhalb mehr, als ich je zuvor getrunken hatte. Mein Heimweg an jenem Abend war nicht leicht. Der Bürgersteig schien zu wogen wie eine schwere See, und ich mußte mich stark auf das Problem des Gleichgewichts konzentrieren, als die unaufhörlich heranrollenden Wellen mich zum Kentern zu bringen drohten.

Ich hatte schon meine Haustür erreicht, schwankte leicht und versuchte eine Methode zu finden, um den Schlüssel in Kontakt zum Schloß zu bringen, als mich jemand von hinten über die rechte Schulter ansprach.

»Ist bei Ihnen alles in Ordnung, Mister... äh...?«

Ich drehte mich um, versuchte gerade zu stehen und faßte unter Schwierigkeiten das Gesicht der Frau ins Auge, die mich angesprochen hatte. Sie hatte meinen Namen vergessen, und ich den ihren, aber ich wußte, wer sie war. Sie saß in unserer Kirche meistens in der vierten Reihe, gleich an der Wand, und sie wohnte in einem der Bungalows zwei Straßen entfernt von mir, war ein bißchen älter als ich und unverheiratet, und ich hatte mich manchmal gefragt, wie es wohl wäre, sie zu küssen, wenn auch nur in schwachen Momenten, weil es natürlich falsch war und... warum sollte ich sie eigentlich nicht küssen? Ich lechzte danach, sie zu küssen. Ich hatte noch nie zuvor eine Frau geküßt, aber jetzt würde ich es tun. Oh, wie schön würde das sein... so, so schön...

Sie stieß einen kleinen Schrei aus, als ich ihr meine Hände auf die Schultern legte und mit meinem Gesicht auf sie zustieß wie in einer grotesken Parodie der Küsse, die ich im Kino und im Fernsehen gesehen hatte. Sie schob mein Gesicht mit beiden Händen von sich und rannte entsetzt auf die Straße und in Richtung ihres Hauses davon.

Das unangenehme Gefühl des Katers am nächsten Morgen war nichts im Vergleich zu dem ohnmächtigen Entsetzen, das ich empfand, als mir einfiel, was ich mit dieser armen Frau gemacht hatte. Mancher wird es vermutlich für nicht der Rede wert halten, aber vor dem Hintergrund dessen, was ich zu sein beanspruchte, zu sein schien und um meiner Selbstachtung willen zu sein nötig hatte, war es eine absolute Katastrophe. Betrunken und widerwärtig hatte ich versucht, ein Mitglied unserer Kirchengemeinde sexuell zu belästigen. Ich, einer von seinen engsten Vertrauten; ich, der ich immer soviel über Selbstbeherrschung und Disziplin und Charakterbildung zu sagen hatte. Ich mußte wahnsinnig gewesen sein.

Die folgende Woche war ein endloser böser Traum. Ich versandte Mitteilungen, die besagten, daß ich krank sei, und verbrachte meine Zeit damit, durchs Haus zu streifen und hin und wieder aus den vorderen Fenstern zu schauen, in der Erwartung, entweder einen Polizisten oder eine Gruppe ernst dreinblickender Ältester oder die Frau selbst mit einem Trupp schlagkräftiger männlicher Begleiter zu erblicken. Niemand kam – das Telefon ignorierte ich, wenn es klingelte –, und die Spannung nahm zu. Ich aß kaum etwas, schlief kaum und weinte über die Erkenntnis, daß ich nicht einen einzigen Freund hatte, dem ich mich mit meinem Problem anzuvertrauen bereit gewesen wäre. Niemand kam, niemand scherte sich um mich – warum sollte ich bleiben?

Nun, als ich in der dunklen Diele neben meinen Koffern saß und auf den Morgen wartete, fühlte ich mich ein wenig besser. Bald würde ich weg sein, ich würde entkommen, und auch er konnte mich nicht davon abhalten, selbst wenn er wollte.

Ich muß eingenickt sein, denn als ich das nächste Mal aufblickte, begann gerade das erste Licht der Dämmerung die Milchglasscheiben in der Eingangstür zu erhellen. Einen Augenblick später versteifte sich mein Körper vor Spannung. Hinter einer der Scheiben war die Silhouette – Kopf und Schultern – eines Mannes aufgetaucht. So langsam und lautlos ich konnte, stand ich auf, die Augen vor Furcht geweitet, die Fäuste vor Spannung krampfhaft geballt. Als ich mich in der Absicht, den Rückzug in die Küche anzutreten, umdrehte, wurde die Stille von einem wahren Platzregen von Schlägen gegen den hölzernen Teil der Eingangstür zerrissen.

Ich wußte, daß er es war.

Ich legte die Hände über die Ohren und schrie über das Geklopfe hinweg: »Geh weg! Geh weg! Ich will dich nicht sehen… bitte, geh einfach weg!«

Die Antwort war ein einziger Donnerschlag gegen die Tür, und in diesem Augenblick erinnerte ich mich an etwas.

»Du kannst doch auch herein, ohne daß ich die Tür öffne! Das hast du schon einmal getan – als meine Mutter starb. Warum kommst –«

Seine Stimme unterbrach mich, gespannt vor Dringlichkeit.

»Diesmal kann ich nicht hinein, wenn du mich nicht einläßt.« Seine Worte schienen das ganze Haus zu erfüllen. »Du mußt mich hineinlassen!«

Eine weitere Serie von Schlägen überzeugte mich. Wenn er so dringend hereinkommen wollte, würde nichts, was ich sagte, ihn dazu bringen wegzugehen, und ich konnte den Lärm einfach nicht mehr ertragen. Mit tauben Fingern löste ich die Türkette und zog den Riegel zurück. Als er seine Hand auf eine der Glasscheiben legte, um die Tür aufzuschieben, brach in mir die Panik aus. Ich wollte nicht mit ihm über das reden müssen, was geschehen war. Ich konnte es nicht. Verzweifelt packte ich die aufschwingende Tür und versuchte sie wieder zuzuschieben, um ihn auszusperren. Statt dessen krachte eine der Glasscheiben gegen seine ausgestreckte Hand, und Blut spritzte aus einem Schnitt an seinem Handballen über die Innenseite der Tür. Entsetzt stolperte ich rückwärts auf die Küche zu. Er zog seine verletzte Hand zurück, preßte sie dicht gegen seine Brust und schloß die Tür hinter sich.

Mir standen nur zwei Fluchtwege offen – die Treppe hinauf oder durch die Hintertür am anderen Ende der Küche. Ich blickte mich über die Schulter um und bemerkte etwas sehr Seltsames. Die Hintertür stand offen – weit offen. Ich wußte, daß ich sie geschlossen und verriegelt hatte, aber jetzt… Es war jemand in der Küche; eine dunkle, schwer zu erkennende Gestalt hielt die Tür für mich offen. Aus irgendeinem Grund erschien mir die Aussicht, an dieser Gestalt, wer immer es war, vorbeizugehen, beängstigender als alles andere. Ich drehte mich um, rannte die Treppe hinauf in mein Schlafzimmer und schlug die Tür hinter mir zu.

All mein Kampfgeist war erloschen, all mein Widerstand. Ich lag zusammengerollt auf meinem Bett, das Gesicht in den Armen vergraben, und war schwach wie ein kleines Kätzchen und verängstigt wie ein kleines Kind, das von Alpträumen gejagt wird. Diesmal ertönten keine donnernden Schläge gegen die Tür; er klopfte nur sanft. Ich hörte, wie sich die Tür ganz leise öffnete und wieder schloß, dann war er im Zimmer, irgendwo neben meinem Bett. Mehrere Minuten lang herrschte Stille. Ich konnte ihn nicht einmal atmen hören. Als ich endlich einen Blick über meine Schulter hinweg riskierte, sah ich etwas, das ich noch nie zuvor gesehen hatte, etwas, das all meine Panik und Spannung wie durch Zauberei verschwinden ließ. Er weinte, nicht laut oder dramatisch, sondern mit der Stille und Konzentration, die auf tiefe Empfindungen schließen ließ. Doch was mir das Herz auf einmal in einem Schock der Freude und der Erkenntnis springen ließ, war die Gewißheit, daß er meinetwegen weinte. Jene Tränen, die immer noch aufstiegen und langsam an seinem Gesicht herabrollten, galten mir. Mir!

Ich schwang herum und setzte mich ihm gegenüber auf die Bettkante. Er kniete auf dem Teppich, die verletzte Hand gegen die Brust gepreßt, die Augen, aus denen immer noch Tränen liefen, fest auf mein Gesicht gerichtet. Der Chef, der König, der Spitzenmann weinte meinetwegen, und alles würde gut werden – alles würde mehr als gut werden. Er sprach leise, aber sehr deutlich.

»Du hast es nicht verstanden. Ich habe es für dich in Ordnung gebracht. Ich habe alles vor langer Zeit in Ordnung gebracht. Das Betrunkensein – die Frau – die Eifersucht – alles. Dafür haben sie mich angenagelt. Ich habe dafür geblutet.« Er sah seine verletzte Hand an. »Ich blute immer noch für dich.«

Für ein paar Sekunden herrschte Schweigen.

»Ich liebe dich«, sagte er schlicht. »Glaubst du mir das?«

Ich schaute auf den roten Fleck, der sich über seine Hemdbrust ausbreitete, und in seine Augen, rot gerändert, müde, aber voller Wärme.

»Ich glaube es dir.« Die neue Seligkeit, die ich verspürte, sprudelte über zu einer Sehnsucht, etwas – irgend etwas – für ihn zu tun.

»Was soll ich für dich tun? Laß uns losgehen und allen sagen, was passiert ist. Oder soll ich dir einen Arzt holen? Ach nein, entschuldige, du brauchst ja keinen Arzt, nicht wahr, wie wäre es dann mit...?«

Er legte eine Hand auf meinen Arm und lächelte erschöpft. »Über das alles denken wir später nach. Im Augenblick wäre mir eine Tasse Tee am liebsten, okay?«

Es war okay. Alles war okay.

– 5 –

Noch nie hatte sich mir jemand anvertraut. Was eigentlich nicht überraschend war – ich war nicht die Sorte Mensch, der die Leute ihre Geheimnisse erzählen. In letzter Zeit jedoch hatte sich etwas verändert. Seit jener merkwürdigen Nacht, in der ich endlich begriff, daß ich mit all meinen Ecken und Kanten von unserem Kirchengründer geliebt wurde, war ich wohl irgendwie weniger steif und unnahbar geworden. Darüber war ich froh, aber ich schien jetzt auch nicht mehr Fragen beantworten zu können als früher, und in diesem Augenblick wünschte ich, ich hätte dem jungen Mann, der mir gegenübersaß und sich unglücklich schniefend eine Träne abwischte, ein paar Antworten zu bieten.

Der Name meines Besuchers war Philip. Er war ungefähr zwanzig, ein gutaussehender Bursche, elegant, aber nicht außergewöhnlich gekleidet. Er kam nicht aus unserer Gemeinde. Er gehörte zu einer großen, lebhaften Gemeinschaft am anderen Ende der Stadt, und zuerst verstand ich nicht, warum er nicht zu einem seiner eigenen Gemeindeleiter oder Ältesten gegangen war oder wie immer sie dort genannt wurden. Später begriff ich, warum er es nicht getan hatte.

Er brauchte lange, um zur Sache zu kommen. Er habe mich gesehen, sagte er, wie ich während der letzten Monate mit unserem Gründer unterwegs gewesen sei, und den Eindruck gewonnen, ich – stünde ihm nahe. Ich hätte sozusagen einen »heißen Draht« zu ihm. Nach dieser Einleitung sagte er eine Weile lang nichts mehr, sondern saß nur zusammengesunken auf seinem Stuhl, starrte auf den Teppich und atmete sehr langsam und tief wie einer von diesen

Sportlern im Fernsehen, wenn sie sich auf den Hochsprung oder den Sprint oder was auch immer vorbereiten. Nun, ich bin kein allzu einfühlsamer Mensch, platze immer leicht in eine dramatische Pause hinein, wenn Sie wissen, was ich meine, aber selbst ich merkte, daß es keinen Sinn hatte, ihn zu drängen, und so lehnte ich mich zurück und wartete. Endlich hob er den Kopf, sah mir verängstigt, aber entschlossen direkt in die Augen, und brach genau gleichzeitig in Worte und Tränen aus. Ich schnappte die Worte auf, die er unter seinen Schluchzern hervorstieß.

»Ich bin nicht normal, ich bin nicht normal!«

Immer wieder aufs neue wiederholte er den Satz, schleuderte die Worte aus sich heraus wie jemand, der aus einem sinkenden Schiff springt. Es dauerte einige Minuten, bevor er sich so weit beruhigt hatte, daß er einen Schluck Wasser trinken und mir einigermaßen zusammenhängend erzählen konnte, wovon er redete.

Philips Problem war, daß er sich nur zu Angehörigen seines eigenen Geschlechts hingezogen fühlte. Er war ein Homosexueller oder »Schwuler«, wie ich solche Leute heutzutage habe nennen hören. Er hatte noch nie jemandem davon erzählt – weder seiner Familie noch seinen Freunden oder den Leuten in seiner Gemeinde, niemandem. Eine Freundin hatte er noch nie gehabt, genausowenig – fügte er hinzu – wie einen Freund. Ich muß bekennen, daß ich innerlich zusammenzuckte, als er das sagte, und das Zusammenzucken hätte beinahe mein Gesicht erreicht. Ich war der erste Mensch, dem er es je gesagt hatte, und als ich ihm nun gegenübersaß und versuchte, entspannt und unschockiert, weise und verschämt hetereosexuell auszusehen, kam mir der Gedanke, daß ich so ungefähr der Letzte war, den man bei klarem Verstand für diese Aufgabe ausgewählt hätte. Ich kannte keinen einzigen anderen Homosexuellen, ich wußte nichts über Homosexualität, und ich kam nicht gerade blendend mit meiner eigenen Sexualität zurecht, geschweige denn der eines anderen. Ich war ein ganzes Stück älter als er und hatte ebenfalls noch nie eine Freundin gehabt. War *ich* denn normal?

Überrascht war ich auch über die Stärke des Vorurteils, das in mir geschlummert haben mußte. Als ich endlich begriff, was er mir über sich berichtete, schossen mir gewisse Gedanken automatisch in den Kopf. Ich bin nicht stolz darauf, aber es war nun einmal so. Als erstes verspürte ich einen überwältigenden Drang, hastig irgend etwas davon zu faseln, daß ich nicht so sei wie er. Ich war »normal«. Dann, als ich gerade meinen Stuhl neben seinen schieben und meinen Arm um seine Schultern legen wollte, spürte ich plötzlich einen körperlichen Abscheu und eine Angst vor der Berührung und blieb, wo ich war. Meine dritte und vielleicht stärkste Reaktion war eine innere Entschlossenheit, dem Schmerz und Aufruhr aus dem Weg zu gehen, der die Folge sein mußte, wenn ich meinen eigenen sexuellen Problemen so ins Auge sähe, wie er es tat. Wie ich schon sagte, das waren keine heldenhaften Reaktionen, aber sie hielten auch nur eine Sekunde an, und nachdem ich ein wenig nachgedacht hatte, wußte ich, was ich zu Philip sagen sollte.

»Glauben Sie, daß Sie nicht gleichzeitig Christ und homosexuell sein können? Ist es das, was Ihnen am meisten Sorgen macht?«

Philips Blick sank wieder zum Teppich hinab.

»Ich bin in Versammlungen gewesen – in Bibelkreisen und so. Dort wird immer gesagt, es sei eine der schlimmsten... die schlimmste... es steht in diesen Listen in der Bibel. Sie wissen schon, die Listen von Sünden, die einen davon abhalten – nun ja – ein richtiger Christ zu sein.«

Plötzlich blickte er zu mir auf mit der fanatischen Gewißheit eines Menschen, dem seine Überzeugungen mit dem glühenden Eisen der Schuld eingebrannt worden sind.

»Es ist falsch, wissen Sie. Wie die Leute reden... sie klingen so sicher, so hart. Ich könnte es ihnen nie sagen, aber...«

Die Frage – der verzweifelte Appell in seiner Stimme und in seinen Augen zermürbte mich. Ich legte meinen Kopf zurück und starrte an die Decke, nur um der Intensität seiner Not zu entkommen. Ich hatte nicht die leiseste Idee, keinerlei spezielles Wissen oder Expertenkenntnisse, kein Richtig oder Falsch, kein Du sollst oder Du sollst nicht, keinen konkreten Trost und keine konkrete Ermahnung. Vielleicht hätte ich besser informiert sein müssen; ich weiß es nicht. Nur über eines war ich mir sicher. Ich konnte Philip am besten helfen, indem ich vollkommen ehrlich zu ihm war. Ich beugte mich vor, stützte die Ellbogen auf die Knie und musterte meine verschränkten Finger, während ich vorsichtig meine Worte wählte.

»Philip, ich würde Ihnen liebend gern sagen können, ich wüßte, was Sie tun sollten, aber das kann ich nicht, weil ich es ehrlich gesagt einfach nicht weiß. Was ich jedoch tun kann, ist, Sie mit ihm zusammenzubringen – wenn Sie das wollen. Bedenken Sie, ich habe nicht die leiseste Ahnung, was er sagen oder tun wird. Ich weiß nur, daß er auf die eine oder andere Weise damit fertigwerden wird. Ob es Ihnen gefallen wird, was er sagt…«

Ein Funke der Hoffnung flackerte in seinen Augen auf.

»Würde er denn mit mir sprechen? Ich meine, würde es etwas ausmachen, daß ich… bin, wie ich bin?«

Endlich festen Grund unter den Füßen. Ich mußte lächeln.

»Es hat ihm nie etwas ausgemacht, daß ich bin, wie ich bin, Philip. Ich meine, Sie sollten es versuchen.«

Ich wartete.

»Also gut«, sagte er, »wann?«

Ich vereinbarte einen Termin für den folgenden Tag. Philip sollte am frühen Abend in unsere Kirche kommen und etwa eine Stunde lang unter vier Augen mit ihm sprechen. An jenem Abend erzählte ich unserem Gründer, wie nervös mein neuer junger Freund wegen des Treffens war. Er reagierte kaum. »Wärst du das nicht?« Das war alles, was er sagte.

Wie ich mir gedacht hatte, traf Philip am nächsten Tag sehr frühzeitig ein. Ich war schon da, als er durch den Haupteingang eintrat. Er war völlig verängstigt. Der arme Kerl zitterte wie Espenlaub. Er setzte sich neben mich in die vorderste Reihe und wischte mit den Handflächen über seine makellos gebügelten Hosen.

»Dann ist er also noch nicht da?«

»Doch, er sitzt hinter dem Kirchensaal und wartet auf Sie. Wir haben da ein kleines Zimmer, das wir für solche Fälle benutzen.«

Ich hätte mich in den Hintern treten können.

»Solche Fälle? Kommen denn viele Schwule zur Behandlung hierher?«

Selbst meine Dummheit hat Grenzen. Ich sagte nicht ganz: »Nein, Sie sind der erste.« Fast, aber nicht ganz.

»Es tut mir leid, Philip. So habe ich es nicht gemeint. Ich meinte nur –«

»Schon gut, schon gut... es spielt keine Rolle.«

Er stand auf.

»Ich glaube nicht, daß ich das fertigbringe. Wenn er nun sagt...?«

Er starrte einen Augenblick lang in die Ferne, und dann, so als hätte jemand lautlos seine unvollendete Frage beantwortet, ging er rasch zu der Tür, die in die hinteren Räume der Kirche führte.

»Hier entlang?«

Ich nickte. Er legte die Hand auf die Klinke und wandte sich dann noch einmal zu mir um.

»Übrigens, ich weiß nicht, ob sie es albern finden, aber... ich habe unterwegs eine Nachricht bei einem unserer Gemeindeältesten hinterlassen – um ihm zu sagen, was ich vorhabe. Es schien mir... ich weiß nicht... irgendwie richtig.«

Ich lächelte und nickte wieder. Er öffnete die Tür, trat einen Schritt vor, blieb stehen und drehte sich dann ein weiteres Mal zu mir um.

»Übrigens, tut mir leid, daß ich eben so wütend geworden bin... tut mir leid.«

Ich war inzwischen ziemlich gut im Lächeln und Nicken. Ich muß wie ein liebenswürdiger Schwachkopf auf ihn gewirkt haben, aber wenigstens gab ich ihm keinen Anstoß. Er öffnete den Mund, als wollte er noch etwas sagen, ging dann aber doch und schloß die Tür leise hinter sich. Erleichtert ließ ich mich wieder auf die Kirchenbank fallen und ließ geräuschvoll die Luft aus meinen Lungen strömen. Jetzt war er am richtigen Ort. Ich konnte mich entspannen.

Ich mußte eingenickt sein oder zumindest eine Weile vor mich hingedöst haben. Ein nachdrückliches Räuspern brachte mich wieder zu vollem Bewußtsein. Vor mir stand ein Mann in einem blauen Anzug. Er war sehr breit gebaut und sah sehr distinguiert aus. Seine Stimme klang tief und selbstbewußt.

»Entschuldigen Sie die Störung«, sagte er. »Mein Name ist Martin Sturgess.«

Er lächelte und streckte mir die Hand entgegen, offensichtlich in Erwartung einer sofortigen Reaktion. Wenn ich verständnislos dreinblicke, dann blicke ich äußerst verständnislos drein. Ich kam irgendwie auf die Füße und versuchte, intelligent auszusehen.

»Entschuldigen Sie, ich glaube, wir sind uns noch nicht –«

»Philip«, unterbrach er mich. »Ich bin einer der Ältesten aus Philips Gemeinde.«

Er hielt mir ein zusammengefaltetes Stück Papier entgegen.

»Er hat mir diese Nachricht hinterlassen. Ich wünschte«, fügte er tadelnd hinzu, »er hätte mich zu Rate gezogen, bevor er sich an – er hat sich doch zuerst an Sie gewandt?«

»An mich – ja, das ist richtig.«

»Und dann natürlich an unseren Gründer, dessen Zeit heute so kostbar ist wie während seines ersten Besuchs. Ich kann mich des Eindrucks nicht erwehren ...«

Mein Kopf tat mir weh. Er tat mir immer weh, wenn ich plötzlich geweckt wurde.

»Wissen Sie, Mr. Sturgess, ich glaube, Philip hatte ein wenig Angst davor, es Ihnen zu sagen.«

Die kräftige, wohlklingende Stimme unterbrach mich erneut.

»Die Heilige Schrift ist in dieser Frage ganz klar. Hätte Philip sich mir anvertraut, so hätte ich ihm deutlich und in allen Einzelheiten die Schritte erklärt, die er zu tun hatte.«

Er hielt inne, sichtlich nachdenklich.

»Dachten Sie, wir würden ihn verdammen? Hat er Ihnen gesagt, daß wir ihn verdammen würden?«

Ich kam mir schwach und töricht vor gegenüber diesem gewichtigen Mann, der mit solcher Autorität und Sicherheit sprach.

»Nun, nein, das hat er nicht gesagt, Mr. ... Sturgess. Ich glaube, er hatte einfach das Gefühl ...«

»Ja?«

»Nun ... sehen Sie – darf ich Sie etwas fragen?«

»Natürlich – was Sie wollen.«

»Ich frage mich nur, warum er sich Ihnen nicht anvertraut hat.«

Jetzt war er an der Reihe, verständnislos dreinzublicken.

»Ich meine, ich frage mich, was ihn davon abgehalten hat, zu Ihnen zu gehen. Warum hat er niemandem in seiner eigenen Gemeinde vertraut? Ich meine... warum nicht?«

Ich endete ziemlich lahm, da ich mich an die Zeit erinnerte, als ich mich eine Woche lang in meinem Haus versteckt hatte, weil ich unfähig war, mich mit einem Problem, das mir größer als das Weltall erschien, jemandem anzuvertrauen. Armer Philip. Natürlich brauchte er wie ich tatsächlich jemanden, der ihm – deutlich und in allen Einzelheiten – die Schritte erklärte, die er zu tun hatte, aber... er brauchte auch noch etwas anderes. Er brauchte das, was ich gefunden hatte. Er brauchte –

»Ist er jetzt bei unserem Gründer?« unterbrach Mr. Sturgess meine Gedanken.

»Ja, im Hinterzimmer. Sie werden vermutlich bald fertig sein. Wollen Sie warten? Sie dürfen gern.«

Er starrte mich einen Moment lang an, dann drehte er sich um und machte ein paar gedankenschwere Schritte auf die Tür zu. Als er ein kleines Stück durch den Mittelgang zurückgelegt hatte, blieb er stehen und schwang wieder zu mir herum. Seine Stimme hallte durch die Kirche.

»Ich bin sicher, wenn Philip in Kürze zurückkommt, wird er die Ernsthaftigkeit seiner Situation erkannt haben und sich im klaren darüber sein, daß er einer angemessenen Führung bedarf, wenn er in der Gemeinde bleiben will. Ich verdamme ihn nicht. Die Heilige Schrift verdammt ihn nicht. Die Schrift verdammt die Sünde, nicht den Sünder. In der vergangenen Stunde wird Philip aus der allerhöchsten Quelle erfahren haben, daß ein wahrer Christ nicht mehr zu sündigen braucht, und er wird lernen müssen, in dieser Wahrheit zu leben, bis sein Glaube sich durch die Veränderungen, die in ihm vorgehen, bewährt hat.«

Ich weiß nicht, was ich auf diese Rede geantwortet hätte. Vielleicht war es ein Glück, daß Philip sich diesen Augenblick aussuchte, um in die Kirche zurückzukehren. Er erstarrte einen Augenblick, als er Martin Sturgess sah, dann faßte er sich und kam zu uns nach vorn.

»Hallo, Martin.«

Der junge Mann wirkte jetzt völlig entspannt.

»Nun, Philip?« Die Stimme des Ältesten war voller Erwartung. »Was hat er gesagt?«

Ich muß bekennen, daß ich selbst ganz zappelig vor Neugier war.

»Er sagte, er hoffe, lange genug hierzubleiben, um am Snookertisch fünfzig Punkte zu machen.«

Er bemerkte unsere verwirrten Gesichter.

»Ich spiele sehr gern Snooker«, erklärte er.

Offensichtlich hielt Sturgess das für eine absichtliche Unverschämtheit. Er trat einen Schritt vor.

»Das meine ich nicht. Du weißt, was ich meine. Was hat er über dein... Problem gesagt?«

Philips Gesicht wurde ernst. Er wurde ein wenig rot.

»Ach ja... das. Nun ja, eigentlich haben wir darüber nur ein oder zwei Minuten gesprochen. Er sagte, es sei sehr wichtig, daß wir das in den Griff bekommen. Wir werden nächste Woche noch einmal darüber sprechen... wir treffen uns nächste Woche wieder«, fügte er ziemlich überflüssigerweise hinzu.

»Ein oder zwei Minuten?« Die Stimme des Hünen klang ungläubig. »Worüber habt ihr denn dann die ganze Stunde lang geredet?«

Die Erinnerung rief ein zufriedenes Lächeln auf Philips Gesicht.

»Er hat mir Fragen über mich gestellt. Was ich mache, wofür ich mich interessiere – solche Sachen. Er schien es wirklich wissen zu wollen.«

Ein paar Sekunden lang sagte niemand etwas, dann schaute Philip auf seine Uhr.

»Ich fürchte, ich muß jetzt gehen«, sagte er.

Er schüttelte mir die Hand.

»Danke.«

Ich glaube, er meinte es ernst.

»Bis morgen, Martin. Ich komme vorbei. Dann unterhalten wir uns. Okay?«

»Okay«, erwiderte Martin etwas fassungslos, während der junge Mann fröhlich auf die Tür zuschritt.

Er war schon fast draußen, als er noch einmal stehenblieb und uns glücklich etwas zurief.

»Wißt ihr was? Ich glaube, er mag mich! Tschüs.«

Der arme alte Martin sah jetzt nicht mehr ganz so hünenhaft oder selbstbewußt aus. Er ließ sich schwer auf das Ende der nächsten Kirchenbank fallen. Nach einer Pause blickte er zu mir auf, und zum ersten Mal, seit wir uns begegnet waren, schaffte sein Lächeln den Aufstieg bis zu seinen Augen.

»Was ich gesagt habe, war nicht falsch, nicht wahr?« Er sprach sehr leise.

Ich dachte nach.

»Wahrscheinlich nicht«, stimmte ich zu.

»Aber richtig war es auch nicht, stimmt's?«

»Nein ... das war es nicht.«

»Ich verstehe«, sagte er reumütig, und mit großer Freude erkannte ich, daß er es wahrscheinlich wirklich verstand.

– 6 –

Die letzten persönlichen Lebewohls waren gesagt. Heute war der letzte Tag des Besuchs unseres Gründers, und zwanzig oder dreißig von uns, die am engsten mit ihm zu tun gehabt hatten, hatten sich in der Kirche versammelt, um ihn ein letztes Mal sprechen zu hören. Soweit es den Rest der Welt betraf, war er bereits fort; dies war eine Art Abschied von den engsten Familienangehörigen. Inzwischen wußte ich, Gott sei Dank, daß ich zu dieser Familie gehörte, und ich war mehr als froh, still hinten in der Nähe der Tür zu sitzen.

Ich werde Ihnen nicht verraten, was er während unseres letzten richtigen Gesprächs zu mir sagte, doch soviel kann ich Ihnen sagen, daß es mir den größten Teil der Furcht nahm, den ich wegen seines Fortgehens empfunden hatte. Wie ging er? Wohin ging er? Ich wußte es nicht. Er schien mich gar nicht zu hören, als ich ihn danach fragte. Er sagte nur, ich solle die Leute am Abend in der Kirche zusammenkommen lassen und ein Glas Wasser neben einen Stuhl stellen, der nicht zusammenbrechen würde, sobald er sich darauf zurücklehnte (er wußte, daß die meisten unserer Möbel schon bessere Tage gesehen hatten!). All das hatte ich getan, und dort saß er nun und sah mich über die Köpfe der anderen hinweg mit einem Ausdruck gespielter Angst an, als er sich zurücklehnte. Der Stuhl hielt stand, wie ich mit Freude sagen darf, und das Durcheinander der Gespräche verstummte allmählich, bis vollkommene Stille im Raum herrschte. Eine Weile lang sagte er nichts, sondern sah uns nur mit einer seltsamen Mischung aus Freude und Traurigkeit an. Schließlich seufzte er leise, richtete sich auf seinem Stuhl auf und begann zu sprechen.

»Heute muß ich gehen, doch bevor ich aufbreche, möchte ich mit euch eine kleine Weile über Sünde reden. Ein komisches Wort, ›Sünde‹, nicht wahr? Irgendwie altmodisch. Ihr wißt doch alle, was Sünde ist, nicht wahr?«

Er hielt inne. Die Stille, die sich über die Versammlung senkte, ließ darauf schließen, daß wir zu wissen glaubten, was Sünde sei. Er fuhr fort.

»Ich jedenfalls weiß bestimmt, was Sünde ist, nicht zuletzt, weil ich mit ihr kämpfen mußte, wie auch manche von euch mit ihr gekämpft haben – oder zumindest es versucht haben. Wißt ihr, während dieses Besuchs haben ein paar Leute zu mir gesagt – und ich weiß ihre Ehrlichkeit zu schätzen –: ›Für dich ist das alles kein Problem, du hast ja nie gesündigt. Du hattest es leicht. Du bist der Sohn des Chefs.‹ Ich nehme an, sie hatten dabei so eine Art göttliche Vetternwirtschaft im Sinn. Nun, die Leute, die das sagen, haben in gewisser Hinsicht nicht ganz unrecht. Es ist wahr, daß ich meinen Vater so sehr liebe, daß es die reine Qual für mich wäre, ihn zu verletzen, aber – ich möchte, daß euch etwas klar ist, und ich möchte, daß ihr es anderen erklärt, damit sie es auch begreifen. Sagt es ihnen, wenn ihr den Eindruck habt, daß der Zeitpunkt richtig dafür ist.«

Schweigend warteten wir, während er uns mit Augen voller Erinnerung ansah.

»Seht ihr, ich hatte die Fähigkeit, die Möglichkeit und die

Macht, mehr zu *tun*, mehr zu *haben*, mich selbst mehr zu verwöhnen als irgend jemand sonst, der je gelebt hat oder je leben wird. Eine eurer neuen Bibelübersetzungen sagt, nachdem ich von meinem lieben Vetter, Johannes dem Täufer, getauft worden sei, hätte ich einen unbegrenzten Geist besessen. Richtig! Einen unbegrenzten Geist – unbegrenzte Macht. Ich kann euch sagen, ich lief geradezu über davon! Ich zog ab in die Wüste wie ein Teenager, der auf einem riesigen Motorrad, das er noch nicht beherrschen kann, davonhüpft. Da draußen in der Wildnis mußte ich lernen, mit all dieser Macht umzugehen, die mich durchströmte, und dort draußen, wo es nichts gab, war es, daß mir die Tatsache bewußt wurde, daß ich alles haben konnte: Frauen, Geld, Besitz – alles. Ich brauchte es mir nur zu nehmen, und glaubt bitte ja keinem, der behauptet, ich wäre nicht in Versuchung gewesen, denn das war ich. Ich habe jede menschliche Begierde verspürt, genau wie ihr, und ich habe das alles durchkämpft, allein dort draußen in der Wüste. Das war ein Teil der Abmachung, wißt ihr, ein Teil des ganzen Plans, daß ich all dem ausgesetzt sein sollte, dem auch ihr ausgesetzt seid, daß ich all dem begegnen und es als das erkennen sollte, was es war, und mich davon abwenden sollte, wenn es falsch war. Nicht nur manchmal, nicht einmal nur meistens, sondern in jeder einzelnen Situation meines Lebens.«

Sein hartes Gesicht entspannte sich zu einem Lächeln, als ihm ein Gedanke kam.

»Ich werde euch etwas erzählen, das mich zum Lachen bringt. Diese Bilder – ihr habt sie sicher gesehen –, die mich darstellen, wie ich während der vierzig Tage und vierzig Nächte versucht werde. Ich bin der große, gelassen aussehende Typ mit dem superweißen Gewand, der die Versuchung mit einer einzigen majestätischen Handbewegung von sich scheucht. Offensichtlich habt ihr das Bild auch gesehen.«

Er fiel in das allgemeine Gelächter ein und fuhr nach einem Schluck Wasser aus dem Glas neben ihm leise und ernsthaft fort.

»Bitte glaubt nicht, daß es so gewesen wäre. Ich wurde bei Tag geröstet und bei Nacht eingefroren. Ich hatte Hunger, oft auch Durst, und war immer einsam. Die meiste Zeit kroch ich in einer

Art fiebrigen Betäubung im Wüstensand herum, und die ganze Zeit über wußte ich, daß ich dieses unglaubliche Machtpaket in mir hatte, das mir alles verschaffen würde, was ich brauchte oder wollte. Wärme, Nahrung, Gesellschaft von jeglicher Art, die ich mir aussuchte – all das stand mir zur Verfügung, wann immer ich es wollte, auf der Stelle. Ich sage euch die Wahrheit, an diesem Ort wußte ich, was die eine Art von Ewigkeit bedeutet. Es schien immer und immer und immer weiterzugehen, aber ich gab nicht nach. Soll ich euch sagen, warum ich nicht nachgab? Soll ich euch sagen, was mich während jener endlosen Tage und Nächte stark gemacht hat? Es war Liebe. Nur das. Liebe.

Ich liebte meinen Vater mehr als alles andere in der Welt. Ich liebte ihn von ganzem Herzen, von ganzer Seele und von ganzem Gemüt, und ich liebte euch, meine Mitmenschen – schon damals – wie ich mich selbst liebte. Seht ihr, mein Vater hatte mir gesagt: ›Sohn, tu es!‹ – und so tat ich es, weil ich ihm vertraute und weil ich gehorsam sein wollte. Dennoch dauerte es lange Zeit, diese Schlacht vollends zu gewinnen, doch am Ende schaffte ich es. Ich brach durch zu einem Punkt, an dem ich völlig eins war mit Gott, nur noch wollte, was er wollte, alles so sah, wie er es sah, und bereit war, alles zu tun, was er von mir wollte. Sofort – und das ist typisch für die Vorgehensweise des ›Hauptquartiers‹ – kamen die Engel mit einem Paket Sandwiches und frischer Unterwäsche an. Übrigens, achtet auf diese Engel, sie tragen manchmal komische Verkleidungen. Neulich habe ich einen mit einer Flasche Fusel am Victoria-Bahnhof gesehen, wie er seine schmutzigen, zerlumpten alten Flügel zusammenfaltete und nach einer Ecke suchte, in der er die Nacht verbringen könnte.«

Er schwieg einen Moment und sah uns an, als ob wir an dieser Stelle etwas sagen sollten, doch niemand tat es. Später las ich zu Hause den Schluß des fünfundzwanzigsten Kapitels des Matthäusevangeliums und begann es zum ersten Mal zu verstehen.

Er lächelte schief.

»Seht ihr, ich weiß so manches über die Sünde. Ich erinnere mich, wie ich einmal bei meinem ersten Besuch mit meinen zwölf Jungs zusammensaß und mit ihnen über das Gesetz redete – das

Gesetz des Mose meine ich. Ich glaube, der eine oder andere von ihnen hoffte, meine Botschaft würde lauten: ›Alles ist erlaubt, Leute.‹ So eine Art wilde Party quer durchs ganze Universum, angeführt von einem liebenswerten alten Opa im Himmel, der sich nicht groß darum scherte, was die Leute so ausheckten. Ihr hättet ihre Gesichter sehen sollen, als ich ihnen die Hausregeln in allen Einzelheiten auseinanderklamüserte. ›Von nun an‹, sagte ich, ›dürft ihr nicht nur nicht töten, ihr dürft nicht einmal töten wollen – nicht einmal den Zorn empfinden, der töten will. Von nun an sind Ehebruch und die Begierde, die zu ihm führt, gleich schwere Sünden. Von nun an...‹, und so weiter und so weiter. Sie hörten das nicht gern, das kann ich euch sagen. ›Vom Regen in die Traufe‹, so sagt man, glaube ich. Am Schluß nimmt mich der gute alte Petrus zur Seite und sagt: ›Ich fürchte, ich kann da nicht mithalten, ich bin nicht gut genug. Will Gott wirklich, daß wir so gut sind?‹

›Ja‹, sagte ich, ›das will er.‹

Langes Schweigen.

›Nun, dann werde ich es nicht schaffen, oder?‹

›Nein‹, sagte ich, ›das wirst du nicht.‹ Der arme Petrus sah daraufhin so niedergeschlagen aus, daß ich fortfuhr, ihm etwas zu erklären, und dasselbe möchte ich jetzt auch euch erklären.

Erstens, das Wichtigste ist, daß ihr tut, was Gott euch sagt. Ich hatte Petrus gesagt, daß er mir folgen solle, und das tat er auch. Ich hatte nicht zu ihm gesagt: ›Sieh zu, daß du vollkommen wirst, und dann folge mir.‹ Sondern nur: ›Folge mir.‹ Als nächstes ging es um die Unmöglichkeit, jemals gut genug für Gott zu sein. Es war sehr wichtig für Petrus, zu wissen, daß Gott nichts weniger als Vollkommenheit verlangt. Sodann wollte ich, daß er begriff, was mein Tod für ihn bedeutete, wie sehr ich ihn liebte, wie weit ich zu gehen bereit war, um die Lücke zu schließen zwischen dem, was er war, und dem, was er sein mußte, wenn er jemals dem Vater von Angesicht zu Angesicht begegnen sollte. Ich möchte, daß ihr alle das ebenfalls begreift.

Laßt mich versuchen, es noch deutlicher zu machen. Nehmen wir an, du und ich, wir kennen uns seit Jahren. Du besuchst mich oft bei mir zu Hause; ich habe dir sogar einen Schlüssel gegeben, damit du kommen und gehen kannst, wie es dir gefällt. Nun nehmen wir an, daß du im Laufe der Jahre regelmäßig Sachen aus meinem Haus gestohlen hast, mal große, mal kleine, mal so belanglose, daß es kaum der Rede wert erscheint. Ich bin noch nie in deinem Haus gewesen – du hast mich noch nie eingeladen –, aber eines Tages sitzt du zu Hause, und es klopft an die Tür. Ich bin es, und ich bin gekommen, um dich zur Rede zu stellen. Kaum bin ich drinnen, fange ich an, all die Dinge einzusammeln, die mir gehören, und sie in der Mitte des Zimmers aufzustapeln, direkt vor deinen Füßen. Ich gehe überall durchs Haus, öffne die Schränke, durchwühle die Schubladen, suche unter den Betten, und bald ist jedes kleinste Ding, das du mir je geklaut hast, zwischen uns aufgestapelt. Zu guter Letzt strecke ich noch die Hand aus und ziehe den Kuli aus deiner Brusttasche, und füge ihn dem Haufen hinzu, ungeachtet deiner Proteste, daß er geliehen war und eigentlich nicht zählt. Da stehen wir also vor diesem Berg aus gestohlenen Gütern, und du machst dir inzwischen große Sorgen. Was werde ich tun? Die Polizei holen? Oder dich schlagen?

›Hast du mir all diese Sachen gestohlen?‹

Leugnen hat keinen Sinn. ›Ja‹, murmelst du. ›Es tut mir leid. Was wirst du jetzt tun?‹

›Dir vergeben. Ich wollte nur, daß du weißt, daß ich es wußte. Jetzt können wir von vorn anfangen.‹«

Er blickte prüfend in die Gesichter im Raum und sprach dann ganz leise weiter.

»Und ich weiß auch über jeden von euch Bescheid. Ich weiß, was ihr getan habt, was ihr wollt, was euch weh tut, wovor ihr Angst habt. Ich weiß, was ihr braucht. Ich kenne euch, weil ich euch auf eine Art und Weise, die unmöglich zu erklären ist, gesehen habe – ja, beinahe jeder einzelne von euch geworden bin während der drei Stunden, die ich vor all den Jahren auf jenem Hügel sterbend zubrachte. Ihr seid in mir geschehen. Ihr seid in meinem Leib bestraft worden. Die Zeit, die ich an jenem Kreuz verbrachte, war ein Alptraum aus geronnener Finsternis und Verzweiflung, ein Alptraum voller Selbstsucht, Haß, Mord, Vergewaltigung und unbeschreiblichem Schmutz, voller Apathie, Dummheit und all eurer banalen

Unfreundlichkeiten, die im jeweiligen Augenblick nie eine Rolle zu spielen scheinen. In jenen drei Stunden erfuhr ich, wie es ist, ein Süchtiger und ein Rauschgifthändler zu sein, ein Folterer und ein Opfer, wie es sich anfühlt, zu vernichten und zu verletzen und kaputtzumachen und sich an der Qual anderer zu weiden. Ich wußte es, ich sah es, ich fühlte es – und mitten in all dem verlor ich den, für den ich das alles tat. Er konnte es nicht ertragen, mich anzusehen, und ich war allein, ganz allein.«

Jemand weinte leise im Hintergrund, als er aufstand und einen Schritt auf uns zutrat.

»Es gibt noch eine Menge, was ich euch gerne sagen würde, aber ich werde es jetzt nicht tun. Nur noch zwei Dinge. Darf ich euch bitten, etwas für mich zu tun? Bitte lest das Buch. Beschafft euch eine Version, die euch gefällt, eine, die ihr verstehen könnt, und ich verspreche euch von ganzem Herzen, daß ich euch, wenn ihr es lest, dort begegnen werde und wir wieder miteinander reden werden. Das andere ist die wichtigste Botschaft, die ich für euch habe. Achtet aufeinander. Vergebt einander. Liebt einander. Verletzt mich nicht. Gott segne euch alle und behüte euch, bis ich wieder zu euch kommen kann.«

Danach ging er rasch hinaus. Als er an mir vorbeikam, hielt er inne, lächelte leicht und sagte leise: »Du hast dich verändert.«

»Ja.« Das war alles, was ich sagen konnte. Dann verschwand er durch die Tür in der Dunkelheit, und der Besuch war zu Ende.

Adrian Plass

Tagebuch eines frommen Chaoten
Pb., 160 S., mit Zeichnungen und Lesezeichen
ISBN 3-87067-391-5

Andromedas Briefe
Pb., 176 S., mit Zeichnungen und Lesezeichen
ISBN 3-87067-445-8

Ansichten aus Wolkenkuckucksheim
Pb., 192 S., mit Zeichnungen und Lesezeichen

Die steile Himmelsleiter
Eine ehrliche Biographie
Pb., 220 S., mit Lesezeichen
ISBN 3-87067-462-8

Ein Außerirdischer im Kirchenschiff
Pb., 178 S., mit Lesezeichen
ISBN 3-87067-511-x

Die theatralischen Tonbänder des Leonard Thynn
Pb., 144 S., mit Zeichnungen und Lesezeichen
ISBN 3-87067-508-x